ANJA BOGNER

BÜLENT RAMBICHLER und die fliegende Sau

Ein Provinzkrimi

btb

Sollte diese Publikation Links auf Webseiten Dritter enthalten, so übernehmen wir für deren Inhalte keine Haftung, da wir uns diese nicht zu eigen machen, sondern lediglich auf deren Stand zum Zeitpunkt der Erstveröffentlichung verweisen.

Verlagsgruppe Random House FSC® N001967

3. Auflage
Originalausgabe Juni 2018

Covergestaltung: semper smile, München
Covermotiv: © Shutterstock/Naypong; Ivan Rahouski; Eric Isselee
Satz: Uhl + Massopust, Aalen
Druck und Einband: GGP Media GmbH, Pößneck
SL · Herstellung: sc
Printed in Germany
ISBN 978-3-442-71676-0

www.btb-verlag.de
www.facebook.com/btbverlag

Für Oma Hilde
und meine Kinder

Des hier ist fei freilich bloß ein Roman. Heißt, sämtliche Romanfiguren, Handlungen und Schauplätze sind völlig frei erfunden. Und klar gibt's Namen, die gibt's halt, und darum gibt's die auch in diesem Buch. Aber des, was die Romanfiguren tun, oder des, was sie sagen oder treiben, ist alles reine Erfindung. Solltest du jetzt, lieber Leser, trotzdem meinen: Allmächt, des könnt doch der Dings sein oder des Maadla von denen oder oder oder …? Dann hau dir selber anerkennend auf die Schultern für deine rege Phantasie, aber denk immer dran: Nix ist wahr – alles nur ausgedacht!

PROLOG

Was für ein grandioser Abgang. Die Sterne glitzerten wie Millionen Brillanten am Himmel. Der Mond strahlte wie ein überdimensionaler Scheinwerfer und tauchte ihren nackten Körper in schmeichelhaftes Licht. Es war ihr, als würde sie schweben, als würden die Engelsflügel auf ihrem Rücken sie tatsächlich tragen können. Aber natürlich war sie klug genug zu wissen, dass das Gesetz der Hummeln für sie nicht galt. Hummeln sind zu dick zum Fliegen und können es dennoch, weil sie nicht wissen, dass sie einfach zu fett sind. Fett. Das war sie auch. Das war sie schon immer.

Aber heute Nacht zählte das alles plötzlich nicht mehr. Sie fühlte sich frei, leicht – und vor allem schön. In diesem winzigen Moment wusste sie: Was das Leben ihr verwehrte, würde der Tod ihr schenken. Aufmerksamkeit. Liebe. Vergeltung. Ein bitteres Lächeln umspielte ihre Lippen. Sie schloss ihre Augen.

»Engele, Engele, flieg« waren ihre letzten Gedanken, bevor ihr Körper vor dem immer noch spätsommerlich aufgewärmten Asphalt kapitulierte.

*

Schwerfällig grub er sich aus der Dornenhecke. »Eine fliegende Sau, des glaubt mir doch keiner«, dachte er und tat das, was er immer tat, wenn er sich von seinem alkoholzerschmetterten Verstand verarscht fühlte: Maul halten und vergessen!

KAPITEL 1

Der frühe Vogel fängt sich eine

»Scheißdreck, verdammter«, fluchte Suff laut in die frühmorgendliche Stille hinein. Neugierig wurde er dabei von einer kleinen Eule beobachtet, die sich offensichtlich über den seltsamen Kauz wunderte, der zum wiederholten Male mit seinem ausgelatschten Schuhwerk von der Gehsteigkante rutschte. Einer, dessen Hirn noch vor Stunden in literweise Alkohol ertränkt worden war, tat sich aber auch wirklich schwer, auf diesem schmalen Grat zwischen Jägerzaun und Straßenbelag vernünftig im Tritt zu bleiben.

So kam er erneut vom richtigen Pfad ab und wurde fast von einem froschgrünen Opel Kadett C 1973 niedergemetzelt, der plötzlich wie aus dem Nichts von hinten angeschossen kam, um dann wenige Meter vor ihm eine Vollbremsung hinzulegen, die sich gewaschen hatte. Der Fahrtwind allein schien zu genügen, um Suff von den dünnen Beinen zu holen, und da saß er nun und starrte panisch auf die Rücklichter, die sich ihm in beängstigendem Tempo näherten.

»Das war's jetzt«, dachte er und schloss die Augen, während sich nahezu zeitgleich sein Mund öffnete und vor lauter Aufregung seinen gesamten Mageninhalt freigab.

»Ja, du Dreckbär, du dreckerter!«, tönte es keifend und etwas zu schrill an Suffs Ohr. Langsam, ganz langsam hob er seinen lädierten Schädel und erfasste mit seinen blutleeren Augen ein Paar unförmige Gesundheitslatschen, die in einer Pfütze aus unschönen bräunlichen Bröckchen standen.

»Tot bin ich also schon mal nicht«, dachte Suff und wusste nicht, ob ihm diese Tatsache gerade jetzt, also just in diesem Moment, wirklich lieb war. Vor ihm hatten sich die 82-jährigen Walder-Zwillinge in ihrer vollen Lebensgröße von einem Meter 55 aufgebaut und blitzten ihn wütend an. Schwerfällig versuchte Suff, sich aufzurappeln, wurde aber von Erna jäh ausgebremst, die wild mit einem nicht mehr ganz taufrischen Taschentuch vor seiner Nase herumfuchtelte.

»Erst putzt du die Sauerei weg, bevor sich das ins Leder frisst. Die waren nämlich nicht billig, die Schuh.«

»Geh, das war doch ein Schäufele, und des frisst nicht, sondern wird gefressen.« Suff versuchte es mit Humor und erntete dafür eine schmerzhafte Kopfnuss. Noch einige Zentimeter kleiner, und die beiden würden als Erdmännchen mit lila Haaren, gestärkter Bluse und Faltenrock durchgehen. Suff musste bei dieser Vorstellung grinsen und war fast schon überrascht darüber, wie gut seine Phantasie in Extremsituationen agierte.

»Was grinst denn so? Wegen dir hätten wir fast einen Unfall gebaut«, pflaumte Erna ihn an, während Traudl synchron zu den Worten ihrer Schwester nickte.

Suff ersparte es sich, die beiden darauf hinzuweisen, dass man innerhalb einer Ortschaft auch nicht fahren sollte wie ein Henker. Dass Erna sich gefälligst ein Kissen unter ihren Allerwertesten klemmen sollte, bevor sie aufs Gas drückte, weil sie ja sonst kaum übers Lenkrad drüberschauen konnte, sagte er auch nicht. Weil man all das halt nicht zu den Walder-Zwillingen sagte, die im ganzen Ort hinter vorgehaltener Hand nur die Dorfsheriffs genannt wurden und deren frühmorgendliche und allabendliche Patrouillenfahrten schon so manchen Einheimischen in schwere Bredouille gebracht hatten.

»Was machst denn in aller Herrgottsfrüh mitten auf der Straße, und warum schaust überhaupt aus, als hättest mit einem Rudel Katzen gekämpft?«, fragte Erna neugierig. Suff sah sie irritiert an.

»Katzen, wieso Katzen?«

Ungefragt hielt Traudl ihm ihren antiquierten Schminkspiegel unter die Nase, und tatsächlich, jetzt sah er es auch: Sein Gesicht war übersät mit blutigen Kratzern, und nicht nur das, im Grunde war sein ganzer Körper eine einzige schmerzende Wunde. Suff wusste sich darauf absolut keinen Reim zu machen. Im Endeffekt hatte er nicht einmal eine Ahnung, warum er überhaupt da war, wo er war. Er schaffte es ja gerade noch zu wissen, wer er überhaupt war. Überall nur Nebelschwaden im Hirn.

»Deine Mutter würde sich im Grab umdrehen, wenn sie dich so sehen könnte.« Angewidert musterte Erna Suff von Kopf bis Fuß. Auf seiner Stirn bildeten sich tiefe Zornesfalten.

»Lasst bloß Mama aus dem Spiel, oder ich vergesse mich!« Drohend hob Suff seine Arme und ging auf die Zwillinge zu.

»Jesus im Himmel! Der gehört ja weggesperrt, so aggressiv wie der ist.« Schnell verschanzte sich Traudl im Auto und versuchte wild gebärdend, ihre Schwester davon zu überzeugen, es ihr gleichzutun.

Erna öffnete den Mund, um etwas zu sagen, doch Suff fuhr ihr wütend dazwischen.

»Besser, du hältst jetzt dein Schandmaul und verschwindest.«

Ganz klar, das war jetzt alles ein großer Fehler, das wusste Suff. Aber wenn es um seine geliebte Mutter ging, da konnte er halt nicht anders. Zumal die Zwillinge ihr zu ihren Lebzeiten das Dasein nicht gerade leicht gemacht hatten. Da war ein Kind ohne Vater, und da waren viele Männer – das gehörte sich nicht für eine gute Katholikin. Aber es war halt auch nicht so einfach mit der wahren Liebe. Da riss man sein Herz ganz weit auf und hoffte, dass endlich jemand reinspringt, der auch bleiben mag, und am Ende war es doch nur wieder so ein windiger Mietnomade, der nichts hinterließ außer einem scheußlichen Trümmerfeld. Und dennoch, nie hatte seine Mutter aufgegeben, an die ganz großen Gefühle zu glauben – bis zu ihrem viel zu frühen Tod nicht. Ohne die Zwillinge noch eines weiteren Blickes zu würdigen, machte Suff auf dem Absatz kehrt und wanderte die menschenleere Straße entlang nach Hause, mit einer dumpfen Ahnung in seinem pochenden Kopf, dass es mit den ruhigen Zeiten wohl jetzt erst einmal vorbei sein würde.

*

»Sollen wir vielleicht eine Kerze für ihn anzünden?«

Traudl, die tendenziell mit einem eher sanftmütigen, man mag fast behaupten naiven Wesen gesegnet war, sah ihre Schwester unsicher von der Seite an. Krachend schaltete Erna – wie immer viel zu spät – in den zweiten Gang und schüttelte energisch den Kopf.

»Bei dem Hallodri kann selbst der Herrgott nichts mehr ausrichten.«

Ohne sich besonders um das Geschehen vor ihr auf der Straße zu kümmern, wurstelte sie am nostalgischen Autoradio herum und versuchte mit gichtigen Fingern, eine Kassette in dessen Inneres zu befördern.

»Ja, glaubst des, jetzt geh halt schon rein. Traudl, hilf mir halt.«

Angestrengt fummelten beide an der Anlage herum. Und als endlich Roy Blacks Evergreen »Ganz in Weiß« aus den altersschwachen Boxen tönte, tat es zeitgleich einen dumpfen Schlag, der die Zwillinge kurz durchschüttelte. Übellaunig bremste Erna ab.

»Seit wann hat denn die Gemeinde hier mitten auf der Kreuzung Bremshügel aufgestellt?«

Traudl folgte Ernas Blick durchs Heckfenster. »Da, da liegt ja jemand«, stammelte Traudl und hielt sich entsetzt die Hände vor den Mund.

»Ja, das seh ich auch.« Selbst bei Erna war ein gewisser Grad an Verunsicherung zu bemerken. Kurz spielte sie mit dem Gedanken, einfach weiterzufahren. Was nicht sein darf, ist auch nicht. Aber ein Blick in die panischen Augen ihrer Schwester sagte ihr, dass Traudl mit dieser – zugegebenermaßen nicht ganz legalen – Lösung des Problems schwer überfordert sein würde.

Erna straffte die Schultern und stieg aus dem Auto. Vorsichtig näherte sie sich der Gestalt, die da seltsam verrenkt und bis auf ein paar Engelsflügel splitterfasernackt auf dem Asphalt klebte.

»Das ist ja die Gelbwurst-Pflunzn.« Traudl, die Erna im sicheren Abstand gefolgt war, starrte entgeistert auf das blutverkrustete Mädchen und schauderte leicht ob des grusligen Anblicks. Und tatsächlich, vor ihnen lag, wie Gott sie erschaffen hatte – also fast –, die Metzgereifachverkäuferin Kerstin Rummsler.

»Sagen wir besser, das war sie«, korrigierte Erna ihre Schwester.

»Du meinst, wir haben sie …« Entsetzt quiekte Traudl auf.

Erna verdrehte entnervt die Augen. »Geh Schmarrn, schau doch, wie es der das Gestell verzogen hat, das waren wir garantiert nicht. Wart, was sagt die Temperatur?« Testend legte Erna ihre Hand auf Kerstins Hinterteil und nickte zufrieden. »Arschkalt, wie ich es mir gedacht hab. Die liegt da schon länger.«

Traudl rümpfte die Nase und hatte Mühe, ihren Würgreflex unter Kontrolle zu halten. »Also, dass du das kannst, so an der Leichen herumhantieren, das ist doch eklig.«

»Fleisch bleibt Fleisch, und ein bisschen hat's ja schon Ähnlichkeit mit einem Schweiners, oder?«

Traudl schüttelte sich.

»Du bist manchmal echt ein greißliches Pfuiteifi. Wegen dir werde ich jetzt mein Lebtag keinen Braten mehr essen können.«

Dennoch siegte Traudls Neugier, und sie schlich näher an die Tote heran. Interessiert betrachtete sie die falschen Engelsflügel, die in Höhe der Schulterblätter traurig herabhingen. Dann blickte sie suchend gen Himmel. Erna schnaufte verächtlich.

»Suchst die Wolken, von der sie gefallen ist, oder besser, gestoßen wurde?«

»Du glaubst, sie wurde ermordet?« Aus Traudls Stimme war ein leicht hysterischer Unterton zu vernehmen. »Aber wer tut denn so was?«

Erna zuckte emotionslos mit den Schultern.

»Mei, auf jeder Wiese tummeln sich ein paar schwarze Schafe. Ein Exemplar ist uns ja vorhin schon begegnet. Und schau dir doch die Tote mal an, fällt dir nichts auf?«

Traudl runzelte angestrengt die Stirn, man sah ihr deutlich an, wie es in ihrem Hirn arbeitete. Und arbeitete. Und arbeitete. Erna verdrehte entnervt die Augen.

»Schau halt hin, die Kerstin ist auch total zerkratzt.«

Einundzwanzig, zweiundzwanzig, dreiundzwanzig. Da fiel er endlich, der Groschen.

»Du meinst, der Suff hat sie …?«

Erna winkte ab. »Ich mein gar nichts, ich denk halt nur mehr nach wie du.«

Traudl zog einen Schmollmund, widersprach aber nicht. Stattdessen schloss sie die Augen und faltete ihre Hände zu einem stummen Gebet. Und während sie so dastand und Maria grüßte und der Frucht ihres Leibes huldigte, genehmigte sich Erna einen kräftigen Schluck Franzbranntwein. Was Krampfadern in Schach hielt, konnte schließlich auch für strapazierte Nerven nicht das Schlechteste sein. Was für ein aufregender Morgen. Versonnen blinzelte Erna in die immer stärker strahlende Sonne. Das waren die Momente, für die es sich wahrlich zu leben lohnte. Sterben durften gerne die anderen. Aber sie hatte hier noch einiges zu tun. Vor allem dem Verfall von Sitte und Moral Einhalt gebieten. Machte ja sonst keiner.

Vom Kirchturm her war lautes Glockengeläut zu vernehmen.

»Nimmer lang und die fängt, glaub ich, an zu ranzeln. Meinst nicht, wir sollten langsam jemandem Bescheid sagen?« Nervös tippelte Traudl neben ihrer Schwester hin und her. »Ist ja auch schon sieben. Außerdem hab ich Hunger …«

»… Und auf's Klo musst auch«, vervollständigte Erna den Satz ihrer Schwester und dachte sich dabei zum wiederholten Male, dass Kinder wahrscheinlich leichter zu handhaben waren als ihr Zwilling.

»Erna, was ist jetzt?«, unterbrach Traudl weinerlich den Gedankenfluss ihrer Schwester.

»Ist ja gut. Ich fahr jemanden holen.«

»Was ist mit mir?«

Erna stieg ins Auto. »Du bleibst hier und hältst die Stellung, bis ich wieder da bin.« Sie sah ihre Schwester belustigt an. »Musst halt noch ein wenig zwicken.«

»Aber …«

»Nix aber, du musst aufpassen, dass niemand die Leich anfasst«, erklärte Erna ihrer Schwester bestimmt.

Traudl sah sich suchend um. »Ist doch gar keiner da.«

Erna startete den Motor. »Jetzt noch nicht, aber wart's ab, die kommen schon.«

*

Sie sollte Recht behalten. Binnen weniger Stunden verbreitete sich die Nachricht von der Toten wie ein Lauffeuer in der ganzen Gemeinde, und der Platz rund um den Fundort ähnelte im Lauf des Vormittags, schon kurz nachdem die Tote vom Bestattungsunternehmer Günther Fledderer abgeholt worden war, einem geschäftigen Ameisenhaufen. Wenn schon mal was los war im Ort – jetzt mal abgesehen von Kirchweih, Fasching, Weihnachten –, dann wollte auch jeder mit von der Partie sein.

Vor allem Erkan Rambichler, seines Zeichens Deutsch-Türke in erster Generation, Vorstand des Geflügelzuchtvereins und Vorzeige-Franke, mischte kräftig am Ort des Geschehens mit. Er war überall, eilte geschäftig zwischen seinen Mitmenschen umher und wurde nimmermüde zu erwähnen, dass sein Sohn Bülent ein überaus erfolgreicher und anerkannter Kriminalbeamter in Nürnberg sei und schon so manchen schweren Fall innerhalb kürzester Zeit gelöst hätte.

»Ja, dann ruf ihn halt an, wenn der so ein Genie ist, dein Bülent«, tönte es Erkan von einem seiner Stammtischbrüder entgegen.

»Du, das ist eigentlich gar keine dumme Idee. So ein Topkriminaler, der auch noch von hier ist, kann bestimmt mehr ausrichten als die Hanseln, die sie uns geschickt haben. Das sehe ich doch schon von weitem, dass das nix wird.« Erkan schlug seinem Freund anerkennend auf die Schulter.

Maria, Erkans Frau, die sich eigentlich bei den Höhenflügen ihres Gatten dezent im Hintergrund hielt und abwartete, bis ihm die Luft oder die Lust ausging, sah sich diesmal gezwungen, schleunigst ihr Veto einzulegen. Sie zerrte Erkan hinter ein mobiles Klohäusl, um ihm dort ordentlich den Kopf zu waschen.

»Sag mal, spinnst du? Lass bloß unseren Bub hier aus dem Spiel«, zornte sie ihren Mann an. »Topkriminaler, ja so ein Unsinn. Du weißt doch ganz genau, dass unser Bülent noch nie wirklich was gerissen hat und bloß da hockt, wo er hockt, weil sein Chef so ein netter Kerl ist.«

»Er wurde eben immer falsch eingesetzt.« Erkan gab nicht auf. »Hier bei uns, das ist seine Heimat, da kennt er sich aus, da weiß er, wie der Hase läuft. Heimvorteil, verstehst?«

Maria verdrehte die Augen. »Genau, und weil es ihm hier so gut gefällt, lässt er sich auch nur alle Schaltjahr mal blicken. Erri, wach auf, des wird nichts.« Maria legte beschwichtigend eine Hand auf den Arm ihres Mannes. Unwirsch schüttelte dieser sie ab.

»Du wirst schon sehen, was das wird. Ich ruf jetzt jedenfalls in Nürnberg bei Bülents Chef an.« Bockig zückte Erkan sein iPhone und tippte mit seinen kleinen fleischigen Fingerchen hektisch darauf herum. »Himmelherrgott, dieses Getatsche und Gewische macht mich noch wahnsinnig. Ich hab gleich gesagt, ich brauch kein neues Handy.«

Maria atmete einmal tief durch und dann noch einmal. Schließlich nahm sie Erkan das Telefon ab und suchte in seinen Kontakten nach der Nummer von Bülents Dienststelle.

»Wie willst du es überhaupt schaffen, dass die ihn hier bei uns einsetzen?«, fragte sie Erkan, ohne vom Bildschirm aufzublicken.

Der grinste diabolisch. »Wo ein Türke, da auch ein Weg.«

Maria reichte ihm das Telefon. »Mach, was du willst, aber den Karren ziehst hinterher schön selber aus dem Dreck.«

Erkan lächelte Maria dankbar an und gab ihr einen dicken Schmatz auf die Wange. »Mein Weibi, so mag ich dich.«

»Glaub bloß nicht, dass ich das für dich mache. Ich will einfach, dass mein Junge mal wieder heimkommt.«

»Schau, dann haben wir ja faktisch eine Win-win-Situation«, grinste Erkan und drückte auf »Verbinden«.

*

»Da, verreck.« Traudl, die im Inneren des Dixi-Klos auf der Schüssel saß, baumelte glücklich mit ihren kurzen Beinchen. Sie freute sich schon diebisch darauf, ihrer Schwester brühwarm die Geschichte vom Kriminaler, der dann irgendwie doch kein richtiger war, zu erzählen.

KAPITEL 2

Sakla samanı, gelir zamanı[1]

Hauptkommissar Bülent Rambichler liebte es zu duschen. Überhaupt, die Restaurierung und Reinigung seines Körpers war ihm ein großes Anliegen. Demzufolge hatte er sich in seine hübsche Wohnung direkt an der Nürnberger Burg auch auf eigene Kosten sein persönliches Hamam einbauen lassen. Ein gefliester Mosaik-Traum im leuchtenden Königsblau mit integriertem Sternenhimmel, der von der Decke funkelte. Kann man haben und muss man auch, fand Bülent. Denn mit Blick in die Unendlichkeit seifte es sich einfach viel besser.

Auch an diesem späten Vormittag fuhr Bülent also mit einem weichen Handschuh ritualartig über seinen gut gebauten Körper, den er vorher eingeschäumt, gepeelt, gewachst und enthaart hatte. Mittlerweile schaffte er das ganze Prozedere in eineinhalb Stunden, aber diesmal konnte er sich Zeit lassen – ist ja Samstag, dachte er noch, als plötzlich »Ein guter Tag zum Sterben« von der fränkischen Punkband J. B. O. an sein Ohr tönte. Er hatte das Lied als Klingelton auf seinem Diensthandy eingerichtet. Fand er irgendwie passend.

Bülent schlitterte nackt über das Eichenholzparkett in seinem Flur seinem Handy entgegen, welches auf einem kleinen Tischchen neben der Tür lag. Öl auf der Haut ist gut, aber nicht, wenn man es eilig hat, dachte er noch, als er auch schon mit seinem

1 Was heute unwichtig erscheint, kann morgen von Wert sein.

kleinen Zeh am Türrahmen hängenblieb. Der grantige Schmerz zwang ihn sofort und unmissverständlich in die Knie, aber immerhin hatte er noch sein Handy erwischt. Profi blieb halt Profi.

»Hallo, Büli. Hallo?«

Astrid Weber, seine junge Assistentin, war am anderen Ende der Leitung. Wie oft hatte er ihr jetzt eigentlich schon gesagt, dass sie ihn nicht Büli nennen sollte? Er wollte nicht verniedlicht werden, er war schließlich ein ganzer Kerl. Mit einem leichten Pflegefimmel vielleicht, aber wer sagte denn, dass Männer stinken mussten wie Hyänen und haaren wie Schimpansen.

»Büli, bist du noch dran?«, schallte es ungeduldig aus dem Telefon.

»Was gibt's denn?«, presste Bülent zwischen den Zähnen hervor, weil er gerade dabei war, vorsichtig seinen brutal wimmernden Zeh abzutasten, und das tat verdammt weh.

»Wir sollen sofort ins Büro kommen, der Chef will uns sehen.«

»Warum denn am Wochenende?! Und warum ruft er dich an und nicht mich?«

»Zu eins, Schatzi, weil es für uns keine Wochenenden gibt, und zu zwei, weil du wahrscheinlich wieder mal vor lauter Schaum im Ohr das Handy nicht gehört hast. Er hat es versucht, mehrmals. Also los, schwing die Hufe.«

Wenig später saß Bülent etwas schief gelagert und äußerst schlecht gelaunt in seinem Bürostuhl. Sein Zeh schrie vor Entrüstung, dass er trotz der widrigen Umstände in äußerst schicke, aber viel zu enge Wildleder-Slippers gepackt worden war. Außerdem lachte draußen das schönste Wetter. Der Tag konnte nur besser werden. Laut Astrid würde sein Chef in etwa zehn Minuten eintreffen, hatte noch irgendetwas auf dem kurzen Dienstweg zu regeln. Blabla.

Bülent wandte sich dem zu, was er immer tat, wenn ihm die Polizeiarbeit mal wieder so richtig gegen den Strich ging. Er überarbeitete sein Rezept für ein ganz besonders innovatives Produkt – den ersten fränkisch-türkischen Schäufele-Döner. Irgendwann, daran glaubte er fest, würde er seinen Traum von einem eigenen Imbissstand, was hieß Stand, eigenem Imperium, wahrmachen und dann endgültig die Tore zwischen sich und dem Kriminalamt schließen. Natürlich erst dann, wenn seine sicherlich nicht unansehnliche Pension allmonatlich auf sein Konto überwiesen würde. Er war vielleicht ein Visionär, aber auch nicht wahnsinnig. Mal abgesehen davon, dass es seinem Vater das Herz brechen würde, wenn er frühzeitig den Dienst quittieren und damit quasi die Familienehre verletzen würde. Nein, dann doch lieber noch ein paar Jahre weitermachen bei der Mordkommission. Und das am liebsten ohne Mord.

Seit über zwanzig Jahren schob er Dienst nach Vorschrift, und das nur, weil Erkan Rambichler als bekennender *Tatort*-Fan und Frankenfanatiker die kriminalistische Beamtenlaufbahn für seinen Sprössling als besonders erstrebenswert erachtet hatte. Vor allem auch hinsichtlich einer erfolgreich abgeschlossenen Integration. Dabei ging es Erkan mehr um seine eigene als die von Bülent, der war schließlich in Deutschland geboren und aufgewachsen. Natürlich hätte Bülent auch nein sagen können, als ihm sein Vater die Bewerbungsunterlagen für den gehobenen Polizeidienst mit den Worten »Sohn, mach mich stolz« in die Hand gedrückt hatte. Er hätte auch immer noch nein sagen können, als er seine Ernennungsurkunde in Händen hielt. Hatte er aber nicht. Denn Bülent hasste nichts mehr als Stress, und zu dem wäre es zweifelsohne gekommen, wenn er sich dem großen Wunsch seines Erzeugers widersetzt hätte. Ganz zu schweigen davon, was seine Mutter dann daheim vermutlich täglich für ein Theater hätte über sich ergehen lassen müssen. Und wenn er ganz ehrlich war, wusste er nach dem Abitur ohnehin nichts Rechtes mit sich anzufangen. Außerdem lief es ja nicht wirklich schlecht für ihn. Er schob, dank seines wohlwollenden Chefs, ausschließlich Innendienst und sah die meisten Leichen, wenn überhaupt, nur hübsch abgelichtet auf Fotopapier. Es störte ihn auch überhaupt nicht, dass man ihn im ganzen Revier als Akten-Schubser und Protokoll-Gott verspottete. Wenn schon. Sollten doch andere Licht auf die dunklen, blutrünstigen Seiten der Menschheit werfen. Ihm war nicht nach Ruhm und Ehre – ihm war nach Ruhe und Entspannung.

»Huhuuu, ist wer zu Hause? Erde an Büli.« Astrid, seine junge, zugegebenermaßen äußerst attraktive Assistentin, sah ihn aus großen Augen an, ein verdächtiges Zucken umspielte dabei ihre Mundwinkel.

»Du sollst mich nicht immer Büli nennen. Intensiv nachgedacht habe ich halt«, raunzte Bülent sie an und richtete sich schwer ächzend auf seinem Schreibtischstuhl auf. »Verdammt, wenn der mal nicht gebrochen ist«, jammerte er.

»Hier, nimm ein paar Arnika-Globuli. Die helfen.« Astrid streckte ihm ein kleines Döschen entgegen. Bülent verzog verächtlich das Gesicht.

»Du weißt ganz genau, dass ich an dieses homöopathische Graffl nicht glaube.«

Als hätte sie ihn nicht gehört, nahm Astrid Bülents Hand und schüttete ein paar der weißen Kügelchen hinein.

»Probieren muss man!«, gab sich Astrid gespielt streng und ließ Bülent so lange nicht aus den Augen, bis dieser gottergeben die Globuli hinuntergeschluckt hatte. Kaum hatte das vermeintliche Wundermittel jedoch den Weg gen Speiseröhre gefunden, fasste er sich theatralisch an den Hals.

»Hilfe, ich ersticke«, röchelte er und verdrehte dabei die Augen.

»Sehr witzig.« Beleidigt verschanzte sich Astrid hinter ihrem Computer, während Bülent seine Zunge zur Verdeutlichung seines schweren Leidens aus dem Mundwinkel hängen ließ.

»Herr Rambichler, geht es Ihnen nicht gut?«

Bülent öffnete die Augen und blickte direkt in das Gesicht von Horst Köhl, dem Leiter der Mordkommission, der ihn über seine randlose Brille mit ernsthaft besorgtem Gesichtsausdruck ansah. Ratlos drehte Köhl sich zu Astrid um. »Was hat er denn?«

Astrid grinste. Doch bevor sie sich eine freche Antwort zurechtlegen konnte, schaltete Bülent sich schleunigst ein.

»Alles bestens, ich habe Frau Weber nur etwas veranschaulichen wollen.« Bülent sandte Astrid einen hilfesuchenden Lass-mich-jetzt-bloß-nicht-hängen-Blick zu. Sie nickte.

»Ja, das hat er.« Sie lächelte ihren Vorgesetzten offen an.

»Und was genau?« Köhl ließ einfach nicht locker.

»Ähm, ja also …« Bülent überlegte fieberhaft.

»Die komplexe Wirkung halluzinogener Drogen auf den menschlichen respektive männlichen Organismus ab vierzig«, schoss es aus Astrids Mund. Bülent musterte sie anerkennend. Anscheinend versteckte sich hinter diesem hübschen kleinen Pagenköpfchen auch ein äußerst schlagfertiges Gehirn.

Als man ihm Astrid vor rund einem Jahr als seine Assistentin vor die Nase, besser gesagt an den Schreibtisch ihm gegenüber, gesetzt hatte, war er alles andere als begeistert gewesen. Eine Frau in seinen heiligen, Testosteron-geschwängerten Räumen, und dann auch noch so ein Exemplar. Bülent hatte damals kurz davorgestanden, den Dienst zu quittieren.

Denn dieses junge Ding war nicht nur hoffnungslos überambitioniert und witterte überall Mord und Totschlag, nein, schlimmer noch: Sie war eine von diesen dauerhaft fröhlichen Quietscheentchen-Frauen, an denen Zynismus und schlechte Laune abperlten wie Regen an einer gut geölten Haut. Das allein würde ja schon reichen, um einen Mann wie Bülent wahnsinnig zu machen. Doch stückweise kristallisierten sich weitere Absonderlichkeiten heraus, mit denen er sich täglich herumschlagen musste. Astrid hatte nämlich nicht nur ein Faible für Räucherstäbchen, sondern auch für Yoga. Was damit einherging, dass sie mindestens einmal am Tag ihre Matte ausrollte, um ohne Scham ihren zugegebenermaßen sehr ansehnlichen Körper zu dehnen. Praktizierende und missionierende Veganerin war sie außerdem. Dass sie sich mit zweitem Namen »Sunshine« nannte, war für Bülent dann nur noch die logische Fortführung eines konsequent gelebten weiblichen Wahnsinns. Mittlerweile hatten sich die beiden jedoch aneinander gewöhnt. Sie ließ ihm seine Bratwurstsemmeln, und er unterließ es gnädigerweise, auf ihrem Kälbchen-Poster die für den Verzehr geeigneten Fleischgebiete einzukreisen.

»Ich habe einen Auftrag für Sie und bin überzeugt davon, dass Sie der richtige Mann für diesen Job sind.« Der Chef hatte es sich auf der Schreibtischkante von Astrid gemütlich gemacht und strahlte Bülent mit breitem Lächeln an.

»Ok, um was geht's? Welche Akten sollen wir uns diesmal vornehmen?«, fragte Bülent emotionslos.

»Nix Akten, zumindest noch nicht. Ich rede von einem echten Fall mit Leiche und allem Pipapo. Heute Morgen frisch reingekommen. Die Kollegen sind schon vor Ort und warten auf ihre Ablösung. Hab ich alles schon in die Wege geleitet.«

»Bitte was?«

»Sie haben mich schon richtig verstanden. Sie dürfen raus an die Front.«

Astrid jauchzte erfreut auf, verstummte aber sofort, als sie Bülents entsetztes Gesicht sah.

»Hören Sie, Herr Rambichler, ich weiß, dass Ihnen das nicht schmeckt, aber es ist Ihr verdammter Job, und ich kann Sie nicht länger hier vor Gott und der Welt verstecken.«

»Warum ich? Warum jetzt?« Fassungslos sah Bülent seinen Chef an. Der sprang behände von Astrids Tisch, ging zu seinem Untergebenen und klopfte ihm motivierend auf die Schulter.

»Weil Sie in diesem Fall tatsächlich die beste Besetzung sind. Die Tote stammt nämlich aus Ihrem Heimatdorf.«

Bülents Augen weiten sich. »Aus Strunzheim?« Nach kurzem Nachdenken aber lehnte er sich selbstzufrieden zurück. »Ja, wenn das so ist, dann muss ich den Fall leider wegen Befangenheit ablehnen.«

Was für ein genial gnadenloser Schachzug von ihm, gratulierte er sich noch selbst, da donnerte auch schon die Faust des Chefs auf seinen Schreibtisch.

»Einen Scheißdreck werden Sie. Sie fahren da hin, weil Sie wissen, wie die da draußen ticken, und wenn Sie das nicht tun, dann sorge ich höchstpersönlich dafür, dass Sie bis zu Ihrer Pensionierung bei der Bereitschaftspolizei Dienst schieben. Und ich verspreche Ihnen: Keine Neonazi-Demo und kein Hooligan getränktes Fußballspiel findet mehr ohne Sie statt, haben Sie mich verstanden?«

Astrid zog es vor, mucksmäuschenstill hinter ihrem Computer auszuharren und abzuwarten, was passieren würde. Bülent starrte einfach nur stur geradeaus.

»Herr Rambichler, ich weiß, dass Sie das können. Also, enttäuschen Sie mich nicht!«

Lange noch, nachdem Horst Köhl das Zimmer verlassen hatte, saß Bülent stumm da und starrte gegen die Wand, so als wollte er sie hypnotisieren. Plötzlich nahm seine empfindliche Nase eine Duftexplosion wahr, die ihm fast den Atem raubte.

»Gott verdammt, was ist das?«

»Sandelholz«, verkündete Astrid betont gelassen und fuchtelte dabei mit einem glimmenden Räucherstäbchen herum. »Vertreibt die schlechte Energie hier im Raum. Wirst sehen, gleich fühlst du dich besser.«

»Wann ich mich besser fühle, entscheide ich. Schließlich bin ich hier der Chef.«

»Pfff, Chef. Kaum bekommen wir mal einen echten Fall auf den Tisch, drehst du total durch. Ich bin mir sicher, wir schaffen das.«

»Das ist ja das Schlimme«, seufzte Bülent und erntete einen irritierten Blick von Astrid. »Versagen wir, lande ich in der Hölle. Sind wir erfolgreich, kommt die Hölle zu uns. Dann wird es hier nämlich bald von toten Leichen nur so wimmeln. Wie wir es auch machen, schön wird's nicht. Verstehst?«

Astrid verstand natürlich mal so überhaupt rein gar nichts.

»Büli …«

»Sag halt nicht immer Büli zu mir«, unterbrach er sie und fuhr sich erschöpft mit der Hand durch sein Haar. Astrid richtete genervt ihre Augen gen Himmel.

»Also gut, Bülent. Dir ist schon klar, wo wir hier arbeiten, oder? MORDKOMMISSION – schon mal gehört?«

Bülent atmete hörbar genervt ein und aus, ersparte sich aber eine Antwort.

»Wieso bist du eigentlich schon so lange hier, wenn dir das alles nicht gefällt? Wieso bist du überhaupt hier?« Fragend sah sie ihn an.

Bülent zuckte mit den Schultern. »Hattest du schon mal einen türkischen Vater?«

Astrid lächelte, dann wurde sie ernst.

»Ich habe überhaupt keinen Vater mehr.«

»Das tut mir …«

»Schon gut, ist lange her. Ich verschwinde jetzt mal kurz an die frische Luft.« Astrid ging zur Tür. Doch bevor sie den Raum verließ, drehte sie sich noch einmal um. »Weißt du, es ist deine Sache, wenn du dich hier bis zur Pension unsichtbar durchmogeln willst, aber ich möchte das nicht. Ich will den Job machen, für den ich ausgebildet worden bin, und du bist verdammt noch mal dafür verantwortlich, dass ich ihn machen kann und dabei immer besser werde!« Eindringlich sah sie ihren Chef an. »Und wer weiß, je schneller ich immer besser werde, desto schneller bist du mich vielleicht auch wieder los und hast deine Ruhe«, vollendete Astrid ihr Plädoyer und lächelte Bülent dabei spitzbübisch an.

Nach einigen schweigsamen Augenblicken lächelte Bülent ergeben zurück.

»Ok, diesen einen Fall, danach lässt du mich in Ruhe. Und keine Räucherkerzen mehr, verstanden?«

KAPITEL 3

Heimweh ist's, wenn's daheim weh tut

Indien – nie wollte ich hin, jetzt stecke ich mittendrin, reimte Bülent im Stillen, nachdem ihm zum wiederholten Male der Holz-Ganesha vor die Linse baumelte, der zwischen lauter anderem asiatischen Krempel vom Rückspiegel hing. Astrids alter Lada Niva hatte wahrlich nichts mehr von der Derbheit, die diesen russischen Geländepanzer eigentlich ausmachen sollte. Ganz im Gegenteil, er kam eher daher wie die Reinkarnation einer äußerst farbenfrohen Rikscha, an deren Innerem und Äußerem fast schon inflationär mit Peace-Zeichen um sich geklebt worden war. Und dann dieser absonderliche Geruch, der aus den zerschlissenen Sitzpolstern strömte. Irgendeine herbe Mischung aus Chai-Tee und Katzenpisse.

»Ich weiß, es stinkt hier ein bisschen«, gab Astrid dann auch zu. Die angewiderte Mimik ihres Chefs war ihr wohl nicht entgangen. »Mir ist vor drei Wochen ein kleines Malheur passiert, außerdem war das früher das Auto eines Jägers. Aber nach ein paar Kilometern merkst du es nicht mehr, da gewöhnt sich dein Riechkolben dran. Versprochen.«

Astrid tippte sich zur Unterstreichung ihrer Worte an die Nase. Bülent kurbelte – ja, kurbelte – das Fenster hinunter und verfluchte im Geiste seinen schmerzenden Zeh. Wäre der nicht massiv deformiert, würde er jetzt selbst am Steuer seines herrlich nach Ledersitzen riechenden Dienstwagens hocken, statt sich von seiner Assistentin in deren Eso-Kübel durch die Gegend chauffieren zu lassen.

»Warum wolltest du eigentlich unbedingt mit deinem Auto fahren?«, fragte Bülent, weil es ihn tatsächlich interessierte.

»Ich fahre immer nur mit Achim, wenn ich schon fahren muss«, erklärte Astrid, als wäre es das Normalste der Welt, dass eine Sowjetkutsche Achim genannt wurde, beziehungsweise überhaupt benannt wurde. »Wir harmonisieren einfach wahnsinnig gut«, fügte sie dann noch hinzu und hielt Bülent einen tischtennisgroßen braunen Batzen unter die Nase, der nach Mottenkugeln roch. »Möchtest du auch ein Energiekügelchen? Schmecken echt lecker.«

Bülent erbat sich umgehend den Besuch eines Parkplatzes, und zwar zackig.

Nachdem sie diverse Rastplätze auf der Strecke konsultiert hatten, die Bülents Frischluftzufuhr sicherten, passierten sie endlich kurz vor dem Ein-Uhr-Läuten das Ortsschild von Strunzheim.

»Wow, das sieht ja alles gleich aus«, bemerkte Astrid, als sie an einem Neubaugebiet vorbeifuhren, welches vor nicht allzu langer Zeit noch Wald und Wiese gewesen war. Jetzt reihten sich hier Wand an Wand zahlreiche Einfamilienhäuser, deren Besitzer sich höchstens in der Farbwahl einen Funken Individualität bewahrt hatten.

»Das ist wie Nürnberg-Langwasser, nur ohne Hochhäuser. Aber genauso eng und zugebaut. Nur weil alle billig und schnell ein Haus mit Garten haben wollen, nehmen's in Kauf, dass der Nachbar ihnen von seinem Balkon aus direkt in die Suppe spucken kann. Ich versteh das nicht«, grummelte Bülent mürrisch vor sich hin. »Mal abgesehen davon, dass es die Landschaft total verschandelt.«

Astrid deutete auf zwei kleine Mädchen, die in einem der Vorgärten quietschvergnügt auf einem überdimensionierten Trampolin auf und ab hüpften.

»Schau sie dir an, für die ist das hier das Paradies.«

Bülent schnaubte verächtlich. »Geh, das sind Kinder, die fühlen sich doch überall wohl. Denen ist doch wurscht, wo sie ihrem Ball hinterherrennen.«

Urplötzlich legte Astrid eine Vollbremsung hin, dass es Bülent glatt den gegelten Scheitel verzog.

»Du glaubst also wirklich, es ist Kindern egal, wo sie leben? Dann sag ich dir jetzt mal was: Mir war es nicht egal, dass ich die Sonne vor lauter Beton um mich herum kaum sehen konnte. Mir war es auch nicht egal, dass ich nie auf dem kleinen Rasenfetzen vor dem Haus spielen durfte, während der Kampfhund vom Hausmeister draufkacken konnte, wann immer er das Bedürfnis hatte. Und mir war es auch nicht egal, dass ich mir mit meiner Mutter und zwei Geschwistern eine trostlose kleine Einzimmerbude teilen musste, nur weil mein Herr Papa irgendwie mit der Nachbarin besser klarkam als mit der Verantwortung für seine Familie. Nichts davon war mir egal. Und auch wenn das für dich total geschmacklos klingt, für mich ist es immer noch ein Ort, der um vieles schöner ist als da, wo ich herkomme.«

Astrid holte tief Luft und strich sich eine Haarsträhne aus dem erhitzten Gesicht. Dann blickte sie schweigend zum Fenster hinaus.

Bülent stupste sie vorsichtig an. »Hey, wo kommst du denn eigentlich her?«

»Aus Nürnberg-Langwasser, du Vollpfosten.« Astrid grinste schon wieder ganz versöhnlich.

»Oh. Entschuldigung, das wusste ich nicht.«

Bülent schämte sich augenblicklich für seine unsensible Ader, die ihm vor allem im Umgang mit Frauen schon oft zum Verhängnis geworden war. Dabei stand nie wirklich eine böse Absicht dahinter. Er neigte einfach manchmal zu verbalen Fehltritten und stapfte fröhlich in jedes noch so kleine Fettnäpfchen. Das lag ihm irgendwie im Blut. Im Grunde war es ihm auch wurscht, was die Frauen von ihm hielten. Die meisten waren ihm ohnehin zu hysterisch. Nur mit Astrid, dem kleinen Friedensengel, wollte er es sich eigentlich gerade zum jetzigen Zeitpunkt nicht verscherzen. Schließlich sollte sie, wenn es nach ihm ging, den Löwenanteil der Ermittlungen übernehmen. Er musste also unbedingt wieder gut Wetter machen. Und am besten gleich damit anfangen.

»Sag mal, hast du noch so eine von den Dings … äh Energiekugeln?«

Astrid starrte ihn ungläubig an. »Bist du sicher?«

Bülent nickte und schickte ein schiefes Grinsen hinterher. Wenig später kaute er auf einer undefinierbaren Masse herum. Während er angestrengt darüber nachdachte, wie er heimlich seinen Mundraum von dem Batz befreien konnte, sah Astrid begeistert nach draußen.

»O Mann, das ist ja wirklich zauberhaft, Büli. Jetzt kann ich fast schon wieder verstehen, dass du dich über das Neubaugebiet so aufregst. Das passt ja wirklich gar nicht zum Rest.«

Und tatsächlich, je näher sie dem Dorfkern kamen, desto idyllischer wurde es. Alte Bauernhäuser mit prächtigen Gärten säumten die Straße, und hier und da saß tatsächlich eine Oma in Kittelschürze auf der Bank vor ihrem Häuschen und streckte die Nase in die Sonne. Ansonsten war jedoch reichlich wenig los.

»Ist das hier immer so still?«, wollte Astrid wissen.

»Wart's ab, das ist nur die Ruhe vor dem Sturm«, raunte Bülent ahnungsvoll und sollte Recht behalten.

Nicht unweit vom Fundort der Leiche herrschten geradezu eventartige Zustände. Die Hauptstraße, die mitten durch das Dorf führte, war aufgrund der polizeilichen Ermittlungsarbeit für den Verkehr gesperrt worden, und man nutzte diese Gelegenheit für ein kleines spontanes Straßenfest. Die aufgestellten Bierbänke und Tische bogen sich unter zahlreichen Hintern und Maßkrügen. Es gab Bratwürste vom Grill und panierte Karpfennuggets aus heimischer Fischzucht. Außerdem hatten sich die Damen vom Landfrauenbund nicht lumpen lassen und ein ausladendes Kuchenbuffet auf die Beine gestellt. Dass noch kein hübsch geschmückter Kirchweihbaum aufgestellt worden war – wie üblich bei ländlichen Festivitäten –, lag wohl daran, dass die versammelten Mitglieder der Freiwilligen Feuerwehr mittlerweile eines geraden Ganges kaum mehr mächtig waren. Soweit man es beurteilen konnte, waren im Grunde alle mehr oder minder kräftigen Burschen des Dorfes sternhagelvoll. Die Mädchen im Übrigen auch. Die Stimmung war ausgelassen.

Bülent fühlte sich beim Anblick dieses Spektakels sofort in seine Jugend zurückkatapultiert. Auch er hatte ab seinem vierzehnten Lebensjahr so manchen Tag nicht mehr ganz geradeaus sehen und gehen können. Ab dem Zeitpunkt war er nämlich der katholischen Landjugend beigetreten, und die war alles, nur nicht ohne Sünde. Seine Mutter hatte damals nicht selten damit zu tun gehabt, die alkoholbedingten Kollateralschäden im Haus und rundherum zu beseitigen. Nach so einer Schneemaß[2] speite es sich aber auch besonders leicht. Bülent musste lächeln, als er an die alten Zeiten zurückdachte. Mein Gott, was hatten er und sein bester Freund Franz doch für einen Unsinn getrieben. An Silvester Briefkästen gesprengt oder in den Goldfischteich des Bürgermeisters gepinkelt.

Bülent schwelgte in seinen Erinnerungen, doch ihm entging auch nicht, dass Astrid von dem bunten Treiben um sie herum weit weniger angetan war. Zumal ihr so manch ein betrunkener

2 Zitronenlimonade, Schnaps, Vanilleeis, Sekt

Kerl schon unmissverständlich zu verstehen gegeben hatte, dass er sie gerne mal so richtig durchmausen würde. Da störte es auch nicht, dass die Freundin daneben stand und Rotz und Wasser greinte ob dieses wenig gentlemanliken Verhaltens.

»Die sind ja wie die Wilden.« Leicht irritiert blickte Astrid sich um, während sie sich mit ihrem Chef durchs dörfliche Gewühl kämpfte.

Bülent entging dabei nicht, dass der ein oder andere Dörfler von seiner Maß aufsah, auf ihn deutete und hinter vorgehaltener Hand darüber spekulierte, ob das jetzt tatsächlich der verlorene Sohn vom Rambichler war oder nicht. Er konnte es direkt ahnen, was in den Köpfen der Leute vorging, die ihn jetzt so unverhohlen und nicht gerade wohlwollend musterten. Zum einen war es für sie wohl noch immer ein absolutes Unding, dass er es gewagt hatte, die Grenzen des Landkreises zu überschreiten, um sich schlussendlich in einer großen Stadt wie Nürnberg niederzulassen. Denn man war sich hier draußen schon einig darüber, dass ab zehntausend Einwohnern der körperliche wie soziale Verfall vorprogrammiert war. Und zum anderen, was sie sicherlich auch ganz fuchsig machte, überlegte Bülent weiter, war die Tatsache, dass er zur Miete wohnte, wo doch seine Eltern schon vor Jahren einen Bauplatz für ihn optioniert hatten. Tausend Quadratmeter Grund. Genug für Häuschen, Garten und Kinderschaukel. Ja, in ihren Augen war er wohl ein Landesverräter, der es zudem nicht mal für nötig hielt, sich der heiratswilligen Frauen des Dorfes anzunehmen.

»Öha, da schau her, der Ander, der hält sich bestimmt für was Besseres«, hörte Bülent dann auch die vollbusige Schneider Anni, eine von den Landfrauen, laut plärren, als er grußlos an ihr vorüberzog. »Dabei hab ich dem Erkan seinen Ableger schon als kleinen Bub gekannt, wie er immer mit seiner verpieselten Hosen dastand«, legte sie nach und gönnte sich ein weiteres Stück ihrer selbstgebackenen Biskuitrolle. »Eh ganz was Leichtes, ist ja nur Sahne drin«, erklärte sie jedem, der in der Nähe stand, mit vollem Mund und wippender Brust.

Der Hauptkommissar spürte die zahlreichen Blicke im Nacken, und wirklich wohl fühlte er sich dabei nicht. Ihm war nämlich durchaus bewusst, dass diese ganze seltsame Stimmung gegen ihn nicht von ungefähr kam. Die Männer in seinem Alter kämpften bei seinem Anblick gegen ihre Komplexe, und deren Frauen, sofern sie denn welche hatten, gegen ihre wallende Libido. Mutmaßte er zumindest. Nachdem es mehrere Jahre hintereinander seinetwegen zu kleineren bis mittelschweren Zerwürfnissen und haltlosen Eifersuchtsdramen in diversen Familien gekommen war, hatte seine Mutter beschlossen, ihm für seine alljährlichen Besuche am 24. Dezember einen dezenteren Dresscode – sprich einfache Jeans und Poloshirt – ans Herz zu legen, den er natürlich mitnichten befolgte. Er trug zu Christi Geburt, wie zu allen feierlichen Anlässen, einen seiner eleganten schwarzen Anzüge. Klar sah er darin verdammt gut aus, aber hallo, wenn schon »nur« Kriminaler, dann wenigstens einer mit Stil – da konnte seine Mutter noch so hantieren. Und auch wenn Maria jammerte und zürnte, natürlich platzte sie zeitgleich vor mütterlichem Stolz über ihren Jungen. Dennoch verbat sie ihm mittlerweile den Besuch des weihnachtlichen Gottesdienstes, um wenigstens gefühlt den heiligen Frieden des Herrn zu wahren. Bülent hatte es aufgegeben, ihr klarzumachen, dass er nicht im Geringsten an einer Frau aus Strunzheim interessiert sei.

»Das ist doch wurscht, was du willst, sobald nur eine von diesen gämsigen Weibern Witterung aufgenommen hat, ist der Teufel los«, bekam er jedes Mal zur Antwort.

Als er jetzt so über die Bankreihen blickte, da musste er an ihre Worte denken und befürchtete, dass seine Mutter durchaus Recht hatte mit ihren dunklen Vorahnungen. Unweit von ihm saß nämlich die Krätz Evi, eine blonde, dralle Mittvierzigerin, die schon während seiner Schulzeit hinter ihm her gewesen war und ihm nun keck zuwinkte. Dabei thronte direkt neben ihr der Heinzi, ihr voluminöser, haarloser Autoschrauber-Ehemann, der sich gerade genüsslich Ketchup von den ölverschmierten, wiederum behaarten Pranken leckte. Bülent schüttelte es. Rasch zwang er sich weiterzugehen. Er schien also nicht nur im Anzug auf die Frauen zu wirken, sondern auch in lässigen Chinos und tailliertem Hemd. Gut, Letzteres betonte durchaus seinen muskulösen Oberkörper, aber er konnte sich ja nicht in Sackleinen kleiden. Hatte er sich verguckt, oder leckte sich die rotwangige Frau vom Bäcker gerade die dicken Lippen, als er an ihr vorbeilief?

Verdammt noch mal, worauf hatte er sich da nur eingelassen? Er wusste doch genau, wie es hier draußen zuging. Vermeintliche Fehler wurden schnell entdeckt, und ehe man sich's versah, versank man in einem Morast aus Lästerei und Verleumdung. Und was das Schlimmste daran war: Die gesamte Sippe wurde unweigerlich mit in den Abgrund gerissen. Bülent stöhnte resigniert und stolperte fast über das polizeiliche Absperrband, das die Staatsmacht vor dem privaten Pöbel schützen sollte.

»Da, schau ihn an, den Kriminaler, recht standfest scheint er ja nicht zu sein. Hoffentlich läuft es im Schlafzimmer besser für ihn.« Der Witzbold, ein junger Bursche in Feuerwehrkluft, hatte natürlich mit dieser Aussage die Lacher auf seiner Seite, während Bülents Ohren vor Scham glühten.

»Was zum Teufel tun all diese Menschen hier?«, fragte Astrid, während sie wie ein junges Reh über die Absperrung hüpfte und so tat, als hätte sie die Bemerkung nicht gehört.

Bülent folgte ihr dank seines lädierten Fußes weitaus weniger elegant.

»Na feiern, das siehst du doch«, antwortete er gereizter als gewollt. Aber diese Luft, er spürte es genau, die tat ihm überhaupt nicht gut.

Astrid schien von seiner zwiespältigen Laune nichts zu merken. »Aber die können doch nicht allen Ernstes ein Volksfest abhalten, während nebendran wahrscheinlich ein Mord begangen wurde.«

»Kärwa heißt das hier bei uns«, belehrte Bülent sie müde. »Und du siehst doch, dass sie es können. Passiert nicht viel hier draußen, und wenn's dann halt mal g'scheit schebbert, will auch jeder dabei sein und was davon haben.« Ohne es zu merken, rutschte Bülent von seinem sonst so gestochen scharfen Hochdeutsch ins Fränkische.

»Ich finde es einfach nur pietätlos«, echauffierte sich Astrid und stapfte in Richtung zweier Männer, deren fester Stand zumindest den Eindruck erweckte, dass sie noch nüchtern und demzufolge ihre Kollegen waren.

»Na endlich, die Ablösung«, tönte es den Ermittlern dann auch beim Näherkommen entgegen. »Wir haben schon geglaubt, wir kommen gar nicht mehr raus aus diesem Kuhkaff.« Fröhlich grinsend kam der jüngere der beiden Männer auf sie zu und streckte ihnen die Hand entgegen. »Oliver Bänder, und da hinten, das ist mein Chef, Hauptkommissar Manfred Loth.«

»Hauptkommissar Rambichler, und das ist meine Assistentin Frau Weber.«

Irritiert bemerkte Bülent, wie Bänder Astrid von oben bis unten wohlwollend musterte. Sie war einfach eine von jenen Frauen, über die die Natur schlichtweg zweimal ihr Goldsäckchen ausgeschüttet hatte und jedes Make-up überflüssig machte.

Doch es war ja nicht nur ihre Optik, auch ihr Style war groß. Lässig, aber irgendwie sexy. »Enge Jeans und Lederjacke – aus tierfreundlichem Kunstleder versteht sich –, das geht immer«, hatte ihn Astrid irgendwann einmal aufgeklärt, und er musste ihr Recht geben. Auch wenn er es nie verstand, warum man sich Hosen mit Löchern kaufen sollte. Und warum diese Löcher dann auch teilweise noch schweinsteuer waren.

»Wenn Sie fertig sind mit Ihrer Fleischbeschau, dann dürfen Sie uns gerne Ihrem Vorgesetzten vorstellen«, wies Bülent den jungen Kollegen zurecht, als ihm die offensichtliche Gier in dessen Augen dann doch zu viel wurde, und erntete ein dankbares Lächeln von Astrid.

»Mein Held«, wisperte sie ihm zu, während Bänder, wenn auch widerwillig, seine Augen von Astrid nahm. Die drei gingen auf Hauptkommissar Loth zu, der offensichtlich immun gegen Astrids Reize war.

»Da sind Sie ja endlich, das ist ja kaum zum Aushalten hier. Diese, diese Leute hier …« Loth machte eine ausschweifende Bewegung. »Die machen einen narrisch. Kein Wunder, dass alle saufen, hält man sonst ja gar nicht aus.« Erschöpft fuhr er sich durch sein schütteres Haar. »Ich sag's Ihnen, Herr Rambichler, was mir in den vergangenen Stunden alles untergekommen ist, das reicht für eine vorzeitige Pensionierung. Sie ahnen ja nicht …«

»Doch, doch«, unterbrach Bülent ihn. »Glauben Sie mir, ich weiß genau, wovon Sie sprechen.«

»Unter uns gesagt, Frau Weber, lassen Sie bloß die Finger von den Einheimischen. Mir scheint, hier kennt nicht nur jeder jeden, hier fließt auch gerne mal das gleiche Blut durch zu viele Adern«, raunte Bänder Astrid zu.

Astrid wich einen Schritt zurück.

»Wofür halten Sie mich eigentlich, Kollege. Ich bin hier, um meinen Job zu machen, und nicht, um mich in ein amouröses Abenteuer zu stürzen. Oder steht auf meiner Stirn geschrieben 'Fick mich, Cowboy!'?«

Bülent fühlte nun schon zum zweiten Mal an diesem Tag so etwas wie einen Hauch von Stolz für seine Assistentin.

»Gut, nachdem das geklärt wäre, können wir uns nun endlich wichtigeren Dingen zuwenden«, sagte Loth ungeduldig und warf seinem Untergebenen einen mahnenden Blick zu. Bänder nickte eifrig und holte seinen Notizblock hervor.

»Also, die Tote heißt ... ähm ... hieß eigentlich Kerstin Rummsler ...«

»Was meinen Sie mit eigentlich?«, unterbrach ihn Astrid.

»Na ja, besser bekannt ist sie, also war sie, unter ihrem Spitznamen: Gelbwurst-Pflunzn. Manche nannten sie auch die Dorfmatratze.« Bänder war die ganze Sache sichtlich unangenehm, deshalb fuhr er hastig fort: »Der Tod trat wohl so zwischen ein und zwei Uhr nachts ein. Wahrscheinlich ist sie aus großer Höhe heruntergefallen, respektive gestoßen worden. Hierzu wird Ihnen die Rechtsmedizin spätestens morgen Näheres sagen können.«

Bülent sah sich nachdenklich um.

»Das heißt also, der Fundort der Leiche entspricht nicht dem Tatort.«

Loth nickte. »Genau das heißt es.«

»Gibt es sonst noch etwas, das wir wissen müssen?«, hakte Astrid nach.

»Ja, da gibt es noch etwas«, fuhr Bänder fort. »Die Tote war bis auf zwei Engelsflügel splitterfasernackt und hatte am Körper zahlreiche Kratzer. Der Doktor tippt auf Dornen, wollte sich aber noch nicht festlegen.«

»Gibt es Zeugen?«, fragte Bülent nach und erntete ein etwas zaghaftes Nicken von Loth.

»Ja, und was haben die gesehen?«, griff Astrid ungeduldig Bülents Worten vor.

»Das wissen wir nicht.« Bänder scharrte beschämt mit seinen Schuhen über den Straßenbelag.

»Wie? Das wissen Sie nicht?«

»Wir dachten, dass es besser wäre, wenn Herr Rambichler persönlich die Befragung übernimmt. Schließlich kommt er aus Strunzheim und ist sicherlich bestens vertraut mit der hiesigen Mentalität.«

»So, das haben Sie also gedacht. Na gut, wie heißen denn die Zeugen«, gab sich Bülent betont lässig, obwohl alles in ihm rebellierte. Wie er es hasste, dieses Leuteausfragen. Besonders gut war er darin auch nicht.

»Erna und Traudl Walder heißen die beiden Damen«, las Bänder die Information von seinem Block ab. »Übrigens auch die Einzigen, die sich bis dato freiwillig bei uns gemeldet haben – und das nicht nur einmal.«

Bülent fing augenblicklich an zu schwitzen. Die Walder-Zwillinge, wer sonst. Was hatte er nur verbrochen, dass ihn das Schicksal nun auch noch in Form dieser zwei Mistamseln heimsuchte. Schon seit er laufen konnte, versuchte er, ihnen aus dem Weg zu gehen, und jetzt war doch tatsächlich die Zeit gekommen, wo er sich ihnen stellen musste. Quasi von Angesicht zu Angesicht.

»Ist Ihnen nicht gut, Herr Rambichler?«

Manfred Loth musterte Bülent besorgt. Der schüttelte den Kopf.

»Alles bestens, Herr Kollege, mir war nur kurz etwas schwindelig. Noch nicht richtig gegessen. Wie sieht es denn aus mit der Familie der Toten?«

Eine Antwort darauf bekam Bülent nicht mehr, denn in diesem Moment brach ein kleiner Tumult los. Mehrere Streifenbeamte hatten Mühe, eine aufgebrachte Person im Zaum zu halten, die versuchte, die Absperrung zu überqueren. Ein Polizist winkte Bülent heran.

»Dieser Mann behauptet, Sie zu kennen.«

Bülent musterte sein Gegenüber, der links und rechts von zwei Streifenbeamten in Schach gehalten wurde, und schüttelte den Kopf.

»Nie gesehen.«

Äußerlich kalt wie eine Hundeschnauze, grinste er innerlich wie ein Lausbub, als er sich abwandte.

»Aber Bülent, mein Sohn, du wirst doch deinen alten Vater noch erkennen«, rief Erkan ihm hinterher. »Er ist manchmal ein bisschen verwirrt, das macht die Stadtluft«, raunte er den beiden Polizisten noch zu, die ihn weiter fest im Griff hatten. Bevor Erkan sich noch weiter in der Öffentlichkeit über seinen Geisteszustand auslassen konnte, hatte Bülent lieber ein Einsehen. Er winkte den beiden Polizisten zu.

»Lasst ihn durch, er gehört zu mir.«

Erleichtert, ihn los zu sein, gaben die Beamten Erkan frei. Der schüttete noch einen Schwall türkischer Schimpfworte über sie aus und eilte dann mit großen Schritten und weit ausgebreiteten Armen auf Bülent zu. Sekunden später stürzte er sich wie ein Ertrinkender an Bülents Brust und krallte sich daran fest.

»Sohn, du hier? Allmächt, dass ich das noch erleben darf.« Theatralisch stieß Erkan immer wieder seinen Kopf gegen Bülents Oberkörper, schwer darauf bedacht, dass er dabei auch genug Publikum hatte. »Das wird deine Mama aber freuen. Du musst unbedingt zum Essen kommen, hörst du!« Erkan nahm das Gesicht seines Sohnes in beide Hände und drückte es fest zusammen. Bülent sah aus, als wäre er zwischen zwei Fahrstuhltüren steckengeblieben.

»Popo, lasch halt, isch büm üm Dünscht«, nuschelte Bülent, wohl wissend, dass es gerade ganz sicher nicht um seine Befindlichkeiten ging. Aber so war es im Grunde schon immer gewesen. Sein Vater, so herzlich er war, so stur konnte er auch sein. Das war weder typisch fränkisch noch typisch türkisch. Das war einfach typisch Erkan. Trotzdem wollte sich Bülent vor Astrid nicht die Blöße geben, hier als minderbemitteltes Söhnchen rüberzukommen. Wie ein Aal wand er sich aus der Umklammerung und schaffte es tatsächlich, eine gewisse Distanz zwischen sich und Erkan zu schaffen. Immerhin genug, um wieder frei atmen zu können.

»Papa, darf ich dir meine Kollegen vorstellen? Hauptkommissar Manfred Loth, sein Assistent Roland Bänder und meine direkte Kollegin Astrid Weber.«

Bei den Erstgenannten verzog Erkan keine Miene, doch bei Astrid geriet er ins Strahlen.

»Ja, hau mich nauf, für eine Polizistin bist du aber ein ganz schön fesches Schnittler.« Erkan hauchte der jungen Frau einen angedeuteten Kuss auf den Handrücken. »Willkommen in unserer wundervollen Heimat.«

»So charmant wurde ich ja noch nie begrüßt.« Astrid kicherte verschämt. »Schön, Sie kennenzulernen, Herr Rambichler.«

»Geh, kannst mich Erri nennen, macht jeder.«

Erkan rollte dabei das R, als würde sein Leben davon abhängen. Manfred Loth räusperte sich.

»Also, ich will die Familienzusammenführung ja nicht stören, aber wir würden es dann mal packen.«

»Ja schleicht's euch. Habt's eh schon lang genug rumdilettantisiert. Da muss jetzt mal ein Profi ran – gell, Bülent.« Aufmunternd klopfte Erkan seinem Sohn fest auf den Rücken.

»Profi? Da wissen Sie aber mehr als wir«, gluckste Bänder, verstummte aber sofort, als er den mahnenden Blick seines Chefs sah. Loth reichte Bülent und Astrid die Hand.

»Ich wünsche Ihnen beiden viel Glück, und lassen Sie es uns wissen, wie alles ausgegangen ist. Also, servus miteinander.« Loth hatte es plötzlich sehr eilig, und Bänder hatte Mühe, ihm zu folgen. Bülent hörte noch ein leises, aber leider nicht leise genug gesprochenes »Die arme Sau« aus Loths Mund und war sich ganz sicher, dass er damit gemeint war und nicht die Tote. Er fühlte sich aber tatsächlich auch selbst schon wie auf der Verliererstraße. Im Grunde schon, seit sie das Ortseingangsschild von Strunzheim passiert hatten. Da stand er nun in seiner alten Heimat und fühlte sich doch seltsam heimatlos zwischen all den Menschen. Verändert hatte sich nicht viel. Älter waren sie alle geworden, reifer wohl eher nicht. Zumindest hatte es nicht den Anschein. Getrunken wurde wie eh und je, und bei vielen, eigentlich bei den meisten, ok bei allen, hatten die vergangenen Jahre auch deutliche Spuren auf den Hüften hinterlassen. So recht glücklich sah auch keiner aus. Da half auch kein abbezahltes Häuschen, kein Kind im Studium und keine alljährliche Urlaubsreise in die DomRep. Aber war er selbst denn ohne all das wirklich so glücklich in seinem Leben? Und warum ließ ihn das alles hier nicht kalt? Im Gegenteil, es stresste ihn zusehends.

»Du, Büli, dein Paps hat eine super Idee.«

Wieder einmal war es Astrid, die ihn aus seinen trübsinnigen Gedanken riss. Wobei, sein Vater und eine Idee, das hörte sich schwer nach Ärger an oder zumindest nach etwas, das ihm wahrscheinlich nicht passen würde. Erkan hatte nämlich schon immer ein seltsames Talent dafür gehabt, genau das Gegenteil von dem zu tun, was sein Sohn wollte.

»Dein Vater meint, wir können unsere Kommandozentrale

gerne bei ihm im Gartenhaus einrichten. Quasi direkt am Point of Death.«

»Genau Sohn, von dort aus könnt ihr jederzeit ausschwärmen und die Schlinge um die Verdächtigen enger ziehen.«

Astrid und Erkan grinsten sich an wie zwei, die sich blind verstehen. Leider teilte Bülent die Begeisterung der beiden überhaupt nicht. Er bemühte sich dennoch um einen freundlichen Tonfall.

»Also, ich glaube nicht, dass das geht. Das Gartenhaus ist viel zu hellhörig, und hier am Land sind die Lauscher nicht selten doppelt so groß als anderswo. Mal ganz davon abgesehen, dass der Chef uns das niemals durchgehen lässt. NIEMALS, hörst du.«

Das galt nun definitiv Erkan, der einen beleidigten Flunsch zog.

»Schon gut, Sohn, wollte nur helfen. Ich geh dann jetzt.«

»Jetzt sei halt nicht gleich beleidigt.« Bülent hasste es, wenn sein Vater sich wie ein geprügelter Hund benahm und mit dieser Masche meistens auch durchkam.

»Erri, hast du vielleicht was gesehen, was uns weiterhelfen kann?«

Da, er hatte es wieder geschafft. Astrid war ihm voll auf den Leim gegangen. Erkan zog die Stirn kraus und dachte angestrengt nach.

»Hm, also … hm.« Immer wieder blickte er hilfesuchend zum Himmel, als würde dort oben mal eben so eine Antwort auf ihn warten. Bülent ahnte, dass sein Vater völlig ahnungslos war, und tatsächlich, nach einer gefühlten halben Stunde stummen Sinnierens gab er es endlich zu. »Leider nix gesehen, nix gehört.«

Erkan setzte seinen traurigen Welpenblick auf, und Astrid schmolz förmlich dahin.

»Das macht doch nichts, aber danke, dass du so kooperativ warst.«

Astrid war wahrlich eine Schnecke, und zwar eine mit einer ganz besonders dicken Schleimspur, wie Bülent fand. Erkan hingegen war mehr als angetan und zelebrierte vor Astrid einen tiefen Diener.

»Auf Wiedersehen, schöne Frau, es war mir wirklich eine Ehre, dich kennengelernt zu haben.«

Als Erkan bereits wieder hinter der Absperrung stand und sich somit in sicherer Entfernung seines Sohnes wähnte, rief er Astrid noch zu: »Mein Gartenhaus steht im Übrigen immer noch jederzeit offen für dich und den sturen Hund da.«

Astrid winkte Erkan fröhlich nach.

»Dein Papa ist wirklich Zucker«, resümierte sie.

»Ja, und Zucker ist schlecht für das körperliche Wohlbefinden, das sagst du auch immer. Können wir uns jetzt endlich an die Arbeit machen?«

»Aber natürlich, Chef, wir haben sogar das große Glück, dass die Arbeit zu uns kommt.«

Bülent folgte Astrids Blick und sah nun selbst die aufgeregt winkenden Walder-Zwillinge hinter dem Absperrband. Er schloss für einen Moment die Augen und hoffte inständig, dass das alles nur ein böser Traum war.

KAPITEL 4

Sabine, Uschi sowie andere widrige Umstände

»Zeig mir mal deinen Dienstausweis«, herrschte Erna Bülent an, der gemeinsam mit Astrid auf der geblümten Couch der Zwillinge Platz genommen hatte. Bei jeder Bewegung quietschte der Schutzbezug aus Plastik unter ihren Hintern und ließ eine wie auch immer geartete Gemütlichkeit erst gar nicht aufkommen. Die Walder-Zwillinge hatten nämlich darauf bestanden, in ihren eigenen verkitschten vier Wänden vernommen zu werden, da man ja nie wissen konnte, wo die Gefahr lauerte. Man wäre ja schließlich nicht Kennedy und ließe sich auf offener Straße den Kopf wegpusten.

Bülent schwitzte in diesem Moment aus allen Poren und aus mehreren Gründen. Erstens, weil das Wohnzimmer, in dem sie sich befanden, absolut überheizt war. Zweitens, weil zwei getigerte Katzen namens Uschi und Sabine mit giftigen Blicken um seine Beine streiften. Und drittens, weil er natürlich keinen Ausweis dabeihatte.

»Herr Rambichler ist doch kein Fremder für Sie. Oder erinnern Sie sich am Ende nicht mehr an ihn?«

Manchmal liebte er Astrid wirklich aus ganzem Herzen.

»Freilich wissen wir, wer er ist. An Alzheimer leiden mir zwei fei nicht«, entrüstete sich Erna. »Der ist der Sohn vom Erkan, und der ist wiederum mit zwanzig aus der Türkei hierhergekommen und hat gleich mal allen Weibern den Kopf verdreht.«

»Der hat aber auch tanzen können«, unterbrach Traudl den

Monolog ihrer Schwester. »So ein richtiger Fred Astaire war das.«

»Geh Traudl, deine Schwärmereien interessieren doch niemanden. Jedenfalls hat dem sein Vater sich dann irgendwann die Maria eingebildet und ist der hinterhergelaufen wie so ein Dackel. Meine Herren, hat der einen Aufstand um sie gemacht. Blumen, Pralinen, Gedichte, der ganze romantische Krempel halt. Geh, und weißt noch, Traudl, das Herz, was er ihr als Heiratsantrag an die Hauswand geschmiert hat. Uih! Ist da der alte Rambichler fuchtig geworden.«

»Ja, genau, mit dem Traktor hat er den Erkan dann durchs ganze Dorf gejagt, und der ist vor lauter Angst die halbe Nacht in unserem Kastanienbaum gehockt«, erinnerte sich Traudl, und die beiden Frauen verfielen in ein meckerndes Gelächter.

»Na, dann kennen Sie die Rambichlers ja wirklich sehr gut«, resümierte Astrid. »Dann braucht es doch den Dienstausweis vom Herrn Hauptkommissar gar nicht.«

»Ja, mag schon sein, dass wir die Familie kennen, aber wissen wir denn, ob der Bülent wirklich ein Kriminaler ist, wie alle behaupten. Man hört ja so einiges.«

»Ja, so einiges«, wiederholte Traudl die Worte ihrer Schwester und stopfte sich die vierte Weinbrandbohne in den Mund, welche in einer unglaublich hässlichen Kristallschale auf dem Beistelltisch lagen.

Irgendetwas lief hier in eine völlig falsche Richtung, dachte Bülent. Die Zwillinge, die gegenüber von ihnen in zwei riesigen Fernsehsesseln versanken, starrten Astrid und ihn aus ihren listigen Äuglein an, als wären sie die heilige Inquisition in persona. Eigentlich sollte er doch die Befragung durchführen, nicht umgekehrt.

»Was hört man denn?«, hakte Astrid nach, Bülent wollte es eigentlich gar nicht wissen.

Erna rutschte an die äußerste Kante des Sessels und deutete mit ihren gichtigen Fingern auf den Hauptkommissar: »Dass der da noch nie einen Fall nicht gelöst hat.«

»Ja, nie noch nicht«, plärrte Traudl hinterher. »Ich hab's mit eigenen Ohren gehört, dass die Maria gesagt hat, dass er nix macht. Wahrscheinlich ist er ein Schläfer. Von denen weiß man ja, dass die so tun, als wären sie wer anders, und am End bombens einem die Sach unterm Hintern weg.«

Fast schon putzig die beiden, aber nur fast. Bülent hatte das Gefühl, als würde ihm sämtliches Blut in den Kopf schießen.

»Das ist ja wohl der größte Blödsinn, den ich je gehört habe. Ein Schläfer, seit über vierzig Jahren. Sehe ich aus wie Dornröschen? Und was ist dann mein Vater, der Oberterrorist?«

Erna schüttelte den Kopf. »Geh Schmarrn, der Erri ist doch einer von uns. Der kandidiert doch jetzt auch für den Gemeinderat.«

Bülent konnte dieser Art von verquerer Logik nicht mehr folgen. »Also gut, ich habe keinen Dienstausweis dabei, der liegt auf dem Revier in meiner Schublade«, gab er resigniert zu.

»Das kann jeder behaupten«, schoss Erna gleich hinterher.

Bülents Zornesader auf der Stirn trat nun sichtlich hervor. Beruhigend legte Astrid ihre Hand auf Bülents Knie.

»Shanti[3], Hase, Shanti«, flüsterte sie ihm ins Ohr, dann wandte sie sich wieder den beiden Alten zu. »Meine Damen, glauben Sie mir, Herr Rambichler ist einer unserer besten Kriminalbeamten. Er ist quasi das Gehirn unserer Abteilung. Jeden Fall löst er praktisch im Alleingang. Nur die Verhaftungen überlässt er den Kollegen. Und im Innendienst braucht man den Dienstausweis eben sehr selten. Da kann man ihn dann schon mal vergessen.«

3 altindisch: Friede

»Stimmt das? Mei, Bub, dann bist ja schön blöd, wennst den anderen immer die Lorbeeren für deine Arbeit überlässt.« Erna klang nun weit weniger aggressiv, eher mitleidig.

»Freilich, so bin ich halt, zur Bescheidenheit erzogen«, log Bülent und spürte nur Sekunden später eine lange Kralle, die sich durch seinen Strumpf hindurch geschmeidig wie ein Schneidteifele[4] in seine lädierte Zehe bohrte. Kleine Sünden bestraft der liebe Gott sofort. In diesem Fall war es allerdings Sabine, die zu allem Überfluss doch tatsächlich noch einmal nachhakelte. Dieses Mistvieh, dieses verreckte. Bülent biss sich vor Schmerz auf die Unterlippe, während er ganz unauffällig versuchte, die Katze auf Abstand zu wuchten. Er hatte es schon immer gehasst, in fremden Wohnungen die Schuhe ausziehen zu müssen, und er schwor sich, es ab diesem Zeitpunkt nie wieder zu tun.

»Also gut, wollt ihr jetzt endlich wissen, was wir gesehen haben?«, durchbrach Ernas schneidende Stimme seine Konzentration auf das blutrünstige Debakel zu seinen Füßen.

»Aber natürlich, dafür sind wir ja hier in Ihrem wunderschönen Zuhause«, flötete Astrid und erntete doch tatsächlich ein erstes Lächeln von den Zwillingen.

Abwartend sahen die Ermittler die Schwestern an, die genauso abwartend zurückblickten. Stille senkte sich über den Raum. Man hörte nichts außer dem monotonen Schnurren von Uschi, die es sich auf Astrids Schoß bequem gemacht hatte, und den schmatzenden Geräuschen von Sabine, die sich genüsslich ihre Pfoten nach getaner Schandtat leckte. Irritiert sah Astrid Bülent ob diesem Nichts an Kommunikation an. Dieser zuckte hilflos mit den Achseln und wandte sich etwas schroff an die Zwillinge.

»Also, dann erzählt's halt, wir haben nicht ewig Zeit.«

4 kleines, sehr scharfes Messer

»Ihr müsst uns schon Fragen stellen, so machen die das beim *Tatort* auch immer, sonst ist das ja nicht richtig, gell, Traudl.«

Erna stupste ihre Schwester unsanft an, die inzwischen mehr als schläfrig in den Seilen hing. Was wohl dem übertriebenen Genuss von Schnapspralinen zuzuschreiben war, von denen sich tatsächlich keine einzige mehr in der großen Schale befand. Bülent reichte es jetzt definitiv.

»Was richtig oder falsch ist, entscheiden immer noch wir«, polterte er laut drauflos und jagte der armen Sabine dadurch einen solchen Schrecken ein, dass sie wie ein Derwisch durchs Zimmer fegte und erst durch den rustikalen Bauernschrank in ihrem irren Lauf gestoppt wurde. Etwas unsanft zwar, aber wirkungsvoll. Bülent fühlte sich wie in einem Irrenhaus. Seltsamerweise schien das alles hier der Gelassenheit seiner Assistentin keinen Abbruch zu tun.

»Was haben Sie denn in der Tatnacht gesehen?«, wandte sie sich freundlich an die Walders, als wäre nichts gewesen.

»Wieso in der Nacht? Da haben wir doch geschlafen.«

Bülent entfuhr ein Stöhnen.

»Ihr müsst doch was gesehen haben, sonst seid ihr doch auch keine Zeugen.«

»Wir haben ja auch was gesehen, aber nicht in der Nacht«, verbesserte ihn Erna und zog es dann wieder vor, nichts zu sagen.

»Wir können euch auch wegen Behinderung der Ermittlungen verhaften lassen, wenn ihr so weitermacht. Aber ehrlich, wirkliche Freude würde uns das keine machen. So eine U-Haft in eurem Alter. Schwer zu verkraften.«

Astrid hatte Mühe, ein Grinsen zu unterdrücken, wie ihr Chef feststellte. Tatsächlich schien seine Drohung zumindest bei Traudl zu fruchten.

»Also, das war so. Bevor mir in der Früh, die Nackerte überfahren haben.«

»Des ist doch wurscht, die war ja schon tot«, fauchte Erna ihre Schwester an. »Also, bevor wir die gefunden haben, ist uns fast der Suff vors Auto gerannt, und der hatte dieselben Kratzer wie die Leiche auch. Im Gesicht und überall. Ja, und sowas von aggressiv besoffen war der. Maria und Joseph, richtig himmelangst ist mir da geworden.«

Während der Ausführungen von Erna verfinsterte sich Bülents Gesicht zunehmend.

»So, und ihr glaubt also, der Franz hat was mit der Sache zu tun?«

Astrid war nun mehr als verwirrt. »Wer ist jetzt wieder der Franz?«

»Na, der Suff halt«, pflaumte Erna sie an. »Und ja, das glauben wir. So einer wie der, der hat doch nichts zu verlieren. War nichts. Ist nichts. Wird nichts mehr. So seh ich das.«

Bülent ballte die Hände zu einer Faust. Er hatte Mühe, seinen Zorn ob dieser Boshaftigkeit zu unterdrücken. Abrupt erhob er sich von der Couch und eilte zur Tür.

»Ich glaube, wir sind hier durch. Kommst du?«, fuhr er Astrid an.

»Aber wir haben doch gerade erst angefangen mit der Befragung.«

»Ja, und jetzt sind wir an ihrem Ende angelangt. Oder wollt ihr zwei sonst noch was Wichtiges loswerden?« Ein kühler Blick traf die Zwillinge, die synchron die Köpfe schüttelten. »Wusste ich es doch.«

»Wird der Suff jetzt verhaftet«, wollte Traudl wissen, bekam aber keine Antwort mehr, denn Bülent war schon zur Tür hinaus.

»Vielen Dank für Ihre Hilfe«, hörte er Astrid noch sagen. »Falls Ihnen etwas einfällt, dann melden Sie sich bitte bei uns.«

Sie reichte Erna eine Visitenkarte, dann eilte sie Bülent leicht verstört hinterher.

»Sag mal, was war das denn jetzt eben?«

Astrid traf Bülent vor dem Gartentor und hielt ihm seine Schuhe hin, die er aufgrund seines spontan einsetzenden Fluchtreflexes in der Diele der Walders zurückgelassen hatte.

»Du glaubst doch nicht allen Ernstes, dass die zwei was mit der Toten zu tun haben. Büli, die sind fast hundert. Kleine Teufel vielleicht, aber keine Mörderinnen. Erinnere dich doch bitte mal an die Tote, die hätte die beiden doch mit ihrem kleinen Finger plattgemacht.«

»Das weiß ich doch. Natürlich waren es die Walders nicht. Ich wollte ihnen nur einen kleinen Denkzettel verpassen. Unschuldige Leute verleugnen, das mag ich überhaupt nicht«, erklärte er ihr und versuchte, seinen durchgemetzelten Fuß in den Schuh zu zwängen. Die Schmerzen waren die Hölle. »Wahrscheinlich habe ich jetzt auch noch die Tollwut.« Bülent brach den Versuch ab und beschloss, den Weg zum Auto auf Strümpfen zurückzulegen.

»Aber es ist doch schon komisch, dass dieser Suff ausgerechnet die gleichen Kratzer hat wie die Leiche, da muss doch ein Zusammenhang bestehen.«

»Muss gar nicht, und ich bitte dich, ihn Franz zu nennen, so heißt er nämlich.«

»Schon gut, schon gut.« Sie stiegen ins Auto. »Und wohin jetzt?«

Just in diesem Moment klingelte Bülents Handy. Auf dem Display erschien das Bild eines Pavian-Arsches.

»Der Köhl hat mir gerade noch gefehlt.« Er reichte Astrid das Telefon: »Gehst du ran, bitte.«

Astrid verdrehte die Augen und drückte auf »Annehmen«.

Mehr musste sie im Grunde auch nicht tun. Ihr Chef neigte gerne zu ausschweifenden Monologen – vor allem am Telefon. Als sie nach minutenlangem Zuhören endlich auflegte, drückte ihr Gesicht leichte Besorgnis aus. Sie griff nach Bülents Hand.

»Büli, du musst jetzt ganz stark sein.« Sie schluckte, bevor sie weitersprach. »Wir sollen unsere Einsatzzentrale hier ins Dorf verlagern. Quasi direkt an den Point of Death. Lustig, oder? Der Köhl redet wie dein Vater.«

»Gut, dann mieten wir halt das Wirtshaus an.«

Der letzte Strohhalm, Bülent klammerte sich daran wie ein Ertrinkender. Astrid schüttelte den Kopf.

»Der Chef meinte, ein Privathaushalt mit Menschen deines Vertrauens wäre wohl am sinnvollsten. Er könne sich vorstellen, dass …« Der Rest des Satzes ging in einem anhaltenden Rauschen in Bülents Gehörgang unter.

»My Home is your Police Castle.« Mit diesen Worten öffnete Erkan wenig später breit grinsend und schwungvoll die Tür zu seinem Gartenhäuschen. »Ich hab da auch schon mal ein bisschen was vorbereitet.«

Er trat zur Seite und gab den Blick frei auf das Innere des kleinen, unscheinbaren Holzhauses. Was die beiden Ermittler dort sahen, verschlug ihnen regelrecht die Sprache. Selbst Astrid, die nie um einen Kommentar verlegen war, schüttelte nur stumm den Kopf.

»Alles bei Ebay ersteigert«, erklärte Erkan stolz. »Ich wusste ja, dass ich das Zeug irgendwann mal brauchen würde.«

»Wir sind bei der Polizei und nicht beim KGB.« Bülent fand als Erster seine Worte wieder und betrachtete fassungslos ein antiquiertes Abhörgerät, welches neben diversen anderen Gerätschaften – deren Sinn und Zweck sich nicht auf Anhieb erschloss – auf einem wackligen Campingtisch stand. Außer bei einem. Bülent bekam große Augen.

»Sag mal, Vater, ist das ein Lügendetektor?«

Erkan nickte stolz. »Voll funktionstüchtig, hab deine Mutter schon drangehängt. Und sie hat astrein bestanden.«

»Du bist wirklich unmöglich, Vater. Woher wusstest du überhaupt, dass wir vor Ort bleiben?«

»Türkisches Bauchgefühl.« Erkan rieb sich betont lässig seinen kleinen Wohlstandsranzen, vermied es aber tunlichst, seinem Sohn dabei in die Augen zu sehen.

»Erri, ich finde es echt toll, was du da alles auf die Beine gestellt hast. Guck mal, Bülent, sogar an eine Magnettafel und an ein Flipchart hat dein Dad gedacht.«

Astrid sah mal wieder alles viel zu rosarot.

»Also, ich lass euch zwei jetzt erst einmal ankommen. Wenn ihr was braucht, schreit einfach. Drüben in dem Regal findet ihr noch ein Nachtsichtgerät, das funktioniert allerdings nicht mehr ganz so g'schmiert. Also dann servusla.« Erkan zwinkerte den beiden zu und schloss die Tür hinter sich. Bülent musste sich erst einmal setzen.

»Ich habe ja schon immer gewusst, dass er nicht ganz von dieser Welt ist, aber langsam macht er mir wirklich Angst.«

»Na ja, etwas komisch ist es schon, dass er so gut auf uns vorbereitet war«, gab Astrid zu. »Das Häuschen ist wirklich nahezu perfekt für unsere Zwecke eingerichtet.«

»Es ist perfekt.« Bülent deutete auf eine nagelneue Yogamatte, die zwischen Gartenschere und Dünger im Regal lag.

Astrid bekam große Augen. »Krass, die ist sogar von meiner Lieblingsmarke. Also entweder dein Vater ist Hellseher oder beim Geheimdienst. Das würde immerhin die Ausrüstung hier erklären.«

»Irgendetwas stimmt hier nicht«, murmelte Bülent.

»Tut es auch nicht. Wir haben ne nackte Leiche mit Engelsflügeln und ein Dorf, das dieses Ereignis feiert, als wäre es der Jüngste Tag«, lachte Astrid und schwang sich dabei so gekonnt in einen Kopfstand, dass Bülent Hören und Sehen verging. Konnte sie nicht wenigstens ihr T-Shirt in die Hose stecken? Bülent blickte angestrengt an Astrid vorbei an die Wand.

»Wie machen wir jetzt eigentlich weiter, Chef? Wollen wir uns heute noch die Familie der Toten vornehmen?«

Bülent blickte auf seine Uhr und schüttelte den Kopf. »Nein, für heute machen wir Schluss und fahren nach Nürnberg zurück. Ich weiß ja nicht, wie es dir geht, aber ich laufe ungern tagelang in der gleichen Unterhose herum.«

»Frag doch deinen Vater, vielleicht hat er diesbezüglich auch schon für uns vorgesorgt. Wundern würde es mich nicht. Wenn du mich fragst, scheint er einen sehr guten Draht nach oben zu haben.«

»Wie meinst du das?« Bülent konnte Astrid nicht ganz folgen. Die ließ sich nun sanft aus dem Kopfstand gleiten.

»Denk doch mal scharf nach. Warum bist du hier? Warum weiß dein Vater so gut über alles Bescheid?« Astrid deutete auf ihren Nacken. »Kannst du mal kurz massieren?«

Bülent knetete geistesabwesend den Nacken seiner Assistentin. Zu einem anderen Zeitpunkt wäre ihm dabei wahrscheinlich das Herz in die Hose gerutscht, doch dazu schoss gerade viel zu übermächtig ein Gedanke in sein Gehirn, der ihn davon abhielt, diesen besonderen Moment überhaupt zu realisieren: Konnte es sein, dass sein Vater und Köhl gemeinsame Sache machten? Aber nein, so weit würde selbst sein Vater nicht gehen. Oder etwa doch?

KAPITEL 5

Faust auf fränkisch

»Von nun an ging's bergab.« Die rauchige Stimme von Hildegard Knef drang schwermütig aus der Sonos-Box an Bülents Ohr und holte ihn alles andere als motivierend aus einem unruhigen Schlaf. Er selbst hatte sich noch gestern für den schwermütigen Weckgesang der alten Diva entschieden. Schließlich wollte die spontan über ihn hereingebrochene Beschissenheit des Lebens angemessen zelebriert werden. Allein der Alptraum, der ihn heute Nacht heimgesucht hatte, bewies ja schon, dass seine Psyche am Rebellieren war. Sein Vater, verkleidet als Napoleon Bonaparte, war darin auf einem weißen, überdimensioniert fetten Gockel durch Strunzheim geritten und hatte ihn nackt, in rostige Ketten gelegt, hinter sich hergezogen. Da musste man nicht einmal ein Freund von Freud sein, um zu kapieren, was da rein seelisch betrachtet alles im Argen lag. Es war an der Zeit, dass er mit seinem alten Herrn mal ein ernstes Wort sprach und ihm ein für alle Mal klarmachte, dass er kein kleiner Junge mehr war, sondern ein Mann mit ganz eigenen Vorstellungen vom Leben. Beim nächsten Treffen würde er das endlich auf den Tisch bringen, überlegte sich Bülent. Doch da fiel ihm ein, dass ja bereits Ende September war, also quasi praktisch fast schon Weihnachten, und da sollte man im Hinblick auf den obligatorischen elterlichen Fünfhundert-Euro-Weihnachtsscheck Reizthemen wohl besser aussparen.

»Gut, dann halt im neuen Jahr«, befahl sich Bülent und ächzte noch reichlich schläfrig aus seiner silbernen Satinbettwäsche in eine wacklige Vertikale. Immerhin schien sich über Nacht wenigstens sein lädierter Zeh einigermaßen beruhigt zu haben. Bülent gähnte laut und streckte sich ausgiebig. Sieben Uhr war einfach nicht seine Zeit, vor allem nicht am Sonntag. Ausreichend Schlaf, so wusste der Hauptkommissar, war einfach unerlässlich für einen strahlenden Teint. Der Blick in den Badezimmerspiegel überzeugte ihn leider auch nicht vom Gegenteil dieser These. Er hatte Augenringe wie ein alternder Pandabär. Überhaupt, diese Falte zwischen seinen Augenbrauen war doch gestern auch noch nicht da gewesen. Vorsichtig straffte Bülent mit den beiden Zeigefingern die Haut an seiner Stirn.

»So müsste es sein«, murmelte er. Ob er vielleicht doch mal einen Dermatologen aufsuchen sollte, um sich über diverse Schönheitsbehandlungen beraten zu lassen? Needling war angeblich momentan der letzte Schrei in Hollywood. Allein der Gedanke, dass jemand mit einer nagelbespickten Rolle über sein Gesicht schrammte, ließ Bülent jedoch erschaudern. Mit Schmerzen hatte er es nämlich so gar nicht. Schon während seiner Ausbildung war er immer derjenige gewesen, der sich beim Kampfsport-Training mehrere Schichten übereinanderzog, nur um die Schläge halbwegs gut gepolstert abfangen zu können. Hinter vorgehaltener Hand wurde damals unter der Kollegenschar gemunkelt, dass er, der Ästhet, dies ja nur täte, um unschöne blaue Flecken zu vermeiden. Wie gut sie ihn doch alle kannten – und dann auch wieder nicht.

Bülent entschloss sich dazu, auf seine sonst so ausschweifende Morgenhygiene zu verzichten. Selbst sein antiquiertes Rasiermesser, das er von seinem Opa väterlicherseits geerbt hatte, ließ er diesmal in der Schatulle. Er war sonst für seinen akribisch gestutzten Bart im ganzen Revier bekannt. Aber für die nächsten Tage und um Himmels willen bloß nicht Wochen, solange die Ermittlungen eben andauern würden, hatte er beschlossen, seine Gesichtsbehaarung mal einfach wild wuchern zu lassen. Eine gewisse Ungepflegtheit seinerseits würde seinem Umfeld schon deutlich vor Augen führen, in welche Dramatik man ihn da unschuldig hineinkatapultiert hatte. Um die ganze optische Verwahrlosung noch zu komplettieren, schlüpfte Bülent in seine löchrigste Jeans und das verwaschenste T-Shirt.

Ausgelatschte Sneakers an die Fersen, und fertig war das Gesamtbild eines psychisch überaus angeschlagenen Ermittlers.

»Wow, du schaust heute aber gut aus! So verwegen.« Ewa, die solariumverbrutzelte polnische Verkäuferin seiner Haus- und Hofbäckerei am Nürnberger Hauptmarkt funkelte ihn fast schon lüstern an. »Hier haben's wie immer Ihre heiße Ware, Herr Oberwachtmeister«, scherzte sie mit rauchig verstellter Stimme und hielt ihm wie jeden Morgen eine Tüte mit seinen obligatorischen zwei Butterbrezen hin. Bülent verzichtete darauf, Ewa erneut darauf hinzuweisen, dass die korrekte Bezeichnung seines Dienstgrades Hauptkommissar lautete. Sie war einfach nicht die hellste Birne unter Gottes Leuchten, aber dafür mit Abstand eine der freundlichsten, serviceorientiertesten Menschen, die er vom Einzelhandel her kannte. Bülent griff nach seinem Frühstück und reichte Ewa einen Fünf-Euro-Schein. »Stimmt so.«

Ewa nahm das Geld zwischen ihre viel zu langen Fingernägel, die extrem dilettantisch mit neongelbem Lack und pinken Delphinen bekleckst waren. Diese Farbwahl haut die stärkste Hornhaut um, dachte Bülent. Laut sagte er: »Verlieren wird man dich im Dunkeln jetzt nicht mehr.«

Ewa starrte ihn irritiert an. »Hä?«

Er deutete auf ihre Finger.

»Ah, das meinst du.« Sie blickte stolz auf die farbtechnische Entgleisung an ihren Händen. »Hat meine Schwägerin gemacht, sie übt für Job in Nagelstudio. Ist schon ein Talent, oder?«

Bülent ersparte sich eine Antwort und sah demonstrativ auf seine Uhr.

»Du, ähm, ich muss jetzt wirklich los. Hab heute Dienst. Tschüss dann.« Er verließ schleunigst den Laden. Ein ausschweifender Exkurs in die Welt des osteuropäischen Nageldesigns hätte ihm jetzt gerade noch gefehlt. Außerdem war es jetzt wirklich höchste Zeit für seine Mission. Das frühe Aufstehen hatte nämlich durchaus einen Sinn. Er wollte schnellstmöglich zurück nach Strunzheim, um mit Franz zu sprechen. Und zwar erst einmal alleine ohne Astrid. Gesagt hatte er ihr das natürlich nicht. Denn wie er das yogische Klammeräffchen kannte, hätte sie sich nicht so leicht abschütteln lassen.

»Büli, wir sind aber ein Team. Büli, Alleingänge sind nicht Shanti. Büli. Büli. Büli.« Das war ihm wirklich zu anstrengend. Freundlich ging zwar anders, aber mal abgesehen davon, dass er absolut keine Lust verspürte, noch einmal mit ihrer müffelnden Karmaschleuder durch die Landschaft zu gurken, musste ein Mann in manchen Fällen einfach tun, was ein Mann tun musste. Immerhin ging es um den Hals eines Freundes, um den sich langsam eine ekelhafte Schlinge aus Verleumdung und Misstrauen zog. Bülent hoffte, dass alles einfach nur ein Missverständnis war. Sicher war er sich da allerdings ganz und gar nicht. Über ein seltenes »Servus« waren die Gespräche mit Franz nämlich schon seit längerer Zeit nicht mehr hinausgegangen. Eigentlich herrschte Funkstille, seit er vor über zwanzig Jahren in den Polizeidienst berufen worden war und Franz aufgrund eines furchtbar schlecht absolvierten Eignungstests leider nicht. Als ob ein paar falsch platzierte Kreuzchen in einer Prüfung darüber entscheiden könnten, ob man ein guter Bulle würde oder nicht. Na ja, schlussendlich haperte es dann auch noch an der richtigen Körpergröße. Für einen ausgewachsenen Polizeibeamten war Franz einfach mit ein paar Zentimetern zu wenig gesegnet.

Und dennoch: Bülent war sich vollkommen sicher, dass aus Franz einer der besten seiner Zunft geworden wäre. Einer, der mit viel Herz und Hirn an die Sache rangegangen wäre und nicht nur mit Waffe und Muskelkraft. Schon als Kind hatte er ständig *Tatort* oder *Derrick* mit ihm nachspielen müssen. Er war meist die mit Ketchup zugeschmierte Leiche, die irgendwo im Wald oder auf dem Feld flackte, während Franz, in Ermangelung eines Trenchcoats, in der geblümten Kittelschürze seiner Mutter den Top-Ermittler mimte. Mit einer hundertprozentigen Aufklärungsquote versteht sich. Aber so ist das mit den Träumen. Wenn es dem Schicksal nicht passt, dann haut es rabiat dazwischen und macht, was es will. Und so wurde aus ihm ein Hauptkommissar wider Willen und aus Franz eben der schwer labile Suff, der seitdem sein Leben nicht mehr ganz so auf die Gerade gebracht hatte.

Augenscheinlich hatte er es Bülent wohl auch nie verziehen, dass dieser nun statt seiner im Sumpf des Verbrechens herumhantierte.

Und das noch nicht einmal freiwillig. Doch sich dumm saufen war das eine, aber musste man deswegen auch gleich zum Mörder werden?

Bülent konnte und wollte sich das einfach nicht vorstellen.

Schlag neun Uhr hielt Bülent in Strunzheim vor dem kleinen Häuschen nahe am Waldrand, das Franz seit dem viel zu frühen Tod seiner Mutter alleine bewohnte. Zu Bülents Überraschung kam das Grundstück anders daher, als er es von der Lasterhöhle eines Bierseligen erwartet hatte. Zwar nagte am Gebäude ein bisschen der Zahn der Zeit, aber es wirkte alles in allem nicht heruntergekommen. Alt, aber halbwegs in Schuss. Selbst der Garten, der um das Haus herumführte, sah aus, als würde sich hier jemand mit viel Liebe zum Detail ausleben. Er war von einer wunderschönen Wildnis, die aber offensichtlich keiner Willkür, sondern einem genauen Plan folgte. Der Hauptkommissar schämte sich fast dafür, dass er in seiner Vorstellung von Franz' Behausung eher an Verwahrlosung denn an Paradies gedacht hatte. Während er so in Gedanken versunken dastand und überlegte, wie er mit Franz reden konnte, ohne dass der sich gleich in die Enge getrieben fühlte, hielt ein Auto mit quietschenden Reifen neben ihm.

»Da schau an, der Herr Kommissar. Willst ihn jetzt doch festnehmen, den Haderlumpen.« Die Stimme von Erna durchdrang die morgendliche Stille.

Da saßen sie ihm also schon wieder im Nacken, diese Zwillings-Dragoner. Er hatte gute Lust, einfach davonzulaufen. Flucht war zwar selten eine Lösung, aber in diesem speziellen Fall vielleicht doch ein adäquates Mittel, um sich zumindest kurzfristig aus der Affäre zu ziehen. Lieber feige, als von zwei renitenten Seniorinnen durchgemangelt worden zu sein.

»Hey, du redest wohl nicht mit jedem?« Erneut pfiff ihm Ernas durchdringende Stimme wie ein scharfer Wind ums Ohr.

Bülent seufzte. Es half wohl nichts. Um den Feind zu besiegen, musste man ihn sich eben zum Freund machen. Zumindest hatte er das mal irgendwo so gehört oder gelesen. Langsam drehte er sich um und versuchte sich in einem breiten Lächeln.

»Guten Morgen, die Damen. Welch eine überaus freudige Überraschung, euch zu sehen. Ihr seid heut aber wieder fesch«, säuselte er übertrieben.

Die Charmeoffensive verfehlte ihre Wirkung nicht. Zumindest Traudl grinste ihn verklärt aus dem Beifahrerfenster heraus an. »Guten Morgen, Bülent«, säuselte sie zurück.

»Nimmst du Drogen?« Misstrauisch beäugte ihn Erna, die halb auf ihrer Schwester saß, um besser sehen zu können.

»Wieso?« Bülent war sich nicht ganz sicher, was diese Frage bedeuten sollte.

»Weilst so einen Schmarrn daherredest und weilst am heiligen Sonntag daherkommst wie ein Lumpensammler. Kannst dir denn von deinem Gehalt keine anständigen Hosen nicht leisten?« Angewidert deutete Erna auf die Löcher in seinem Beinkleid.

»Geh weiter, das gehört sich doch so. Das ist doch jetzt modern«, verteidigte Traudl Bülents Aufmachung und bekam vor lauter Aufregung über ihre seltenen Widerworte gleich mal ein paar hektische Flecken im Gesicht.

»Was macht's ihr eigentlich schon so früh unterwegs?«, wechselte Bülent das Thema.

»Mir fahren Patroll … aua!« Bevor Traudl ihren Satz noch vollenden konnte, wurde sie von Erna heftig in den Oberschenkel gezwickt.

»Mir fahren in die Kirch«, verbesserte sie ihre Schwester schnell.

»So so. In die Kirche.« Bülent musterte die beiden argwöhnisch. »Da habt ihr aber einen gescheiten Umweg gemacht. Kann das nicht vielleicht auch sein, dass ihr ein wenig herumschnüffeln wolltet?«

Warum er das jetzt gesagt hatte, wusste er im Endeffekt selbst nicht genau. Vielleicht wollte er damit nur eindeutig klarstellen, dass er ebenfalls nicht auf der Brennsuppen dahergeschwommen kam und schon Ahnung hatte, was da um ihn herum passierte. Vielleicht war er aber auch einfach nur lebensmüde.

»Wir schnüffeln nicht, wir sind vielseitig interessiert«, zischte Erna zornig, und Traudl nickte.

»Genau, mir schauen viel, damit mir viel sehen, weil damit wir halt auch nichts übersehen?«, definierte die Jüngere wirr vor sich hin und wurde erneut heftig gezwickt. Aus der Ferne war plötzlich ein vielstimmiges Glockengeläut zu vernehmen.

»Ich glaube, ihr müsst, sonst verpasst ihr noch eure Gebetsstunde«, sagte Bülent und dankte insgeheim dem Messner für seine Arbeitsmoral.

»Mir sind noch nie zu spät zum Gottesdienst gekommen«, echauffierte sich Erna, rutschte aber sofort zurück hinters Lenkrad. Bülent wandte sich um und grinste.

Diese Schlacht ging wohl mal eindeutig an ihn. Diese kleinen fränkischen Miss-Marple-Verschnitte, was wussten die schon. Nix wussten die, da konnten sie ihre altersbefleckten Nasen noch so tief in den Dreck stecken. Der Profi war immer noch er. Energisch drückte er die Haustürklingel von Franz, die neben dem Briefkasten angebracht war. »Also wennst glaubst, dass der Suff noch daheim ist, dann hast dich aber sauber geschnitten. Der hockt schon seit heut Morgen um sieben beim Wirt«, kam es seelenruhig aus Ernas Mund gegen sein Rückgrat geknallt.

»Himmelherrgott, warum sagst mir das denn nicht gleich?« Sein überlegenes Gefühl von eben wich einer fast schon tiefen innerlichen Verzweiflung.

»Hast mich ja nicht gefragt.« Da war sie wieder, die lapidarste Erklärung von allen.

Bülent holte tief Luft. »Jetzt passt mal auf. Ich bin der Ermittler in dem Fall hier, und als der bin ich auf Hinweise aus der Bevölkerung angewiesen. Damit ich irgendwie weiterkomme. Heißt, ihr müsst mir immer alles sagen, was ihr wisst. Auch ungefragt – versteht ihr das?«

Erna lächelte selbstzufrieden und gönnte sich einen Moment des Triumphes, bevor sie Bülent eine Antwort gab. »Freilich versteh ich des. Du brauchst uns. Und weißt was, wir helfen dir wirklich gerne. Gell, Traudl?«

Der leicht irritierte Gesichtsausdruck der Angesprochenen zeugte davon, dass sie nichts oder zumindest nur die Hälfte davon verstanden hatte, was da gerade geredet wurde. Trotzdem folgte sie dem Beispiel ihrer Schwester und machte das Daumenhochzeichen.

Jetzt kommen die auch noch mit Drohgebärden daher, das wird ja immer schöner. Bülent hatte nicht übel Lust, den beiden als Antwort den mittleren aller Finger zu zeigen, aber er konnte sich gerade noch beherrschen. Niveaulosigkeit war noch nie sein Stil gewesen. Dennoch zuckten die Sehnen in seiner Hand verdächtig. Mittlerweile bereute er es schon fast, dass er auf Astrids Anwesenheit verzichtet hatte. Ein bisschen Love, Peace & Happiness wären genau das, was er jetzt gebrauchen könnte. Selbst zu ihrer Bachblütenpulle würde er heute mal nicht nein sagen.

»Himmel, hat der ein blödes G'schau beinand«, rief Erna ihrer Schwester zu und ließ den Motor aufheulen. »Wenn du Fragen hast, weißt ja, wo du uns findest«, schrie sie dann noch in seine Richtung und gab, ohne eine weitere Antwort abzuwarten, derartig Vollgas, dass es Traudl nur so in ihren Sitz hineinpresste.

Zurück blieb ein äußerlich äußerst stabil wirkender Hauptkommissar der Nürnberger Mordkommission, der allerdings kurz davor war, in Tränen auszubrechen. Nach einer kurzen inneren Einkehr und einem Proteinriegel kam Bülent jedoch zu dem Schluss, dass gegen die Schwestern einfach kein Kraut gewachsen war. Da half nur eine konsequente Nichtbeachtung dessen, was zwischen Sonnenauf- und -untergang aus deren Mund geschossen kam, und die Tatsache, dass Suff im Wirtshaus war, hätte er früher oder später schon selbst herausgefunden. Eh klar!

Wenig später stand Bülent vor der Goldenen Sau, der einzigen fränkischen Gaststätte am Ort, und betrachtete amüsiert den riesigen Werbebanner, der windschief an der Mauer des Gebäudes angebracht war. »Zehn Bratwörscht fressen. Acht zahlen!« stand da in großen Lettern. Darunter ganz klein, aber noch lesbar – zumindest für Scharfäugige: »Senf kost extra. Ketchup gibt's net.« Bülent glaubte kaum, dass diese Ansage viele hungrige Mäuler ins Innere des Etablissements trieb. Zum einen wusste man im ganzen Landkreis, dass die Krapfenbergers, quasi also die Wirtsfamilie, durch die Bank nicht kochen konnten. Zum anderen machte jeder, der bei halbwegs klarem Verstand war, einen großen Bogen um die Gaststube, genauer gesagt, um den Stammtisch, der dort seit gefühlten Hunderten von Jahren beheimatet war. Auch Bülents Großvater mütterlicherseits hatte dort jeden Mittwoch bis zu seinem Tode gesessen, Karten gespielt, seine goldenen Benson & Hedges geraucht und sein Bier immer aus demselben Glas getrunken – über sechzig lange Jahre. Es war alles in allem eine seltsam zusammengewürfelte Gruppe, die sich dort am Tisch traf. Lehrer, Landwirte, Junggesellen, alles was ein Dorf an Bevölkerungsschichten hergab. Selbst Frauen – also ledige – durften sich manchmal dazugesellen. Da war man schon offen in Strunzheim. Hauptsache, der Durst stimmte. Sogar manche Ehen waren schon aus den diversen Räuschen hervorgegangen. Wenn einem halt nix mehr übrigbleibt, dann nimmt man das, was übrig bleibt. Oder eben gerade gegenübersitzt. Vom großen Glück mochte da garantiert keiner sprechen, aber zu wissen, wo man hingehörte, war ja schließlich auch was wert.

Als Bülent die Gaststube betrat, hätte es ihn fast rückwärts wieder hinauskatapultiert. In der Luft hing ein übler Geruch aus kaltem Zigarettenrauch, altem Bratenfett und Klostein. Widerlich. Bülent erinnerte sich, dass ihm dieses Odeur schon als Teenager häufig mal die Luft genommen hatte. Nicht selten war früher noch ein durchdringender Uringestank dazugekommen. Nämlich immer dann, wenn wieder kein Brunzkartler[5] zur Verfügung stand und die Herrschaften, vor allem die alten, ihr Geschäft während einer Schafkopfrunde einfach mal so laufen ließen. Lieber in die Hose gebrunzt als ein gutes Blatt vergeigt. So lautete die Devise. Irgendwann hatte die Krapfenbergerin aber die Faxen dicke vom ewigen Gepfütze auf ihren Stühlen und sprach ein Wildpieselverbot aus, welches aufgrund der Androhung drakonischer Strafen tatsächlich eingehalten wurde.

Bülent widerstand dem Reflex, sich die Nase zuzuhalten. Er konnte die fette Schmeißfliege durchaus verstehen, die wie ein Berserker immer wieder gegen die dreckige Scheibe flog. Entweder war sie extrem lebensmüde, oder sie sehnte sich wie er nach Sauerstoff. Ungeachtet jeglicher Höflichkeitsfloskeln stürmte er daher zum Fenster, öffnete es und atmete erst einmal tief durch.

»Hey Rambichler, willst du, dass ich mir die Rotzn hole?«, plärrte der Krätz Heinzi, der als Einziger am Stammtisch saß und schon ziemlich Schlagseite hatte. Er trug lediglich ein dreckig-speckiges Unterhemd, das seinen voluminösen Bauch nur halbwegs zu bedecken vermochte. Kein Wunder also, dass ihm kalt war. Den Säufer und den Hurenbock, den friert es auch im stärksten Rock, hatte die Oma nämlich immer gesagt. »Gibt's das. Kommt hier rein und macht einen auf Belüfter, der feine Herr Kommissar«, frotzelte der Autoschrauber weiter. »Wie meine Alte daheim, die ist auch so ein Frischluftfanatiker.«

5 Ersatzkartenspieler, falls einer mal auf die Toilette muss

»Wahrscheinlich stinkst ihr recht, und jetzt zieh dir was drüber und halt's Maul, Depp«, pflaumte ihn Fritz Krapfenberger an, der hinter der Theke stand und gerade ein frisches Bier zapfte. Heinzi warf Bülent einen giftigen Blick zu und zog dann tatsächlich seine ausgeblichene 1. FC Nürnberg-Trainingsjacke über seine voluminösen Oberarme. Seltsamerweise zollten dem Krapfenberger, obwohl er nur ein kleines, dünnes Männchen war und schon stramm auf die achtzig zuging, alle, also zumindest jene, die gerne ausdauernd in seinem Wirtshaus verweilten, Respekt. Er hatte die Macht über den Gerstensaft. Wenn sein Wille geschah, dann floss er, wenn nicht, dann halt nicht. Gerne warf er auch mit Hausverboten um sich oder schloss die Kneipe wochenlang ganz, wenn es ihm mal wieder zu blöd wurde. Dabei war es ihm dann völlig wurscht, dass er ein paar halbe Bier weniger verdiente. Seinem Sohn zwar nicht, aber der war noch nie nach seiner Meinung gefragt worden. Hockte eh die meiste Zeit auf einer thailändischen Insel herum – zwecks der überzeugenden asiatischen Kultur, wie er jedem weismachen wollte. Jedenfalls waren die Krapfenbergers schon seit Generationen eine Institution im Dorf, und als solche wussten sie sich auch zu behaupten.

»Schaut's ihn an, den Rambichler junior, runtergerissen wie sein Großvater«, behauptete der Wirt. Er deutete zur Untermauerung seiner Worte an die vergilbte Wand. Dort hing zwischen den Bildern anderer honoriger und längst verstorbener Stammtischler auch ein Foto von Bülents Opa Lothar Rambichler. Von einer Ähnlichkeit zwischen Enkel und Senior absolut keine Spur. Die türkischen Gene waren bei Bülent zumindest äußerlich offensichtlich die dominanteren gewesen. Dennoch nickte Bülent. Er wusste, dass er nur weiterkam, wenn er möglichst nicht auf Kontra ging.

»Schad, dass er so früh gestorben ist, er war mir der liebste von allen Grattlern hier«, sinnierte der Krapfenberger und gönnte sich einen Klaren.

»Er wurde 91«, erlaubte sich Bülent einzuwenden.

»Eben, viel zu früh.« Es floss ein weiteres Stamperl Schnaps.

»Magst ein Spezi, wie immer?«

Bülent ersparte es sich, den Mann darauf hinzuweisen, dass sich das »wie immer« auf eine Zeitspanne bezog, in der er zwischen acht und sechzehn Jahre alt gewesen war. Er schüttelte den Kopf. »Ich such den Franz. Er soll hier sein.«

Ein zweistimmiges Schweigen erfüllte den Raum. Die Augen des alten Krapfenbergers musterten ihn durchdringend. »Privat oder dienstlich?«

»Ich brauch eine Aussage von ihm. Also, wisst ihr, wo er ist?«

»Franz?« Heinzi schien ernstlich verwirrt. »Ich kenn keinen Franz.«

»Den Geiger, meint er. Mensch, sauf net so viel, wenn es dein Hirn nicht verträgt.«

Der Krapfenberger hatte schlagartig schlechte Laune. Bülent konnte sich auch denken, warum. Polizei in seiner Gaststube, und dann auch noch offiziell, das mochte der sicher gar nicht gerne leiden. Zwar kam es bestimmt schon mal vor, dass Beamte in Grün zwecks nächtlicher Ruhestörung in der Goldenen Sau vorbeischauten, aber die waren dann meist irgendwann auch blau und froh, wenn's ihren Streifenwagen im Hof parken durften. Zumindest war das früher so.

»Ey, jetzt hab ich's!« Mitten in Bülents Erinnerungen hinein hatte Heinzis Gehirn dann doch plötzlich Fahrt aufgenommen.

»Du meinst den Suff, ja, sag doch das gleich«, blökte er laut und mit schwerer Zunge. »Hat der am End die Gelbwurst-Pflunzn dermatschelt. Also des hab ich mir doch gleich gedacht.«

»Wieso?« Lauernd trat Bülent näher an Heinzi heran.

»Weil so einer so was halt eben bestimmt macht.« Eine kriminalistische Logik, die ihresgleichen suchte.

»Was bin ich denn für einer?« Plötzlich stand er da, der Franz alias Suff alias der Geiger. Wahrscheinlich war er auf dem Klo gewesen, mutmaßte Bülent.

»Servus, Franz«, begrüßte er ihn, doch dieser achtete gar nicht auf seine Worte. Wütend stapfte er in Richtung seines Anklägers. Sein wankender Gang und das offene Hosentürchen ließen ihn zwar eher bemitleidenswert als gefährlich daherkommen, aber irgendwie hing eine gewisse Gewaltbereitschaft in der nicht vorhandenen Luft.

»Jetzt hock dich hin und trink noch ein Bier.« Der alte Krapfenberger als Friedenstaube ein echter Bringer.

»Was ich für einer bin, will ich wissen?« Franz zischte mehr, als dass er schrie.

Schwerfällig stemmte sich Heinzi am Tisch hoch und spuckte ihm die Antwort im wahrsten Sinne des Wortes direkt ins Gesicht. »Ein Loser bist, und des hat's g'wusst, die Kerstin, und deswegen hat sie dich gar nicht erst rangelassen. Und jetzt ist sie tot.«

»So, jetzt ist aber Schluss mit deinen haltlosen Anschuldigungen.« Bülent schob sich schnell zwischen die beiden Streithähne. »Noch ist nicht klar, was überhaupt passiert ist, und um das herauszufinden bin ich da und sonst kein anderer – verstanden?!«

»Genau, so schaut's aus«, nickte der Wirt, der sich anscheinend spontan dazu entschlossen hatte, mit der Obrigkeit zu kooperieren. Widrige Umstände erforderten widrige Maßnahmen. Heinzi grummelte etwas von korruptem Polizeistaat, ließ sich aber bereitwillig wieder auf seinen Stuhl zurücksinken.

»Kann ich mal kurz mit dir reden? Draußen!«, wandte sich Bülent an Franz.

»Ich wüsste nicht, über was.« Plötzlich wurde es merklich kühler im Raum.

»Zum Beispiel über das hier.« Bülent, nun ganz der Ermittler, deutete auf die arg zerkratzten Arme von Franz. Eiligst krempelte der sein Hemd herunter.

»Herrgott, gescheit gejuckt hat es mich halt.« Nervös blickte er zu Boden und wagte nicht, Bülent in die Augen zu blicken. »Ehrlich, ich hab mit dem Tod von der Kerstin nichts zu schaffen. Niemals hätte ich sie angerührt, auch wenn mich ihre Einsamkeit schon arg gereut hat«, fügte er leise hinzu.

»Ja, wer's glaubt, wird selig. Warum hat denn dann die Pflunzn dieselben Kratzer wie du überall gehabt? Mensch, Rambichler, jetzt check's halt, der tollwütige Hund gehört weggesperrt«, plärrte da schon wieder der haarige Gorilla aus der zweiten Reihe und stellte damit einmal mehr sein diplomatisches Ungeschick unter Beweis.

Danach ging dann eigentlich alles sehr schnell. Der inzwischen wirklich schwer angefressene Franz stürzte sich auf seinen verbalen Feind und biss ihn so dermaßen in die linke Hand, dass dem eigentlich gar nichts anderes übrig blieb, als krachend seine Rechte auszufahren. Leider verfehlte sie ihr Ziel um Haaresbreite und machte stattdessen Bekanntschaft mit Bülents Jochbein, weil der eben just in dem Moment, wo es patschte, einen auf Blauhelm, also leider einen ohne Helm, machen musste.

»Uih, des hat g'scheppert«, hörte er den Krapfenberger noch bewundernd grunzen, dann wurde es schlagartig finster um ihn herum.

KAPITEL 6

Von Schratzen und Prinzessinnen

»Ich glaub, jetzt wacht er auf.«

Wie aus weiter Ferne vernahm Bülent eine Stimme, die ihm nur allzu bekannt vorkam und auf deren Besitzer er jetzt mal so überhaupt keine Lust hatte. Er kniff die Augen zu und hoffte, dass er wenigstens noch ein paar friedliche Minuten rausschinden konnte.

»Jetzt mach schon deine Glubscher auf. Ich weiß ganz genau, dass du mich hören kannst.« Erkan fingerte an Bülents rechtem Auge herum und stemmte wenig gefühlvoll dessen Ober- und Unterlid auseinander.

Bülent, der rücklings auf dem offenbar nur recht oberflächlich gesäuberten Boden der Gaststätte lag, fuhr hoch. »Sag mal, Vater, spinnst du?«

Erkan grinste Astrid an, die mit sorgenvoller Miene danebenstand und alles beobachtete. »Siehst, hab's ja gleich g'sagt, dass der nur so tut. Das hat er schon als Kind gemacht, wenn er nicht mit der Maria in die Kirche wollte. Immer hat er sich schlafend gestellt. Aber ich hatte da schon so meine Methoden. Ich ...«

»Vadder, lass stecken.« Bülent rappelte sich mühsam hoch. In seinem Kopf wummerte es, und sein linkes Auge war definitiv nicht einsatzfähig. »Was machst du überhaupt hier?«, wollte Bülent wissen und registrierte dabei, dass sowohl Heinzi als auch Suff offensichtlich das Weite gesucht hatten. Dafür stand Astrid jetzt da, und lächeln tat die heute mal überhaupt nicht.

»Der Krapfenberger hat mich angerufen und was von Mord und Totschlag in den Hörer geplärrt. Da bin ich natürlich sofort los. Unterwegs ist mir dann deine junge Kollegin in den Lauf kommen, und da hab ich sie mitgebracht. Warum war sie eigentlich nicht gleich dabei? Also im *Tatort* sind die doch auch immer zu zweit. Außer die Furtwängler, aber die ist ja schon von Grund auf ein gefährliches Kaliber. Mein lieber Herr Gesangsverein!« Erkan schnalzte anerkennend mit der Zunge.

Bülent konnte es überhaupt nicht leiden, wenn bei seinem Vater die Libido ausschlug. Noch weniger mochte er es allerdings, ihm Rede und Antwort stehen zu müssen. Vor allem dann, wenn er keine Ausrede parat hatte.

»Ich musste noch etwas im Präsidium erledigen«, log Astrid statt seiner und bedachte dabei ihren Chef mit einem Blick, der ihm suggerieren sollte, dass er trotz dieser Hilfestellung bei ihr noch lange nicht seine Schäfchen im Trockenen hatte. Wut konnte er darin zwar nicht erkennen, dafür aber absolute Enttäuschung. »Was ist überhaupt passiert?«, wollte Astrid wissen.

»Ja, genau«, polterte sein Vater hinterher.

»Dem Heinzi ist der sauber in die Quere kommen, als dem sei Watschenbaum umgefallen ist«, krähte der Wirt, der bis dato stumm hinter seinem Tresen gestanden und Gläser poliert hatte. Das Geschirrtuch, das er benutzte, hatte allerdings schon lange keine Waschmaschine mehr von innen gesehen.

Ekelhaft, dachte Bülent und zupfte sich einen angeschimmelten Knödelrest von der Hose.

»Es war aber mehr ein Versehen, eigentlich hätt's dem Suff sein Schädel treffen sollen«, erzählte der Krapfenberger weiter, ohne gefragt worden zu sein. »Aber dein Sohn hat gemeint, er muss den Helden spielen, und das ging mal schön ins Aug.« Er lachte schadenfroh. »Verstehst? Ins Aug!«

Keiner lachte mit.

»Fritz, mit einer derartigen Körperverletzung ist fei nicht zu spaßen«, echauffierte sich Erkan. »Was ist, wenn er jetzt einen bleibenden Schaden davonträgt?«

Fritz Krapfenberger schüttelte amüsiert den Kopf. »Geh Schmarrn, was heißt hier Körperverletzung. Das war doch keine Absicht.« Er wandte sich an Bülent. »Magst dir ein Fleisch draufklatschen? Ich hätt da noch ein Viertelpfund Schnitzel in der Kühle, das muss eh schon lang weg.«

Die Vorstellung, dass ihr Vorgesetzter Gefahr lief, einen stinkenden Fetzen toten Geschweins im Gesicht hängen zu haben, löste in Astrids veganer Seele einen spontanen Fluchtreflex aus. Hektisch packte sie den überraschten Bülent am Arm und zog ihn unsanft hinter sich her zur Eingangstür.

»Wir müssen. Die Pflicht ruft.« Und raus waren sie.

*

»Jessas, die heizt deinem Sohn aber ganz schön ein«, meinte der Krapfenberger anerkennend. »So ein Weibi würde ich schon auch gern mal wieder von der Bettkante stoßen. Und zwar ein Bein links naus, des andere rechts.« Der Wirt wieherte vor Vergnügen über seinen Witz und gönnte sich zur Belohnung einen doppelten Obstler.

Erkan hatte ihm gar nicht wirklich zugehört. Seine Gedanken kreisten um seinen Sohn. Als er ihn heute so desolat am Boden liegen gesehen hatte, waren ihm das erste Mal leichte Zweifel darüber gekommen, ob Bülent das mit dem Ermitteln wirklich im Griff hatte. Aber verdammt, er brauchte unbedingt ein familiäres Erfolgserlebnis, mit dem er dorfintern punkten konnte. Schließlich wollte er doch als erster Türke in der Geschichte von Strunzheim in den Gemeinderat gewählt werden. Und wer weiß, vielleicht langte es auch mal irgendwann zum Bürgermeister. Erkan lächelte verklärt bei dieser Vorstellung und verbarg, wie einst ein kleiner französischer Kaiser, seine rechte Hand in der Jacke.

*

Bülent und Astrid saßen nebeneinander in deren Friedenspanzer und schwiegen sich schon seit geraumer Zeit an. Bülent wäre es fast lieber, Astrid würde ihn anschreien, dann könnte er wenigstens reagieren. Aber dem war nicht so. Sie starrte stumm nach draußen und schien auf eine Ansage von ihm zu warten. Dass Frauen aber auch immer so kompliziert sein mussten. Bülent schwitzte, und er hasste es. Außerdem hätte er nur zu gerne seine lädierte Optik einer näheren Betrachtung unterzogen, aber so viel Eigensorge würde wahrscheinlich am Ende das Fass noch zum Überlaufen bringen. Er entschied sich daher dazu, einen vorsichtigen kommunikativen Anfang zu wagen.

»Du, Astrid …«, fing er wenig originell an und erreichte damit immerhin, dass sie sich ihm nach einem kurzen Moment des Zögerns zuwandte. »Ähm … sag mal, hat deine Schüssel überhaupt einen Airbag?«

Astrid seufzte und schloss die Augen. Ok, die perfekte Entschuldigung hörte sich anders an, aber das Zwischenmenschliche war halt auch nicht so seins. Bülent holte erneut Anlauf.

»Also, wegen heute …«

Ohne die Augen zu öffnen, hob Astrid eine Hand. »Pssst!«, zischte sie.

Der Hauptkommissar versank augenblicklich noch tiefer in die Planlosigkeit, sagte aber mal besser nichts mehr.

Nach einer gefühlten Ewigkeit schüttelte sich Astrid kurz und strahlte ihn an wie ein Honigkuchenpferd. »Es funktioniert.«

»Was?« Bülent war irritiert.

»Big Hug for yourself«, erklärte Astrid begeistert. »Hab ich von meinem Life-Coach. Sobald der Zorn an die Oberfläche drängt, sofort nach innen tauchen und sich selbst eine dicke fette Umarmung geben. Und schwupps, alles ist wieder gut. Solltest du auch mal probieren, Büli. Übrigens siehst du heute verdammt gut aus. So kernig und wild«, gurrte Astrid und gab ihrem verdutzten Chef ein Bussi auf die Wange, bevor sie den Motor startete. »Ich würd sagen, wir knöpfen uns jetzt mal die Familie der Toten vor, was meinst du?«

Bülent konnte nur noch nicken. Der Kuss hatte bei ihm alle Transpirationsschleusen geöffnet und dafür gesorgt, dass er das Gefühl hatte, innerhalb kürzester Zeit äußerlich zu ertrinken und innerlich zu dehydrieren. So viel war sicher, diese Frau würde ihn schrittweise noch um den Verstand bringen. Ob gut oder schlecht, das musste sich noch herausstellen.

Kerstins Elternhaus entpuppte sich als ansehnlicher, vor Hunderten von Jahren aus Sandstein gemeißelter Bauernhof, auf dem tatsächlich noch Landwirtschaft betrieben wurde. Die Rummslers waren zwar vorwiegend Kartoffelbauern, aber ein paar Tiere hatten sie freilich auch noch – zwecks der Tradition und weil man dem Großvater auf dem Sterbebett zähneknirschend hatte versprechen müssen, dass seine geliebten Rindviecher ein lebenslanges Wohnrecht haben würden. Jede Zuwiderhandlung hinsichtlich dieses letzten Willens hätte den Opa sicherlich dazu veranlasst, seinen seniorigen Grant selbst noch vom Himmel droben auf seine räudigen Nachfahren herunterbrechen zu lassen. Jedenfalls glaubte das seine stronggläubige Familie und rumpelte daher weiterhin jeden Morgen und Abend in den Stall zum Misten und Melken. Bringen tat das rein finanziell gesehen natürlich nichts, aber wenn die arme Seel' ihr' Ruh' hat, ist immerhin auch was gewonnen.

Pünktlich zum Mittagsläuten schlug das Nürnberger Ermittlerduo auf dem Gehöft der Rummslers auf und wurde alles andere als mit offenen Armen empfangen. Gerade, dass man sie ins Haus ließ. Dann war aber auch schon Schluss mit der Freundlichkeit. Beim Essen stört man nicht, vor allem nicht, wenn es Schlachtplatte gab, so lautete die goldene Regel, und daran hielt man sich. Astrid und Bülent wurden kurzerhand auf das abgewetzte Kanapee abkommandiert, welches in einer Ecke der Küche neben dem antiquierten, heiß vor sich hin hitzenden Wamsler[6] stand und dessen Farbe und Stoffbeschaffenheit nicht mehr eindeutig zu definieren waren. Von dort aus mussten sie stumm mit ansehen, wie die drei verbliebenen Rummslers – Vater Sepp, Mutter Christa und Sohn Bernd – sich wortlos die hungrigen Mäuler bis zum Rand stopften und zufrieden schmatzten. Nichts in ihrem Verhalten, aber schon gar nichts, zeugte davon, dass diese Familie erst kürzlich einen herben Verlust in Form eines toten Kindes beziehungsweise einer toten Schwester hatte hinnehmen müssen. Höchstens Christas schwarzer Pullover und die schwarzen Leggings an ihren dürren Beinen, die unter ihrer dreckigen Kittelschürze hervorlugten, ließen Rückschlüsse auf einen Trauerfall zu.

Astrid blickte auf die Küchenuhr, die an der Wand hing. Inzwischen war schon eine Viertelstunde vergangen, ohne dass man überhaupt von ihnen Notiz genommen hatte.

»Entschuldigung, aber wir würden jetzt dann doch gerne mit der Befragung beginnen.« Freundlich lächelte sie die Familie an.

6 Holzherd, wo eigentlich nur Omas wirklich drauf kochen können

»Mir essen noch, und beim Essen wird nicht g'redet«, bellte Sepp mit vollem Mund und, ohne dass er seinen Blick vom Teller nahm.

»Ah, ok, verstehe.« Hilfesuchend sah Astrid zu Bülent, der zuckte nur ebenso ratlos mit den Schultern.

»Können Sie vielleicht ungefähr abschätzen, wie lange es noch dauert?«, hakte er nach.

»Bis mir fertig sind«, keifte Christa unfreundlich, während Bernd debil grinsend mit der Zunge demonstrativ langsam über seine fettigen Finger leckte und dabei Astrid mit stierigem Blick fixierte.

Klarer Fall von sexuellem Überdruck, diagnostizierte Bülent insgeheim und wunderte sich darüber auch überhaupt nicht. Bernd Rummsler war mit seinen knapp dreißig Jahren so etwas wie die Reinkarnation eines fränkischen Neandertalers. Zu Urzeiten wäre er wohl der Star seiner Sippe gewesen. Heutzutage bevorzugten Frauen zwar immer noch männliche Männer, aber ein gewisser Grad an Manieren und Reinlichkeit sollte damit schon einhergehen. Bülent war überzeugt davon, dass Rummsler junior sicherlich noch nie einen Stich beim weiblichen Geschlecht gemacht hatte, und wenn es so weiterlief, würde das wohl auch so bleiben. Außer er traf eine, die sowohl blind als auch taub war. Ganz zu schweigen davon, dass sie auch nichts riechen durfte.

»Sollen wir uns vielleicht das Zimmer der Toten ansehen, bis die so weit sind«, flüsterte ihm Astrid ins Ohr und unterbrach damit seine fast schon wissenschaftliche Abhandlung über den Rummsler-Spross.

Er nickte. »Gute Idee.« Bülent stand auf und trat an den Esstisch. »Wo finden wir denn das Zimmer von der Kerstin?«

Die drei Rummslers deuteten zeitgleich mit ihren Gabeln an

die Decke, sagten aber natürlich nichts. Das hieß dann ja wohl erster Stock. Die Kripobeamten ersparten sich eine genauere Nachfrage und eilten aus der Küche.

Auf ihrer Suche nach Kerstins vier Wänden stießen die Ermittler sowohl auf das schmucklose und modisch völlig überholte Elternschlafzimmer als auch auf Bernds Junggesellenbude, deren Wände zugekleistert waren mit Bildern von Traktoren und nackten, vollbusigen Frauen aus den verschiedensten einschlägigen Magazinen. Astrid schloss schnell wieder die Tür.

»Ich möchte gar nicht wissen, was der Typ da drin alles so treibt.« Sie schüttelte sich.

»Voilà, da ist es ja.« Bülent hatte eine weitere Tür geöffnet, und die führte tatsächlich in den von ihnen gesuchten Raum. Kerstins Zimmer entpuppte sich als kleiner puffiger pink-weißer IKEA-Showroom und stand somit in einem völligen Kontrast zur üblichen dunkel-schweren abgenutzten Einrichtung des Bauernhauses.

»Also, das hab ich jetzt so nicht erwartet«, entfuhr es Astrid verwirrt. »Das ist ja richtig kuschelig.«

»Also mir wird hier drin himmelangst«, entgegnete Bülent. »Siehst du die Kerben da am Bett? Es würde mich nicht wundern, wenn die schwarze Witwe dort ihre Koitus-Opfer aufgelistet hätte.« Bülent fuhr mit spitzen Fingern über die Einritzungen. »Also, ihren Namen Dorfmatratze hat sie sich wirklich redlich verdient.«

»Das kann auch alles nur dummes Gerede sein«, widersprach ihm Astrid. Sie fischte einen Schnellhefter vom Nachtkästchen und begann, hastig darin zu blättern. »Ich glaub, ich spinn. Büli, das musst du dir ansehen.« Sie tippte auf den Einband, auf dem das Logo einer renommierten Schönheitsklinik prangte, in der sich schon so manches regionale Sternchen die Optik hatte aufpolieren lassen.

Der Hauptkommissar warf einen Blick auf die Unterlagen und bekam große Augen. »Die wollte sich unters Messer legen!«

»Ja, und zwar nicht nur einmal. Brust, Nase, Fett. Krass, die wollte sich rundum erneuern lassen. Und schau mal hier, der Vertrag ist auch schon unterschrieben.« Astrid ließ sich auf das Bett sinken. »Woher zum Teufel hat eine Fleischereifachverkäuferin die Kohle dafür?«

»Vielleicht hatte sie das Geld ja nicht selbst«, überlegte Bülent.

»Ich ruf da jetzt gleich mal an.« Astrid zückte ihr Handy, um es nur wenig später ergebnislos wieder in die Tasche zu stecken. »Die geben mir keine Auskunft am Telefon. Aber schon gar keine«, erklärte sie Bülent.

Der nickte. »War fast klar, bei so einem delikaten Geschäft.«

»Na, haben Sie was gefunden in der Kerstin ihrem Irrenstall?« Christa stand in der Tür und blickte sich missbilligend im Zimmer ihrer toten Tochter um.

Astrid hielt ihr das Angebot der Schönheitsklinik unter die Nase. »Wussten Sie, dass Ihre Tochter kosmetische Eingriffe geplant hatte?«

Sofern Christa überrascht war, ließ sie sich das überhaupt nicht anmerken. »Genauso g'spinnert wie ihre Großmutter war der Schratz. Genauso g'spinnert«, brabbelte die Rummslerin mehr zu sich selbst als zu den Ermittlern.

»Ach, es gibt eine Oma? Lebt die auch mit im Haus?«, wollte Astrid wissen.

»Lebte!«, bellte Christa. »Die Zensi hat sich vor einem dreiviertel Jahr mit dem Mofa im Teich von unserem Nachbarn derumpelt. Weil sie auch mit ihren achtzig allerweil so aufs Gas hat drücken müssen. Zu spät gebremst, und aus die Maus.«

Bülent musste insgeheim grinsen. Anscheinend hatten Strunzheims Seniorinnen alle ein ausgeprägtes Faible für motorisierte Geschwindigkeit. Dann beobachtete er verwirrt, wie Astrid aus ihrer Tasche eine Packung Räucherstäbchen holte und sie der Bäuerin lächelnd unter die Nase hielt.

»Bitte, damit können Sie Ihr Haus ausräuchern.«

»Waren wir uns zwecks dieser esoterischen Geruchsbomben nicht einig?«, raunte Bülent entnervt.

Astrid ignorierte seinen Grant und stupste Christa sachte an. »Jetzt nehmen Sie schon, damit können Sie die schlechte Energie vertreiben, und ich glaube, davon haben Sie hier mehr als genug«, erklärte sie einfühlsam. Die Bäuerin zeigte Astrid daraufhin einen Vogel und verließ, ohne ein weiteres Wort zu verlieren, das Zimmer. Astrid zog eine Schmollschnute.

»Ich hab's doch nur gut gemeint«, bockelte sie wie ein junges Zicklein vor sich hin.

»Ach, Sunshinechen, manche Menschen wollen aber doch überhaupt nicht, dass es gut wird.« Bülent wunderte sich fast selbst über seine gefühlsbetonten Worte.

»Büli, ich wusste ja gar nicht, dass du so tiefgründig sein kannst. Mag ich«, sagte sie und schenkte ihm ein Lächeln, das ihm ganz schummrig werden ließ.

»Ey, Frau Polizei, hast vielleicht an mich auch noch Fragen?« Bernd stand breitbeinig im Türrahmen und glotzte Astrid genauso hungrig an wie zuvor die Schlachtplatte auf seinem Teller.

»Hab ich tatsächlich«, gab sich Astrid ganz souverän. »In welchem Verhältnis standen Sie zur Kerstin?«

Bernds Gesichtsfarbe wechselte von Rot ins Leichenblasse. »Was meinst jetzt da damit … Verhältnis? Du, des war meine Schwester. Die fass ich doch nicht mit der Beißzange an. So einer bin ich fei nicht, gell.«

»Sie meint, wie ihr euch verstanden habt's«, erklärte Bülent ungeduldig.

Bernd atmete erleichtert auf. »Ach so, ja mei, sie war halt auch da. Geredet haben wir nie viel miteinander.«

»Hatte sie einen Freund?«, schoss Astrid hinterher.

»Einen?! Die Kerstin, die war quasi ein Durchlauferhitzer.«

Rummsler junior zwinkerte Astrid dermaßen frivol zu, dass Bülent beschloss, dass hiermit die Befragung des Bruders, überhaupt dieser ganzen seltsamen Sippe, erst einmal zu Ende war. Immerhin erfuhren sie von Kerstins Vater im Hinausgehen noch, dass Kerstin so etwas wie eine beste Freundin gehabt hatte. Katharina Fromm, Tochter des örtlichen Bauunternehmers und eine absolut optische Granate, wie der Alte ihnen versicherte.

»Was die mit unserer Tochter zu schaffen hatte, das versteht kein Mensch. Ich mein, die sind halt schon was Besseres, die Fromms, und recht gescheit war sie ja jetzt wirklich nicht, unsere Kerstin, und schön schon gleich gar nicht. Aber anpacken, des konnte sie schon. Besser wie mancher Kerl, und jetzt ist sie einfach so weg«, sinnierte Sepp. Bülent meinte gar, eine Träne in den Augenwinkeln des Bauern glitzern zu sehen, aber das konnte auch von dem gefühlten halben Kilo Schnupftabak herrühren, das sich der Alte gerade vor ihren Augen in seinen gigantischen, rot durchgeäderten Riechkolben zog.

»Wo finden wir denn diese Katharina?«, fragte Astrid.

Der Bauer zog seinen Rotz bis unter die Hirnrinde hoch und deutete diffus in verschiedene Richtungen. »Da oder da.«

»Geht's etwas genauer?«, barschte Bülent ihn an.

»Na, entweder ist sie mit ihren Eltern beim Beten in der Kirch, weil recht heilig tun sie schon allerweil die Fromms, oder die hocken daheim in ihrem Wohlstandsbunker, den sie sich ins Neubaugebiet genagelt haben. Leicht zu finden. Immer dem Größenwahn hinterher«, erklärte Sepp, drehte sich um und verschwand, ohne sich zu verabschieden, in den Stall.

»Was für eine seltsame Familie«, sinnierte Astrid. »Die wollten überhaupt nicht wissen, was passiert ist, und wirklich erschüttert schien auch keiner von ihnen zu sein.«

»Was man nicht an sich ranlässt, kann einen schon nicht in die Knie zwingen«, schlussfolgerte Bülent, und ihn durchzuckte kurz die Erkenntnis, dass das womöglich auch für ihn galt.

Wie Sepp Rummsler richtig vermutet hatte, fanden die beiden Ermittler das Haus der Fromms tatsächlich sehr schnell. Es war das einzige, das sich aus dem Einheitsbrei von Fertighäusern hervorhob. Wie ein Schlösschen lag es zwischen all den kleinen bunten Faltschachteln und zeugte definitiv von Geld. Von viel Geld.

»Ganz ehrlich, dass hier die Tote ein und aus gegangen sein soll, kann ich mir kaum vorstellen«, flüsterte Bülent, als er und Astrid wenig später die feudale Eingangshalle der frommschen Behausung betraten. Mittelpunkt des Raumes bildete eine Marmorsäule, auf der eine aus glitzernd schwarzen Swarovski-Steinen gefertigte, originalgetreue Nachbildung eines Rauhaardackels thronte. »Ludwig I.«, las Bülent auf dem goldenen Schild, das darunter angebracht war. Er vermutete, dass es sich bei dem anderen kleinen Kläffer, der gerade vor lauter Aufregung über den fremden Besuch an einer ordentlichen Pfütze auf dem Teppich arbeitete, um Ludwig II. handelte.

»Geh, Roswitha, jetzt seucht uns das Vieh schon wieder den Perser voll. Gerade, wo mir Besuch haben. Da muss man sich doch schämen.« Xaver Fromm beäugte missbilligend die Bescherung auf dem Teppich, während seine Frau eiligst mit einem Putzlappen und Sagrotan angeschossen kam. Dabei löste sich doch glatt eine blonde Strähne aus ihrer sonst perfekt hinbetonierten Föhnfrisur.

»Wissen Sie, er ist noch sehr jung«, entschuldigte Roswitha das Fehlverhalten des Vierbeiners, während sie schleunigst dafür sorgte, dass das Malheur beseitigt wurde. »Aus einem schlechten Wurf kommt er halt«, hielt ihr Mann dagegen.

Bülent räusperte sich. »Entschuldigung, aber der Werdegang Ihres Hundes interessiert uns nicht, wir würden gerne mit Ihrer Tochter Katharina sprechen. Ist sie da?«

Xaver, der, wie Bülent feststellen musste, leichte Ähnlichkeit mit einer jüngeren Ausgabe von Pierre Brice hatte, blitzte die beiden Kriminaler misstrauisch an.

»Was wollen Sie denn von unserer Prinzessin? Geht's um die Gelbwurst-Pflunzn? Wirklich schade ist es ja nicht um sie.«

»Geh, Xaver, über Tote spricht man nicht schlecht«, schimpfte seine Frau und schlenzte ihm den verpieselten Lappen auf den Oberschenkel, sodass ein feuchter Fleck auf dem guten hellbraunen Cord zurückblieb.

»Ist doch wahr. Die wollte bloß unsere Katharina als Freundin, um selber besser dazustehen. Kennt man doch, solche Leute.«

»Hat das Ihre Tochter genauso gesehen«, wollte Astrid wissen.

Roswitha schüttelte den Kopf. »Nein, die Kathi hat sich immer für die Gelbwurst … ähm, also für die Kerstin eingesetzt. Seit dem Kindergarten waren die beieinander, und sie hat nie was auf das Mädchen kommen lassen. Aber in letzter Zeit war sie wohl ein bisschen seltsam. Zumindest hat das die Katharina gesagt.«

»Geh, die war doch schon immer nicht ganz knusprig«, brummte Xaver Fromm. Astrid stampfte wütend mit dem Fuß auf und löste damit einen erneuten Harndrang beim schreckhaften Ludwig aus.

»Jetzt hören Sie mal zu. Das Mädchen ist tot, und Sie haben

nichts Besseres zu tun, als über sie herzuziehen, bloß weil sie Ihnen nicht in Ihr überhebliches und dekadentes Weltbild passt? Nicht jeder wird mit einem goldenen Löffel im Schnabel geboren, das heißt aber nicht, dass er deswegen ein Leben lang nur Dreck fressen muss!«

Roswitha sah Astrid entgeistert an. »Wie reden Sie denn mit uns?«, nuschelte sie entsetzt.

»Magst nicht lieber schnell rausgehen und dich mal kurz selbst umarmen?«, versuchte Bülent etwas hilflos dem ungewohnt heftigen Auftreten seiner Assistentin entgegenzuwirken.

»Nein, ich mag jetzt mit der Tochter des Hauses sprechen, und zwar pronto.«

»Das geht aber nicht, Katharina ist krank. Sie hat's mit dem Magen, und ich lasse nicht zu, dass man sie aufregt.« Demonstrativ stellte sich der Bauunternehmer vor die ausladende Treppe, die ins obere Stockwerk führte.

»Ist schon gut, Papa«, hörte man plötzlich ein leises Stimmchen piepsen. Katharina Fromm ging, nein, sie schwebte, umhüllt von einem Morgenrock aus weißem Satin, Stufe um Stufe hinab. Bülent konnte nicht anders, als an einen Engel zu denken. Etwas traurig und angeblasst um die Nasenspitze herum, aber immer noch bildschön. Sie reichte den beiden Ermittlern die Hand. Wie eine zerbrechliche Elfe, dachte Bülent und sah Astrid an, dass sie an etwas völlig anderes, weit weniger freundlich Gesinntes dachte.

»Bitte, fragen Sie mich, was Sie wollen. Ich glaube aber kaum, dass ich Ihnen weiterhelfen kann. Kerstin und ich, also wir hatten in letzter Zeit nicht mehr allzu viel Kontakt.«

»Warum war das so?«, griff Astrid gleich den Faden auf. »Sie waren laut Aussage ihrer Mutter doch seit dem Kindergarten unzertrennlich.«

»Ich hatte das Gefühl, dass Kerstin irgendwie neidisch auf mich war. Früher, als wir noch Kinder waren, da war ja alles egal. Aber später … Ich glaube, sie hat mir mein Leben einfach nicht gegönnt, und ehrlich, auf so eine Freundin kann ich dann auch verzichten.«

»Heißt das, Sie sind froh, dass sie weg ist«, bohrte Astrid wenig sensibel nach und erntete dafür einen strafenden Blick von Bülent.

»Das hab ich nicht gesagt.« Katharinas Augen füllten sich mit Tränen.

»Ich glaub, das reicht jetzt.« Schützend legte Xaver Fromm den Arm um seine Tochter. »Bitte, gehen Sie jetzt. Sie sehen doch, dass es der Kathi nicht gut geht.«

»Wir sind eh fürs Erste durch«, sagte Bülent schnell, bevor Astrid noch Luft holen konnte. »Aber bitte, halten Sie sich zu unserer Verfügung.« Bülent reichte Katharina seine Visitenkarte. »Falls Ihnen noch was einfällt, rufen Sie mich an. Gute Besserung.«

»Danke, Herr Kommissar.« Katharina schenkte Bülent ein zaghaftes Lächeln, das ihm ganz warm ums Herz werden ließ. Er hegte fast väterliche Gefühle für dieses zarte Geschöpf und konnte durchaus verstehen, dass ihre Eltern wie Kampfdrohnen um sie herumschwirrten. So etwas offensichtlich Reines musste einfach bewahrt werden, solange es ging.

»Na, dein Karma hast dir heut aber sauber versaut«, witzelte Bülent, als er mit Astrid zurück zum Auto ging.

Die junge Kriminalerin trabte zerknirscht neben ihm her. »Ich weiß auch nicht. Ich hatte plötzlich so eine Wut in mir, und dann habe ich nur noch rotgesehen.«

»Wohl eher blond«, grinste Bülent und öffnete ihr die Wagentür. »Zur Strafe nehme ich dich heute Abend mit zu meinen Eltern zum Essen.«

»Echt?!« Astrid strahlte ihn an. »Aber das ist doch keine Strafe?!«

Bülent, der natürlich den heimischen Menüplan kannte, schwieg fürs Erste und gab sich ganz einer nahezu teuflischen Vorfreude hin.

KAPITEL 7

Eine ganz große Sauerei

»Saure Zipfel?!« Astrid beäugte entsetzt die bassbläulichen Würste, die da zwischen pfundweise Zwiebeln vor ihr auf dem Teller schwammen und aussahen, als ginge es ihnen gesundheitlich nicht so recht gut. Dagegen war eine Münchner Weißwurst farblich betrachtet die reinste Sonnenanbeterin.

»Magst du die etwa nicht?« Scheinheilig grinsend schob sich Bülent ein Stück fränkische Spezialität in den Mund und kaute genüsslich darauf herum. »Wirklich lecker. Aua!« Ohne Vorwarnung hatte Astrid ihm ihre Schuhspitze ins Schienbein gerammt.

»Du weißt genau, dass ich kein Fleisch esse und so dermaßen schwindsüchtige Würste schon gar nicht. Ich bin V E G A - N E R I N!«, sagte sie langsam und eindringlich, als hätte sie mit Bülent einen Zweijährigen vor sich, dem man gerade zum hundertsten Mal die Welt erklärte.

»Was ist sie?« Erkan, der soeben mit Maria aus der angrenzenden Küche kam, um für den kulinarischen Nachschub in flüssiger wie in fester Form zu sorgen, sah reichlich irritiert aus der Wäsche.

»Sie isst kein Fleisch«, erklärte Bülent trocken.

»Überhaupt nix von Tieren«, korrigierte Astrid. »Tut mir leid.« Entschuldigend sah sie Maria an.

»Warum hast du mir das denn nicht gesagt? Dann hätte ich doch etwas anderes gekocht.« Bülents Mutter war sichtlich ungehalten darüber, dass ihr Sohn sie bezüglich Astrids Vorlieben so im Dunkeln hatte tappen lassen. Sie konnte es gar nicht leiden, wenn ein Gast in ihrem Haus nicht satt wurde. Noch dazu, wenn es sich dabei um ein derart adrettes Persönchen handelte, welches ihrer Meinung nach perfekt in den rambichlerschen Stammbaum passen würde. Gut, dieses Mädchen hatte etwas sonderbare Essgewohnheiten, aber das war ja in der heutigen Zeit anscheinend vollkommen en vogue. Ansonsten schien sie zumindest ziemlich frei von seltsamen Anwandlungen, Ticks und Spleens zu sein. Wenn Maria da an die letzte und im Grunde genommen auch erste und einzige richtig feste Freundin von Bülent dachte – Jesus im Himmel, was war die mit ihren vierzehn Jahren schon für eine wilde Neurosenschleuder gewesen. Große Liebe, aber alle drei bis vier Wochen, prämenstruell gesehen, völlig neben der Spur. Am Ende dieses Beziehungsspektakels hing das kleine pubertierende Herz ihres Sohnes in Fetzen aus seiner Brust, und sie, Maria, hatte große Mühe gehabt, es halbwegs wieder zu flicken. Mit viel Kinderschokolade und Mutterliebe. Seitdem schien ihr Bubi allerdings das Interesse am weiblichen Geschlecht merklich verloren zu haben. Zumindest hatte er bis zum heutigen Tag keinen einzigen Rockzipfel mehr mit nach Hause gebracht. Sprich, Astrid war momentan ihre Chance – vielleicht ihre einzige – auf potentielle Enkelkinder, und diese wollte sie sich keinesfalls entgehen lassen. Darum hieß es jetzt volle Offensive und sich als Schwiegermutter respektive Eltern von der besten Seite präsentieren. Hauptsache, der Erkan riss sich zusammen.

»Des haben wir gleich mit dem Vegan«, hörte Maria da schon ihren Mann unheilvoll verlauten, und noch bevor sie ihm Einhalt gebieten konnte, fischte er auch schon mit den blanken Fingern die Würste von Astrids Teller und schmiss stattdessen eine Scheibe Brot hinein.

»Voilà! Echte fränkisch-türkische Zwiebelsuppe, garantiert ohne Tier.« Beifallheischend sah sich Erkan in der Runde um, doch der erwünschte Zuspruch blieb vor allem seitens seiner Ehefrau aus.

»Wie kann man nur in deinem Alter noch so schlechte Manieren haben?«, pfiff sie ihn an. »Mit deine Griffel[7] in anderer Leute Essen herumfuchteln. Pfui Teufel, dass du dich nicht schämst.«

Erkan versank merklich in seinem Stuhl. Wenn Maria mal sauer war, dann war sie sauer, da konnte selbst er mit seinem südländischen Temperament einpacken. So aufgebracht wie jetzt war sie allerdings selten. Selbst Bülent wunderte sich, warum seine Mutter so dermaßen überreagierte. Sie müsste es doch eigentlich gewohnt sein, dass ihr Mann die Dinge häufig auf seine ganz eigene, mit viel gutem Willen als kreativ zu umschreibende Art und Weise erledigte.

»Ist schon ok, der Erri wollte mich ja nur nicht verhungern lassen«, schnurrte Astrid beruhigend dazwischen und schob sich tatsächlich eine homöopathische Dosis aufgeweichten Brotes in den Mund. »Mmmh, lecker.«

Sogleich wuchs Rambichler senior mit stolz geschwellter Brust wieder wie Phönix aus der Asche aus seinem Sitz hervor. »Schau Weibi, ihr schmeckt es«, sagte er und gönnte sich, zufrieden mit sich und der Welt, Zipfel Nummer fünf.

Maria lächelte ihren Mann versöhnlich an. Er war, wie er war. Einfach unverbesserlich.

»Was habt's ihr eigentlich beim Fromm gewollt? Habt's den am End auf dem Radar? Da, glaub ich, jagt's aber den Falschen«, wandte sich Erkan an seinen Sohn. Die dörflichen Buschtrommeln hatten mal wieder ganze Arbeit geleistet.

7 Finger

»Reine Routine«, entgegnete Bülent knapp. Seine Lust, Ermittlungsdetails unter der Fuchtel seines Vaters breitzutreten, hielt sich merklich in Grenzen.

»Und sonst? Habt's schon Anhaltspunkte? War's wirklich Mord?« Erkans Neugier tröpfelte ungefiltert aus ihm heraus.

»Kein Kommentar«, bremste Bülent seinen Vater aus.

»Also wisst ihr nix«, fasste Erkan die knappe Antwort seines Sohnes enttäuscht zusammen. »Dabei sind doch gerade die ersten Stunden nach einem Mordfall entscheidend für die Aufklärung.«

Der Hauptkommissar atmete hörbar entnervt ein und aus. Demonstrativ warf er einen Blick auf das Stahlmonstrum an seinem Handgelenk. »Oh, schon so spät«, tat er überrascht. »Ich denke, es ist besser, wir gehen jetzt.«

»Aber Büli, du hast mir doch gerade noch gesagt, dass du heute Nacht bei deinen Eltern übernachtest. Weil es doch gar so praktisch ist und weil du ein bisschen mehr Zeit mit ihnen verbringen möchtest«, log Astrid so dermaßen dreist und liebreizend, dass einem Hören und Sehen vergehen konnte. Dieses kleine Biest. So sah sie also aus, ihre Rache für das heutige Abendessen und seinen Alleingang am Morgen. Bülent zündete ihr nun seinerseits die Schuhspitze ins Schienbein, dass es nur so schepperte. Doch Astrid grinste daraufhin nur noch breiter.

»Oh, Bubi, das ist ja wunderbar. Ich mach dir gleich dein Bett fertig«, jubilierte Maria voller Freude darüber, ihren Sprössling endlich mal wieder unter ihren Fittichen zu haben. Schlagartig war klar, aus dieser Nummer würde er im Leben nicht mehr rauskommen. Allein wie seine Mutter ihn anstrahlte. Ein Rückzieher seinerseits wäre mit Sicherheit eine große Enttäuschung für sie, und das wiederum würde seinen Vater auf den Plan rufen. Erkan würde ihm im Nacken sitzen, sein Gewissen malträtieren und am Ende wahrscheinlich dafür sorgen, dass er als Wiedergutmachung eine längst schon überfällige Einladung zu sich nach Hause aussprach. Das wäre im Grunde die schlimmere Strafe. Denn das letzte Mal, als die Eltern ein Wochenende bei ihm residiert hatten, hatte sich Maria mit seiner Putzfrau angelegt, da diese in ihren Augen auf absolut unterstem Niveau wischte und wienerte. Die gute Frau war daraufhin aufs Äußerste gekränkt und auf Nimmerwiedersehen verschwunden. Und weil das alles nicht genug Ärger bedeutete, hatte Erkan noch sein Badezimmer geflutet und damit dem Nachbarn unter ihm eine raumfüllende Rainshowerdusche beschert, die dieser so nicht bestellt hatte. Nein, noch einmal wollte er sich so ein Desaster im elterlichen Doppelpack nicht in die eigenen vier Wände holen. Er war nun einmal ein einsamer Wolf, und als solcher brauchte er eine Höhle. Eine, die nur nach ihm roch und nicht nach dem bärigen Duft von Old Spice, jenem Aftershave, in dem Erkan sich wie ein verspielter Welpe zu wälzen pflegte und dessen Geruch wochenlang in seiner Couch festhing. Dann doch lieber eine Strunzheimer Nacht, Augen zu und durch.

»Habt's ihr eigentlich schon den Staiger vernommen, wo in dem seiner Metzgerei die Gelbwurst-Pflunzn als Verkäuferin angestellt war?«, fragte Erkan und riss Bülent damit aus seinen Gedanken. »Wenn ihr mich fragt, ganz sauber läuft es bei dem nicht ab.«

»Wie meinst du das, Erri?« Bei Astrid setzte sofort der Schnüffeltrieb ein.

Erkan genoss sichtlich die ihm zuteilwerdende Aufmerksamkeit und ließ sich ausgiebig Zeit mit der Antwort. Zu viel Zeit, wie Bülent fand. »Jetzt red schon.«

Tatsächlich hatte sein Vater wirklich etwas Interessantes zu berichten. Seiner Meinung nach hatte der Staiger junior, der jetzt eigentlich die Metzgerei führte – eigentlich, weil ihm der Alte natürlich immer noch auf die Finger sah und zur Not auch feste draufhieb –, beim diesjährigen landkreisinternen Presssackwettbewerb beschissen. Eine Prestige-Veranstaltung, die stets darüber entschied, aus welchem Schlachthaus hauptsächlich diverse dörfliche Events wie Feuerwehr-, Kindergarten- oder Pfarrfest gespeist wurden. Es ging demnach nicht nur alleine um die Metzgersehre, sondern auch um einiges an Diridari, wie Erkan sich ausdrückte. Bis dato hatte der Staiger jedes Jahr gewonnen.

»Und jetzt kommt's.« Bülents Vater wusste offensichtlich, wie man die Spannung aufrechterhielt. Jedenfalls hing Astrid ihm gespannt an den Lippen. »Ich war heuer in der Jury, also quasi als abgesandter Presssack-Tester aus Strunzheim, und das Trumm vom Staiger war wieder erste Sahne. Ein Gourmethappen, des könnt ihr mir glauben. So wunderbar wie der pralle Busen von einer Frau.«

Bevor Erkans himmelschreiende Phantasie noch weiter mit ihm durchging, nahm Maria den erzählerischen Faden auf. »Ums kurz zu machen, der Presssack, den er im Laden verkauft, kommt nicht im Entferntesten an den ran, den er beim Wettbewerb aufgetischt hatte. Stimmt's?«

»Stimmt«, brummelte Erkan im höchsten Grade pikiert darüber, dass man ihn um seine Pointe gebracht hatte.

»Betrug also. Aber das müsste doch schon vorher jemand mal bemerkt haben?«, hakte Bülent nach.

»Na, eben nicht.« Erkan hielt jetzt nichts mehr auf seinem Stuhl. Aufgeregt tippelte er im Zimmer herum. »Sonst hat doch der alte Staiger selber immer noch den Presssack für den Wettbewerb zusammengewurstet. Da macht ihm auch keiner was vor. Sein Handwerk versteht er. Aber dieses Jahr ist es ihm halt kurz davor ins Hirn geschossen. Schlaganfall. Da waren erst einmal die Lichtlein aus, und wenn ihr mich fragt, mehr als ein paar Kerzen werden da auch nicht mehr zu brennen anfangen. Geistig ist er schon da, aber körperlich geht da nimmer viel. Liegt im Bett und gängelt den Johannes, seinen Buben, der ihm eh nix recht machen kann und vergeblich darauf wartet, dass ihm sein Vater endlich den Laden überschreibt. Aber da tut sich nix. Der Alte hält seine Hand drauf und auf. Er ist halt auch ein rechter Sauhund, der Staiger«, vollendete Erkan seinen ausführlichen Bericht. Ganz schwitzig war ihm vor lauter Reden geworden, und Maria, die immer wusste, wann es Zeit wurde für etwas Stärkeres, stand plötzlich mit vier Gläsern eisgekühltem Raki im Türrahmen.

»Jetzt trinken wir erst einmal«, sagte sie.

Erkan verteilte die Gläser und hob sein eigenes in die Höhe. »Prost auf die ...«

»Liebe!«, schrie Maria dazwischen, kippte ihren Schnaps auf Ex und zwinkerte Astrid dabei zu.

Fünf Schnäpse später lag Bülent in seinem alten Kinderzimmer, wo neben dem Bügelbrett und der Nähmaschine seiner Mutter noch allerlei weiterer Krimskrams Einzug gehalten hatte. Normalerweise hüteten Eltern das Zimmer ihrer Kinder doch wie einen Heiligenschrein und beließen alles so, wie es war. Selbst Jahre nach dem Auszug. Bülent war fast ein wenig beleidigt, dass seine Erzeuger da wohl etwas anders drüber dachten. Wahrscheinlich lag es am Alkohol. Der ließ einen ja gerne mal ein wenig sentimentalisieren. Immerhin schlief er nach wie vor in seiner Captain-Future-Bettwäsche, die schon leicht fadenscheinig daherkam, und auch seine Bravo-Poster klebten noch an den Wänden. Madonna und Sandra – Gott, wie war er scharf auf die beiden gewesen. Wie es Astrid wohl jetzt ging, und warum dachte er ausgerechnet in diesem Moment an sie? Er musste wirklich aufpassen, dass diese kleine Yoga-Braut ihm nicht noch weiter seine Synapsen verdrehte. Gut, dass sie das etwas zu überschwänglich dargebotene Übernachtungsangebot seiner Mutter ausgeschlagen hatte. Das roch dann doch zu sehr nach einem Kuppelversuch. Astrid hatte sich stattdessen ein Fremdenzimmer in der Goldenen Sau genommen. Auch schon wieder irre. Soweit Bülent sich nämlich erinnern konnte, gab es nie ortsfremde Gäste im Wirtshaus. Der Krapfenberger als zuvorkommender Hotelier – wer wollte daran auch nur im Entferntesten glauben? Früher, in den Sturm-und-Drang-Jahren seiner Eltern, so erzählte man sich, hatte er seine Räumlichkeiten noch für horrende Summen an junge Pärchen hergegeben, die zwar vor der Ehe nicht durften, aber trotzdem wollten. Diese glorreichen Zeiten waren allerdings schon längst vorbei. Was blieb, waren durchgerittene Matratzen aus den Siebzigern, die Gott weiß was zu erzählen hätten, wenn sie denn reden könnten. Apropos reden. Ob an der Sache mit dem Staiger was dran war? Bülent konnte leider vor lauter Klarem keinen klaren Gedanken mehr fassen. Er vertagte das Nachdenken auf den nächsten Tag, zog sich seine Schlafmaske über die Augen und schlief sofort ein.

KAPITEL 8

Kling Glocken Klingelingeling

Astrid bereute es fast, nicht bei den Rambichlers geblieben zu sein. Sie mochte Bülents Familie. Egal, was er selbst davon hielt. Vater, Mutter, Kind und eine gehörige Portion Geborgenheit, das hatte sie sich selbst immer gewünscht. Aber das Leben war nun einmal kein Ponyhof. Astrid schüttelte ihre traurigen Gedanken ab und öffnete die Tür zur Goldenen Sau.

»Hui, jetzt wird's Tag«, ertönte eine ihr nur allzu bekannte Stimme, kaum hatte sie einen Fuß in die Gaststätte gesetzt. Bernd Rummsler saß am Stammtisch, der trotz vorgerückter Stunde noch gut besucht war. Allerdings sah man den versammelten Brüdern schon an, dass da, geistig gesehen, nicht mehr allzu viel rauszuholen war. Außer dem Rummsler-Spross hatten alle Mühe, ihre trüben Augen auf einem Punkt zu halten – nämlich ihrer Oberweite, wie Astrid entrüstet feststellen musste.

»Hey, Babe, komm her, trinken mir ein Spezi zusammen«, schrie Bernd über die Köpfe der anderen hinweg. Das hatte ihr jetzt wirklich noch gefehlt. Eine Wildsau in Spendierlaune. Astrid verzog das Gesicht, was der Bernd wiederum völlig falsch verstand. »Ich kann keinen Alkohol nicht trinken«, erklärte er entschuldigend. »Hab einen leichten Leberschaden, seit ich als Kind aus einem verseuchten Brunnen gesoffen hab. Aber wenn du magst, darfst dir freilich auch einen Wodka-O bestellen.«

Astrid schüttelte den Kopf. »Danke, ich will eigentlich nur noch ins Bett«, erklärte sie, bereute ihre Ehrlichkeit im nächsten

Augenblick aber schon wieder. Denn sogleich grölte die gesammelte Mannschaft etwas von: auch müde, mitkommen, Löffelchen und weitere Undenkbarkeiten.

»Ruhe jetzt!« Der alte Krapfenberger, der bis dato das Schauspiel schweigend genossen hatte, fuhr lautstark dazwischen. »So behandelt man doch keine Dame, noch dazu eine staatsmächtige«, erklärte er und reichte Astrid die von Spülwasser angefeuchtete Hand. Sie hoffte jedenfalls, dass es nur Spülwasser war. »Servus. Freut mich, dass Sie da sind.«

»Und mich erst!«, schrie da schon wieder einer von der bierseligen Bande dazwischen und erntete reihenweise Gelächter.

»Leider ist Ihr Zimmer noch nicht ganz fertig. Also, wenn's vielleicht kurz hier noch warten könnten?«

Astrid ergab sich ihrem Schicksal. Sie nahm an einem Tisch weit weg vom dörflichen Männer-Gelage Platz, holte ihr Handy hervor und tat so, als wäre sie schwer beschäftigt.

»Rutsch mal.« Bernd Rummsler ignorierte Astrids offen demonstrierte Lust auf Einsamkeit und schob sich neben sie auf die Bank. Nahe, viel zu nahe war er. Das roch sie und das spürte sie. Sie war bei Weitem nicht so geruchsempfindlich wie ihr Boss. Aber was dieser unangenehme Kerl da absonderte, grenzte fast schon an Körperverletzung. Astrid lechzte nach Abstand. Der Rummsler nach ganz was anderem.

»Du, ich bin scharf auf dich wie ein reifes Radieserl«, kam er ohne Umschweife auf den Punkt und warf grob seinen Arm um ihre Schultern.

Wow, der legte aber ein Tempo vor. Die Stammtischler begrüßten diesen rasanten Vorstoß mit anerkennendem Gejohle.

»Super«, ächzte Astrid unter der kiloschweren Last, bestehend aus aufkommender Panik und Rummslerschem Körperfett.

»Willst pimpern?«

Das hatte er jetzt nicht wirklich gesagt. Astrid wusste ja, dass bei dem Kerl der IQ in tieferen Tälern angesiedelt war, aber dass es so schlimm um ihn stand. Fast tat ihr der Bernd leid. Was konnte er schon für seinen Genpool und seine Erziehung – welche überhaupt.

Astrid entschied sich, den yogischen Weg zu gehen. Schließlich hieß es dort, alle Lebewesen zu akzeptieren und ihnen zu helfen, glücklich zu werden. Sie atmete einmal tief durch, bevor sie ihrem Verehrer freundlich, aber bestimmt antwortete: »Ich möchte momentan keinen Beischlaf vollziehen. Trotzdem danke der Nachfrage.«

»Was?!« Bernd lachte wie ein kleiner Junge, der er ja eigentlich auch noch war und wohl immer bleiben würde. Fast schon sympathisch. »Wer redet vom Schlafen? Pflügen will ich dich!«

Nein, doch nicht sympathisch, entschied Astrid. Himmel, war der schwer von Begriff. Am liebsten würde sie jetzt Bülent anrufen, damit er sie aus dieser verzwickten Situation befreite. Auf einem weißen Ross mit nacktem Oberkörper, irgendwie so in der Art rauschte ihr da plötzlich ein seltsamer Gedanke dazwischen. Huch, anscheinend war es doch ein Raki zu viel gewesen. Sie musste sich jetzt unbedingt aufs Ohr legen. Aber vorher galt es noch, sich irgendwie dieses Primaten zu entledigen.

»Hör zu, ich will nix von dir«, erklärte sie dem Rummsler, schwer darauf bedacht, nicht allzu barsch zu klingen.

Dieser rutschte jetzt so nahe an sie heran, dass sie doch tatsächlich das Zäpfchen des Gaumensegels hinten in seinem Rachen baumeln sah, wenn er kräftig den Mund aufriss. Und das tat er natürlich.

»Oh doch, das glaube ich schon, dass du was von mir willst.« Plötzlich klang Bernd gar nicht mehr so unterbelichtet, sondern fast schon beängstigend berechnend. »Ich hab da was, des könnte dich interessieren.«

»So? Was denn?«, gab sich Astrid betont lässig.

»Komm mit, dann zeig ich es dir.« Bernd erhob sich.

Nein, das war gar nicht gut, was sie da tat. Aber die Neugier hatte diesbezüglich den Verstand besiegt. Sie musste einfach wissen, was der Bruder der Toten ihr zu sagen beziehungsweise zu zeigen hatte. Außerdem war sie Kriminalbeamtin, und als solche sollte sie zumindest einen gewissen Grad an Mut beweisen. Trotzdem, ein mulmiges Gefühl blieb, als Astrid neben Bernd durch die menschenleeren, spärlich beleuchteten Dorfstraßen trabte. Zumal der Bauernsohn seine Besitzansprüche hinsichtlich ihrer Person deutlich zum Ausdruck brachte, in dem er ohne Scheu seine riesige Pranke auf ihr Hinterteil pflanzte und erst wieder lockerließ, als sie die Grenzen zum Rummslerschen Hof überschritten.

»Psst, jetzt musst leise sein, die Mutter hat einen recht leisen Schlaf und mag es gar nicht, wenn man sie aufweckt. Dann bellt's wie ein Kampfhund und ist auch genauso bissig«, erklärte Rummsler leise flüsternd.

Ein Bär von einem Mann, aber Angst vor der Mama. Fast schon wieder lustig. Irgendwie war diese Situation sowieso mehr als abstrus. Es wurde auch nicht besser. Wenig später fand Astrid sich in einem leerstehenden Trakt des Kuhstalls wieder, den sich Bernd zu seinem ganz eigenen »Underground Club«, wie er stolz in holprigem Englisch erklärte, umgebaut hatte. Mit lässiger Cordcouchgarnitur in Orange aus den Siebzigern zum Extrem-Chillen, einer überdimensionalen Discokugel, die psychedelische Farben an die Wand warf, und einer Bar, gefertigt aus ausrangierten Autoreifen, die bestens gefüllt war mit Spezi und Orangensaft aus dem Tetra. Selbstverständlich und weil es schön ins Klischee passte, schrie Helene F. atemlos aus den Boxen und sorgte damit im angrenzenden Zuchtbullengehege für helle Aufregung.

»Nett hast du es hier«, sagte Astrid vorsichtig. Keinesfalls wollte sie ihrem Gegenüber zu viel Hoffnung auf was auch immer machen. Schon gar nicht darauf, dass er ihr in irgendeiner Weise gefallen könnte.

»Ist für meine Seele, wenn es draußen mal wieder recht duster zugeht«, erklärte er dann erstaunlicherweise äußerst tiefgründig. »Und zum Weibersleut-Fingern«, fügte er im gleichen Atemzug hinzu, bevor die Kriminalbeamtin ihre voreingenommene Meinung doch noch einmal überdenken konnte. »Setz dich doch.« Bernd, der mittlerweile auf der Couch Platz genommen hatte, klopfte auf das Polster neben sich.

»Ich steh lieber«, sagte sie.

»Wenn'st meinst.« Bernd förderte hinter einem Kissen einen schmuddeligen Stoffbeutel zu Tage, in dem sich ein vergilbtes Buch älteren Jahrgangs befand. Zärtlich strich er mit seinen schwieligen Fingern über den Einband.

»Das ist das Kochbuch von der Zensi, meiner Großmutter«, erklärte er nach einem kurzen Moment der nachdenklichen Stille.

»Das hat die zur Kommunion bekommen.« Er schniefte. »Jeden Tag hat sie uns was daraus gekocht, mir und der Kerstin, weil den Fraß von der Mama, den kannst manchmal nicht essen. Selbst an ihrem Todestag stand sie noch am Wamsler.«

Astrid dachte an ihre Oma, bei der waren die guten Gefühle auch durch den Magen gegangen. Leider hatte ihr das Schicksal nicht viel Zeit mit der geliebten alten Dame gegeben. Der Krebs hatte sich in ihr festgebissen, und sie es vorgezogen, ohne großes Theater zu gehen.

»Darf ich mal?« Sanft entzog Astrid Bernd das Buch und blätterte darin herum. Erstaunt stellte sie fest, dass etliche Seiten herausgerissen worden waren. Ganz hinten fand sich zudem eine Auflistung absonderlichster pfenniggenauer Geldbeträge mit jeweils einem Datum dahinter. »Was bedeutet das?« Astrid sah Bernd an, der nur ahnungslos mit den Schultern zuckte.

»Du bist doch die Frau Polizei. Ich hab des bei der Kerstin unter der Matratzen gefunden, und ich schwör, kocht hat die nie. Das ist doch komisch, oder? Und jetzt ist sie tot, und die Oma auch. Da stimmt doch was nicht.«

»Dir ist schon klar, dass du möglicherweise ein Beweismittel unterschlagen hast«, ließ Astrid die gestrenge Top-Ermittlerin raushängen, was Rummsler junior offensichtlich zu gefallen schien.

»Kannst mir ja Handschellen anlegen«, gluckste er und streckte ihr tatsächlich seine Handgelenke entgegen. Astrid ignorierte, so gut es ging, diese erneut äußerst dilettantisch daherkommende Anmache und versuchte, weiterhin ihren Job zu machen.

»Und wo ist die Kohle, von der da hinten auf der letzten Seite was geschrieben steht«, raunzte sie ins Blaue hinein. Sofort glühten Bernds Ohren lichterloh, und er rutschte verdächtig nervös auf dem orangen Retro-Wahnsinn herum.

»Was? Davon weiß ich nix«, stammelte er.

Glatte Lüge. So wie dem Typ gerade die Schweißbrühe von der Stirn lief, wusste er viel mehr, als er zugab. Astrid beließ es dennoch fürs Erste dabei. Sie war hundemüde und wollte außerdem so schnell wie möglich raus aus dem Stall. Und zwar bevor hier endgültig zum großen erotischen Halali geblasen wurde. Es lag in der Luft, dass Bernd nicht mehr lange auf Abstand zu halten war.

»Ich werde jetzt gehen. Falls dir noch was einfällt, meldest du dich einfach bei mir oder meinem Kollegen. Ist das klar!?« Ohne eine Antwort abzuwarten, wandte sie sich um zum Gehen.

»Hey. Moment mal!« Erstaunlich flink sprang Bernd vom Sofa und holte sie mit raschen Schritten ein.

Astrid widerstand dem Impuls, einfach davonzurennen. Die Angst, zum Gespött der Strunzheimer Gesellschaft zu werden, war dann doch bei weitem größer als ihr Respekt vor dem Rummsler. Dieser packte sie nun fest am Oberarm.

»Du, ich hab fei noch was gut bei dir.« Er spitzte die Lippen und gab widerliche Schmatzgeräusche von sich.

»Lass mich los, du Grobian«, plärrte sie, so laut sie konnte. Half natürlich nichts. Das männliche Resthirn war schon lange nicht mehr da, wo es hingehörte, sondern tief nach unten gerutscht.

Sie war auch wirklich selber schuld an dieser Situation. Dummheit, wie sie im Lehrbuch stand, schlussfolgerte Astrid selbstkritisch, bevor sie Bernd mit einem gezielten Schlag in seine empfindsamen Weichteile in die Knie zwang.

»Sag mal, spinnst du?«, winselte er.

»Großes Sorry«, entschuldigte Astrid sich zähneknirschend und meinte es auch so. Denn eigentlich verabscheute sie Gewalt in jeglicher Form. Kernkraft im Übrigen auch. Etwas unschlüssig tänzelte sie um ihr vermeintliches Opfer herum, das sich vor Schmerzen auf dem Boden wälzte.

»Tut es sehr weh?«, fragte sie schuldbewusst. »Brauchst du vielleicht eine Ibuprofen?«

»Schau bloß, dass dich schleichst, du blöde Pritschn[8]!«, presste Bernd angestrengt zwischen seinen gelben Zähnen hervor.

»Soll ich deine Mama wecken, dass sie dir schnell einen kalten Wickel macht?«

»Hau ab!!!«

8 bayrisch für verlogene, hinterhältige Frau

Astrid sah ein, dass ihre Wiedergutmachungsversuche gerade definitiv nicht gefragt waren. Sie beschloss daher, Bernds Unterleib am nächsten Tag eine Yogastunde zu widmen. Und sagte ihm das auch. Rummsler junior brach daraufhin in Tränen aus.

KAPITEL 9

Kusursuz dost arayan dostsuz kalır[9]

Bülent erwachte mitten in der Nacht von einem unsäglichen Krach. Im ersten Moment wusste er gar nicht, wo er war. Und als es ihm einfiel, wolle er es eigentlich lieber wieder ganz schnell vergessen. Elternhaus, altes Kinderzimmer – für seine Verhältnisse geradezu schockierende Zustände, die man nur mit geschlossenen Augen ertragen konnte. Leider war an Weiterschlafen nicht zu denken. Denn es lärmte und rumorte weiterhin unter ihm. Bülent sah auf die Uhr. Es war kurz nach eins. Was zur Hölle war da nur los?

»Wir pressen uns ein feines Säftlein mit unserem neuen Superjuicer. Gab's beim Aldi im Angebot«, klärte ihn Erkan wenig später auf und stopfte einen Kohlrabi, gefolgt von einem Apfel in das röhrende Monstrum von Maschine.

Stimmt ja, seine Eltern waren nachtaktiv und dazu noch verfressen. Quasi Hamster auf zwei Beinen. Im Bett sterben die Leut, pflegte sein Vater stets zu sagen, was ihn allerdings nicht daran hinderte, morgens bis in die Puppen liegenzubleiben.

»Der Papa hat's gleich, willst auch eine Kostprobe?« Einfühlsam tätschelte Maria seinen Arm. Bülent beobachtete entsetzt, wie sein Vater nach einer Birne nun auch noch zwei Zwiebeln durch die Presse jagte und lehnte das Angebot dankend ab.

»Fertig!«, brüllte Erkan euphorisiert. Zufrieden blickte er auf

9 Wer einen Freund sucht ohne Fehler, bleibt ohne Freunde.

zwei Liter einer bräunlich-grünen Suppe, die Bülent schwer an Gülle erinnerte.

»Euch zerreißt es doch den Magen, wenn ihr das trinkt.« Ein Hauch Besorgnis schwang in seiner Stimme mit.

»Schmarrn, da ist alles drin, was gesund ist«, klärte Erkan seinen Sohn auf. »Überhaupts müsstest du als Polizist auch viel mehr auf deine Ernährung achten. Zwecks der Kondition«, fuhr er belehrend fort.

»Aber nicht mitten in der Nacht«, gähnte Bülent.

Maria stupste Erkan liebevoll an. »Jetzt sei nicht so streng mit unserem Bub. Schau ihn dir doch an, wie ein Adonis kommt er daher.« Maria musterte anerkennend die muskulöse Silhouette ihres Sohnes, der sich trotz edlen Pyjamas am Leib jetzt reichlich nackt vorkam. »Genau wie du früher«, setzte Bülents Mutter noch nach.

Der alte Rambichler verstand durchaus den Wink mit dem Zaunpfahl und zog seinen Ranzen so dermaßen ein, dass sein Nabel fast am Rückgrat kratzte.

»Für mein Alter bin ich noch hervorragend in Schuss«, gurgelte er halb erstickt. »Ich hab nämlich einen von Natur aus gewachsenen Sixpack.«

»Für mich bist du so oder so perfekt«, erwiderte Maria versöhnlich und kraulte ihren Mann hinterm Ohr. Der begann tatsächlich zu schnurren wie eine heißgelaufene Katze.

Seine Eltern waren jetzt fast fünfzig Jahre zusammen und immer noch verliebt wie am ersten Tag. Schon schön, aber Zeuge von einem wie auch immer gearteten Geschnuddel musste er jetzt nun wirklich nicht werden. Das wollten Kinder nicht sehen, egal wie alt und aufgeklärt sie auch sein mochten. »Ich hau mich wieder aufs Ohr«, sagte Bülent daher und verließ die Küche.

»Zum bloß Ausruhen hab ich den fei nicht vom Köhl einfliegen lassen«, brummte Erkan unwillig.

»Pssst«, zischte Maria.

Doch der Hauptkommissar hatte Ohren wie ein Luchs, prompt erschien er wieder im Türrahmen.

»Was hast du mit meinem Chef zu schaffen?« Lauernd umkreiste Bülent seinen Erzeuger. Wie ein Wildtier, das kurz davor war, seine hilflose Beute zu erlegen.

»Wolltest du nicht ins Bett gehen?«, versuchte Erkan äußerst durchschaubar das Thema zu wechseln.

»Ich bin gerade hellwach. Also, Antwort, aber pronto.«

Marias Blick wanderte hektisch zwischen ihren beiden Männern hin und her. Nervös malträtierte sie dabei ein Geschirrtuch in ihren Händen.

»Sag mal, wie redest denn du mit deinem Vater.«

Jetzt kam also die Nummer. Wenn Erkan nicht mehr weiterwusste, berief er sich gerne auf seinen Erziehungsberechtigten-Status. Bülent ließ das völlig kalt.

»Raus jetzt mit der Sprache!«

Erkan presste die Lippen zusammen und zog es erst einmal vor, gar nicht mehr zu reden. Die Situation stand kurz vor der Eskalation.

»Also, der Papa …«, fing Maria vorsichtig an.

»Ich hab dafür gesorgt, dass der Köhl dich hierher schickt, damit du endlich mal zeigen kannst, was in dir steckt«, brach es dann doch aus Erkan heraus. »Hier geht's um die Ehre von uns Rambichlers, verstehst.«

»Und um deinen Sitz im Gemeinderat«, fügte Maria noch hinzu.

Ein strafender Blick ihres Mannes traf sie. »Das tut hier doch nix zur Sache. Erst einmal muss der Fall gelöst werden, dann schauen wir weiter«, dampfte er sein eigenes Ego nieder. So demütig und bescheiden kannte man Erkan gar nicht. War er auch nicht und nie gewesen. Bülent war, gelinde gesagt, stinksauer. Sein eigener Vater hatte ihn aus seiner wundervollen Komfortzone katapultiert. Und zwar aus reinem Eigennutz.

»Gemeinderat, soso. Das hast dir sauber ausgedacht. Ich mach die Drecksarbeit, damit du deine Politkarriere anschieben kannst. Wundert mich, dass der Köhl da so einfach mitgespielt hat, der lässt sich doch sonst von niemandem in sein Geschäft reinreden.«

»Na ja, ganz so einfach war es auch nicht«, gab Erkan zu.

»Weißt, dein Vater hat nämlich nicht mehr lange zu leben«, erklärte Maria mit vor Süffisanz triefender Stimme. Es dauerte etwas, bis diese Ungeheuerlichkeit in Bülents Gehirn ankam, doch dann traf ihn die Wucht der Erkenntnis wie ein Schlag. Sein Vater spielte den Sterbenden, belog seinen Chef, und seine Mutter duldete diese ganze Ekelhaftigkeit auch noch stillschweigend. Der Ermittler fühlte sich augenblicklich erschöpft und ausgelaugt. Auch ein wenig enttäuscht. Er war immer davon ausgegangen, dass er ein gutes Verhältnis zu seinen Eltern hatte. Eines, wo man sich nicht scheute, über alles zu sprechen, und jetzt so eine Breitseite.

»Ihr zwei seid ja kriminell. Bonny und Clyde aus Strunzheim«, stöhnte er. »Habt's vielleicht ihr am End auch noch die Gelbwurst-Pflunzn auf dem Gewissen?«

»Jetzt übertreib nicht. Wir haben es nur gut gemeint. Aus dir soll schließlich auch mal was werden«, frotzelte Erkan, dem diese ganze Unterhaltung schon wieder viel zu lange dauerte. Dinge waren nun mal, wie sie waren. Da konnte man noch so viel drum herumreden. Quasi um einen verbalen Schlusspunkt zu setzen, nahm er einen großen Schluck seiner zusammengezimmerten Vitaminbrühe und verzog augenblicklich das Gesicht. Nur mit Mühe war der Würgereiz davon abzuhalten, an die Oberfläche zu treten.

Bülent war das nicht entgangen. Plötzlich grinste er diabolisch. »Trink aus«, zischte er gefährlich leise.

»Was?«

»Du sollst austrinken, hat er gesagt.« Maria versuchte augenscheinlich, wieder gut Wetter bei ihrem Sohn zu machen. Und dafür war ihr anscheinend jedes Opfer recht.

»Verräterin«, zischte Erkan. Laut sagte er zu Bülent: »Wenn du glaubst, das ist eine Strafe für mich, dann hast dich geschnitten, Bub. Des ist pure Energie«, mutig setzte Erkan den Messbecher an. Er schaffte es bis zur Hälfte, dann übermannte ihn ein derartiger Hustenanfall, dass es ihm die Sauce glatt wieder aus Augen und Nase drückte. »Gott, ist das greißlich.« Erkan schüttelte es.

»Weiter!«, befahl Bülent ohne Mitleid.

»Falls du dich erinnerst, du bist bei der Polizei und nicht bei der Mafia.« Demonstrativ schüttete Erkan den Rest des Gebräus in den Abguss. »Ich hol mir wegen dir doch nicht die Scheißerei ins Haus.« Rambichler senior hatte nun definitiv auch einen Grant im Gesicht.

»Vielleicht gehen mir jetzt alle schlafen. Morgen früh sieht die Welt schon wieder ein bisschen besser aus«, harmonisierte Maria hoffnungsvoll herum, während sich Vater und Sohn feindlich beäugten.

»Ganz ehrlich, Mama, ich brauch jetzt erst einmal ganz viel frische Luft«, entgegnete Bülent und ließ seine Eltern – ohne ein weiteres Wort zu verlieren – stehen. Das Letzte, was Maria und Erkan noch vernahmen, war die Haustür, die mit einem lauten Knall ins Schloss fiel.

*

»Na super«, fauchte Maria. »Ich hab's gleich gewusst, dass des alles ein rechter Krampf wird. Du immer mit deinen Ideen.«

Erkan fühlte sich nicht wohl in seiner Haut. Streit innerhalb der Familie mochte er gar nicht. Da war er ein gebranntes Kind. Seine Eltern hatten früher keinen Tag ausgelassen, um sich an die Gurgel zu gehen. Er nahm seine schmollende Ehefrau in den Arm.

»Der beruhigt sich schon wieder. Der hat zwar mein Temperament geerbt, aber nachtragend waren mir Rambichlers doch noch nie.«

Bevor Maria ihn noch darauf hinweisen konnte, dass er doch gar kein echter Rambichler wäre, sondern nur ein angeheirateter, meldete sich der Magen ihres Ehemannes lautstark zu Wort. Es klang, als hätte er ein aggressives Wolfsrudel verschluckt.

Kleine Sünden bestraft der liebe Gott sofort, murmelte Maria fast ein bisschen schadenfroh, bevor sie ihr türkisches Schatzi samt Bauchwehwehchen und Wärmflasche vorsorglich zum Nächtigen ins Gästebadezimmer abkommandierte.

*

Bülent stromerte ziellos durch die Straßen von Strunzheim und kam sich dabei in seinem – wenn auch schicken – Nachtgewand reichlich blöd vor. Gut, dass nächtens selten jemand auf der Straße war. Spätestens zur Prime Time wurden in dem kleinen Ort nämlich die Gehsteige hochgeklappt und die Jalousien geschlossen. Da wollte man seine Ruh haben und ein gepflegtes Feierabendbierchen genießen – oder auch zwei. Apropos Bier, vielleicht sollte er mal kurz in der Goldenen Sau vorbeischauen. Erstens brauchte er jetzt auf diesen ganzen Wahnsinn einen stärkenden Schnaps, und zweitens hatte der Krapfenberger vielleicht auch ein Zimmer für ihn. Wobei, ob das jetzt wieder eine gute Idee war. Mitten in der Nacht in der Wirtschaft aufzuschlagen, hatte schon was arg Verzweifeltes. Mal abgesehen davon, dass am anderen Tag das halbe Dorf Bescheid wissen würde und sich sicherlich das Maul darüber zerriss. Die Wirtsleute waren nämlich so etwas wie die Bildzeitung des Ortes. Wenn sie auch sonst nicht die Meister am Herd waren, wie man die Gerüchteküche zum Brodeln brachte, das wussten sie. Wahrscheinlich wurde ihm am Ende noch ein Verhältnis mit seiner Assistentin angedichtet. Nein, also das konnte und wollte er nun wirklich nicht riskieren. Blieb also nur ein Ort, wo er hingehen konnte. Da, wo er schon früher zu jeder Tages- und Nachtzeit aufgeschlagen war, wenn ihm daheim mal wieder alles auf die Nerven ging. Also fast jeden Tag.

Es dauerte eine Weile, bis Franz ihm die Tür öffnete. Der Gute sah reichlich zerknittert aus der Wäsche. So wie man halt aussah, wenn man faktisch mitten im Rauschausschlafen geweckt wurde. Die Begeisterung schrie ihm jedenfalls nicht aus dem Gesicht, als er Bülent vor sich sah.

»Was willst jetzt du da«, krächzte Franz mit rauer Stimme, dabei wehte eine derart abartige Fahne aus seinem Mund, dass es noch den Holzwürmern im Türrahmen ganz schwummrig wurde.

»Entschuldigung, Franz, wenn ich dich geweckt hab, aber dürfte ich vielleicht einen Augenblick reinkommen. Bitte?!« Bülent setzte seinen Komm-schon-ich-bin-auch-ganz-lieb-Dackelblick auf, der ihm beim weiblichen Geschlecht sicherlich Tür und Tor geöffnet hätte. Bei seinem Gegenüber erreichte er damit immerhin, dass dieser nicht mehr gar so mürrisch dreinblickte.

»Bist einer der wenigen, die mich noch bei meinem Vornamen

nennen«, sagte er mit leichter Melancholie in der Stimme. »Hast wieder Ärger mit deinem Alten?«

Bülent nickte. In der Hoffnung, dass das Eis jetzt gebrochen war, ging er einen Schritt auf die geöffnete Tür zu, doch der Eingang wurde ihm verwehrt.

»Es ist besser, du gehst jetzt. Ich bin schließlich sowas wie ein Verdächtiger. Des kommt also nicht gut, wenn du nachts bei mir rumtanzt, noch dazu im Schlafanzug. Was sollen denn die Leut denken?« Die Ironie in seiner Stimme war nicht zu überhören. »Aber das müsstest du eigentlich selber wissen.«

»An dir ist echt ein guter Polizist verloren gegangen«, erwiderte Bülent allen Ernstes.

»Depp!«, kam es nun nicht mehr ganz so abweisend zurück.

»Komm schon«, bettelte der Kommissar. »Einen Jacky-Cola auf die alten Zeiten, dann bin ich auch schon wieder weg.« Das Gesöff seiner Sturm-und-Drang Zeit, wie lange hatte er es schon nicht mehr getrunken. Aber heute Nacht war ihm danach, und zwar nach reichlich.

Franz zögerte kurz, dann gab er nach. »Einen Jacky ohne Cola und keine dummen Fragen.«

Bülent nickte und war endlich drin. Überrascht stellte er fest, dass sich im Inneren des Hauses seit seiner Jugendzeit nichts verändert hatte. Ein zusammengebasteltes Interieur, das man so niemals in einem Möbelhaus hätte finden können. Die meisten Stücke hatte Franz selbst gebaut. Weil halt nie genug Geld da war und weil seine Mutter allerweil so begeistert schien von seinem eigenwilligen Design. Nichts, aber schon gar nichts aus dieser Villa Kunterbunt würde Bülent sich in seine eigene Wohnung stellen, aber dennoch fühlte er sich in diesem Moment seltsamerweise daheim. Als wäre es erst gestern gewesen, als er das letzte Mal hier gewesen war, und nicht Jahrzehnte. Schön war es immer gewesen. Vor allem, als die Geigerin selber noch gelebt hatte. Ein bisschen seltsam war sie vielleicht, aber dafür immer fröhlich und gastfreundlich. Egal, in welchem Zustand die Jungs auch in ihre Hütte torkelten oder welchen Unsinn sie auch wieder getrieben hatten, nie fiel ein wirklich böses Wort. Auch damals nicht, als sie mittels Selbstversuches getestet hatten, wieviel Liter Milch – und zwar die 3,8-prozentige, quasi also die vollfette – der menschliche Körper verträgt. Nach ungefähr sieben Maßkrügen war Schluss, und die Küche verlangte Sekunden nach dem letzten Schluck nach einem neuen Anstrich. Mehr als »Pfui Teifi, ihr Saufratzen« war nicht über die Lippen von Franz' Mutter gekommen, und selbst da hatte sie noch spitzbübisch dabei gegrinst. Sie war einfach absolut total locker gewesen. Nix hatte sie aus der Ruhe bringen können. Im ewig geistigen Wellness verankert. Aber wahrscheinlich wird man so, wenn einen das Leben von Anfang an auf dem Kieker hatte. Da ist vieles vielleicht auch einfach scheißwurschtegal, wo andere schon wieder vor lauter Aufregung einen halben Herzkasper kriegen, mutmaßte Bülent.

»Verzähl, was ist los daheim?«, riss Franz ihn aus seinen Erinnerungen.

Der Hauptkommissar nahm das randvoll gefüllte Limoglas mit vergilbtem Biene-Maja-Aufdruck drauf und ließ sich auf das aus Europaletten fabrizierte Sofa fallen. Nach einem tiefen Schluck, der ihm ein wenig die Tränen in die Augen trieb, berichtete er von der – in seinen Augen schändlichen – Verschwörung, die da hinter seinem Rücken zwischen seinen Eltern und dem Chef stattgefunden hatte.

»Aber nicht mit mir«, zog Bülent als Fazit aus seiner Erzählung. »Für mich ist hier Schluss, keinen Finger rühr ich mehr in dem Fall. Soll sich ein anderer Dummer vor den Karren spannen lassen. Ich bin eh nicht geeignet für den Job. Nie gewesen.«

Er leerte sein Glas in einem Zug. Schon jetzt fühlte es sich an, als würde sein Hirn sich in seine Bestandteile auflösen. Was für ein wundervoll wohliger Zustand. »Krieg ich noch einen?«

»Hab ich es mir doch gedacht, dass des eine längere Sitzung wird«, brummelte Franz und reichte Bülent die Flasche.

Während der sich großzügig nachschenkte, betätigte Franz den antiquierten CD-Wechsler, den er sich vor einem gefühlten Jahrhundert zusammengespart und aus dem Schneiderkatalog bestellt hatte. »Light my fire« von den Doors. Geil!

»Wie früher«, freute sich Bülent und stimmte sogleich in den Gesang von Jim Morrison ein. Seinen Zungenschlag hatte er dabei leider nicht mehr so ganz unter Kontrolle.

»Früher ist nicht mehr und wird nicht mehr«, sentimentalisierte Franz nach einer Weile, in der er nur stumm vor sich hingesüffelt hatte.

Mittlerweile war er Bülent schon um eineinhalb Humpen voraus, dennoch hirnmäßig voll da. Er war eben im Training – leider, resümierte der Hauptkommissar.

Franz schien seine Gedanken zu erraten.

»Weißt, Rambichler, manchmal zwickt's freilich schon arg, meine Leber, aber bis jetzt hat's ihren Geist noch nicht aufgegeben. Ist halt eine treue Seele. Noch!«

Er lachte trocken. Bülent wollte etwas erwidern, doch Franz schnitt ihm mit einer raschen Handbewegung das Wort ab.

»Ich weiß schon selber, dass es grantig für mich werden könnt, wenn ich so weiter sauf, und für voll nimmt mich ja eh schon keiner mehr. Also so rein geistig gesehen. Ich bin halt der versoffene Suff, und jetzt hab ich auch noch einen Mord an den Hacken. Saublöd ist des, weil ich mich auch überhaupt's an nichts erinnern kann. So gesehen war das unter meinen schlechten Wochen wirklich die schlechteste. Inklusive deinem Auftritt hier. Kommst rasant ungünstig, und dann jammerst auch noch rum, dass einem ganz schlecht werden könnt.«

»Wirklich gesund schaust wirklich nicht aus«, unterbrach Bülent sorgenvoll den Redefluss von Franz, und dem schoss daraufhin wirklich der Zorn in den Schädel.

»Lieber krank ausschaun als so damisch im Hirn wie du«, antwortete der, ohne mit der Wimper zu zucken. Direkt und trocken wie ein Butterkeks. Genau diese Ehrlichkeit war es, die der Hauptkommissar an seinem Freund – für ihn zumindest war er es noch – schätzte. Allerdings hatte er keine Ahnung, warum er gerade so dermaßen harsch von der Seite angemacht wurde. Wo er doch emotional betrachtet gerade völlig am Boden war.

»Was bist du denn so krätzig zu mir?«, jaulte er passend zum Sound, der mittlerweile aus den Boxen dröhnte. Meat Loaf war schon immer für besondere Stimmungen gut.

»Jetzt grein halt.« Irgendwie war der Geiger von irgendetwas mächtig angefressen. »Aber pass fei auf, dass dir damit nicht deine pedikürte Lätschen zerstörst.«

Als der Ermittler Franz auf Sinn und Bedeutung einer Pediküre hinwies, wies der ihm doch glatt die Tür.

»Sag mal, hast du heute auf der Boxerzeitung geschlafen? Was bist denn gar so aggressiv?«, wunderte sich Bülent und sah es gar nicht ein zu gehen. Wo er sich doch gerade so irrsinnig schön eingenistet hatte, und überhaupt wusste er sowieso nicht, wo er sonst hinsollte. »Geh, jetzt komm, lass mich nicht dumm sterben, und sag, was los ist«, bat er.

»Gut, wenn du es wirklich wissen willst. Dein Selbstmitleid kotzt mich an«, bollerte Franz los. »Alles in deinem Leben läuft doch geradeaus. Deine Eltern wollen immer nur das Beste für dich und pampern dich von vorn bis hinten, und das, obwohl du schon längst aus die Windeln draußen bist. Dann hast auch noch einen

Job, der eigentlich zu dir passt wie die Faust aufs Aug.« Etwas leiser fügte er hinzu: »Du hast all das, was ich nie haben werde.«

Völlig ausgelaugt von seiner flammenden Laudatio sank Franz auf die Couch.

»Aber ich wollte nie zur Poli …«

Franz schnitt Bülent mit einer erschöpften Handbewegung das Wort ab. »Was du mal wolltest, ist wurscht, was du bist, ist wichtig.«

»Ein Kriminaler, der es nicht draufhat«, wandte Bülent ein.

»Schmarrn!«, brauste Franz erneut heftig auf. »Du willst bloß nicht können, weil du deinem Alten eins auswischen willst. Söhne und ihre Väter – kennt man doch, dieses ewige Spiel um die Macht.«

»Woher willst du des jetzt gerade wissen«, sagte Bülent und schämte sich augenblicklich für seine Worte. Franz konnte schließlich nichts dafür, dass sein Erzeuger, der Lump, sich aus dem Staub gemacht hatte.

Franz nahm einen Schluck, bevor er antwortete. »Ich studier Psychologie«, sagte er, als wenn es die normalste Sache der Welt wäre.

Bülent verschluckte sich heftig. »Wie jetzt? An der Uni?«, würgte er hervor.

»Geh, ich hab doch nicht mal Abitur. Nein, meistens im Bett.« Franz deutete auf ein aus Weinkisten gezimmertes Bücherregal, das randvoll war mit tiefenpsychologischer Fachliteratur.

»Weißt, ich will mich selber gern ein bisschen mehr verstehen«, erklärte er.

Bülent verstand total – Franz war nicht mehr ganz sauber. Was im Umkehrschluss hieß, dass er vielleicht doch die Kerstin … Er verbot sich, den Gedanken zu Ende zu denken. Ganz kalt war es ihm plötzlich.

»In deinen Augen spinn ich, gell?«, erriet Franz seine Gedanken. »Und jetzt denkst bestimmt, wenn der so verquer tickt, dann kann der doch bestimmt auch mal austicken und einem jungen Mädchen die Lebensuhr ausstellen. Aber ich war es nicht!«

Bülent schaute ihm direkt in die Augen. Keine Lüge war darin zu erkennen. Nur Resignation und Traurigkeit.

»Ich glaube dir«, sagte er dann auch, einem inneren Instinkt folgend.

Franz nickte zufrieden. »Gut, dann reit mich aus der Scheiße, Schimanski. Schau zu, dass du den Fall löst, bevor der wilde Mob über mich herfällt oder, noch schlimmer, die zwei tollwütigen Miniatur-Sheriffs. Danach kannst wieder deine Locken wickeln oder was auch immer. Aber jetzt zwickst in Teufels Namen erst einmal deine Arschbacken zusammen und machst des, wofür du bezahlt wirst. Verstanden?« Letzteres klang jetzt mehr wie ein Befehl.

Bülent spürte die Unausweichlichkeit des Moments. Er konnte faktisch nicht nein sagen. Zu viel lag ihm noch an seinem Buddy von früher, zu viel hatte dieser noch gut bei ihm. Aber kam dies dann nicht einer familieninternen Niederlage gleich? Sein Verstand tobte, doch in diesem Fall saß sein Herz am längeren Hebel.

»Ok, ich hau dich raus«, hörte sich Bülent wie von einem fernen Planeten aus sagen. »Aber du lässt die Finger vom Alkohol, zumindest bis die ganze Sache ausgestanden ist. Abgemacht?«

Der Kommissar hielt Franz seine Hand hin. Der schlug nach einem kurzen Moment des Zögerns ein.

»Darauf trinken wir jetzt aber noch einen Jacky«, sagte Franz und förderte aus den Untiefen einer windschiefen Kommode zwei neue Flaschen hervor. Eine für jeden – nix anderes hatte er doch gesagt, der Geigerlump, der gewiefte.

KAPITEL 10

Ein schöner Schein, das schöner Sein

Bülent sah an diesem Montagmorgen reichlich verzwirbelt aus der Wäsche. Solche derartigen Alkoholeskapaden, wie er sie gerade hinter sich hatte, hatten ihm noch nie sehr gut zu Gesicht gestanden. Mal abgesehen davon, dass vom letzten Schluck bis jetzt gerade mal zwei Stunden vergangen waren, wie ihm die achtmal schlagende Kirchturmuhr nun eindeutig einhämmerte. Er war faktisch-praktisch also noch völlig berauscht, als er schwankend den Weg zur Goldenen Sau auf sich nahm, um seine Assistentin abzuholen, damit sie gemeinsam in die zuständige Rechtsmedizin nach Nürnberg fahren konnten. Eigentlich sollte er sie chauffieren, aber so wie er beieinander war, hätte er sich niemals auf seine schönen hellbraunen Ledersitze gewagt. Lenken und gaseln wäre sicherlich nicht das Problem gewesen, so ein BMW, der fuhr mittlerweile eh fast von alleine, aber ob es sich halt mit seinem Magen ausgegangen wäre, diese knapp sechzig Kilometer in die Stadt rein. Einmal körperlich übergeschwappelt kriegst doch den Gestank nie mehr raus. Siehe Beispiel Taiga-Kutsche von der Astrid.

Als Bülent wenig später die Gaststube betrat, bot sich ihm ein äußerst abstruses Bild. Zu einer seltsam klingenden Musik standen die Wirtsleute auf allen vieren auf dem Boden, streckten ihre Ärsche in die Höhe und schnauften so dermaßen gepresst, als hätten sie einen Kartoffelknödel im Ganzen verschluckt. Astrid saß im Schneidersitz vor ihnen und gab den Takt an.

»Einatmen. Ausatmen. Eins. Einatmen. Ausatmen. Zwei«, diktierte sie mit sanfter Stimme. Bis dato hatte niemand Bülent bemerkt, und der musste jetzt glatt mit ansehen, wie seine Assistentin am Krapfenberger herumfummelte. Sie schlang ihre Arme um dessen Taille und zog ihn derart kräftig nach hinten, dass der vorne fast abhob.

»Sakra, tut das gut«, stöhnte der Alte übermäßig beglückt, sodass seine Alte gleich einmal um ein paar Nuancen grantiger dreinblickte. Was man auch irgendwie verstehen konnte. Sunshinechen sah in ihrem schwarzen Ganzkörperjoggers schon mehr als granatenmäßig aus, stellte Bülent fest. Vielleicht sollte er es doch auch mal mit Yoga probieren. Aber nur, wenn es sich auch rein optisch mit der Lehrerin ausging. Unter einem Zehner-Brett ging da nichts. Gott, wie kam er denn jetzt auf solch eine Ausdrucksweise – wenn auch nur in Gedanken. Er musste wirklich mehr als ein paar Gehirnzellen ins Off geschossen haben. Offensichtlich einige von denen, die für die guten Manieren zuständig waren.

»Oh, Büli, du bist schon da«, rief Astrid ihm zu, während sie nun der Wirtin Hilfestellung gab. »Wir beenden nur die Sequenz, dann können wir los.«

Das Ganze war dann doch schneller vorbei als gedacht. Als Astrid nämlich der alten Krapfenbergerin den Hintern in die Höh zog, jubilierte deren Schließmuskel über diese unvermutete Weite und bretterte einen raus in die Stille. Bülent befürchtete schon, dass seine Kollegin in Ohnmacht fallen würde. Die guckte allerdings nur reichlich konsterniert aus der Wäsche und beschloss, mit sofortiger Wirkung ihr Amt als Relaxing-Coach für Gaststättenbetreiber abzulegen.

»Hast denn, du Wildsau, überhaupt's keine Manieren«, giftete der Krapfenberger seine Ehefrau an.

»Genau, des sagt der Richtige. Wer scheißt denn bei *Sturm der Liebe* immer so dermaßen, dass man kein einziges Wort mehr versteht«, wetterte sie nicht minder schlagkräftig zurück.

Die Kriminalbeamten zogen es daraufhin vor, lautlos den Rückzug anzutreten. Noch während sie in den Ostblockpanzer einstiegen, hörten sie, wie die Wirtsleute lautstark aufeinander losgingen und sich verbal die dreckige Wäsche aus längst vergangenen Zeiten um die Ohren schlugen.

»Meinst, das ist gut, wenn wir die allein lassen?«, fragte Astrid unsicher.

»Die haben sich schon früher wie Hund und Katz aufgeführt und sind trotzdem seit knapp sechzig Jahren verheiratet. Glaub mir, die brauchen das«, erklärte Bülent und ließ sich ächzend auf den Beifahrersitz fallen. Langsam setzte der Katzenjammer ein, mal abgesehen davon, dass er für seine sonstigen Verhältnisse wohl äußerst derangiert daherkam. Er hatte bei Franz zwar noch geduscht, aber rein mit AXE for Men kam so ein pflegebedürftiges Männchen wie er halt nicht weit.

»Wie siehst du überhaupt aus? Hast du die Nacht durchgezecht?«

Klar, dass Astrid das sofort auffiel, und klar, dass er ihr natürlich auf keinen Fall die Wahrheit erzählen würde. Er musste mit seiner Unprofessionalität schließlich nicht auch noch hausieren gehen.

»Hab mich beim Schlafen wohl ein bisschen erkältet«, log er stattdessen. »Ist recht zugig in meinem alten Kinderzimmer. Wie war denn dein gestriger Abend und die Nacht?«

Schnell Thema gewechselt und Ball zurückgegeben. Hervorragend. Täuschte er sich, oder wurde Astrid ein wenig rot im Gesicht?

»Ähm, nix Aufregendes passiert. Gelesen. Geschlafen«, sagte sie schnell und startete den Motor. »Meinst du, du packst in deinem Zustand den Termin beim Leichenschnippsler?«, fragte sie dann ihren Chef besorgt, weil Bülent mittlerweile in embryonaler Haltung im Sitz vor sich hin vegetierte und hin und wieder sogar stöhnte. So dermaßen kaputt hatte er sich lange nicht gefühlt.

Dennoch machte er ein wackliges Daumenhochzeichen. Obwohl ihm natürlich überhaupt nicht danach war. Selbst nüchtern betrachtet erachtete er die Totenstarre als einzig sinnvollen Zustand, in dem man sich befinden sollte, um überhaupt einen Fuß in die Gerichtsmedizin zu setzen. Was man als Lebendiger mit Sinn und Verstand dort wollte, war ihm schon immer schleierhaft gewesen. Es stank bestialisch nach Formaldehyd, die Rechtsmediziner im Allgemeinen waren ihm suspekt – wer hantierte schon gerne mit menschlichen Innereien herum –, und außerdem hatte er so lange einen großen Bogen darum gemacht, dass er schon gar nicht mehr wusste, wie sein Körper auf eine derartige Extremsituation überhaupt reagieren würde. Am liebsten würde er Astrid alleine am Seziertisch antanzen lassen. Aber gentlemanlike war das nicht, und außerdem zählte der Franz auf ihn. Hundert Prozent und mehr hatte er nicht nur einmal von ihm gefordert. Und mit steigendem Promillegehalt im Blut hatte Bülent irgendwann großspurig selbst an seinen Ermittlungserfolg geglaubt und »Hero« von Mariah Carey so lange in Endlosschleife gehört, bis der Geiger vor lauter Übelkeit in den Topf von seinem Gummibaum gespien hatte.

Rechtsmediziner Dr. Fröstel, der die beiden Kriminalbeamten begrüßte, war einer von der ganz lebhaften Sorte Mensch. So ein blonder Frohsinnsgockel in Birkenstocks, den Bülent schon vom ersten Moment an gefressen hatte. In einem anderen Leben hätte er ihn vielleicht sympathisch gefunden, aber nicht heute. Astrid hingegen war weit weniger voreingenommen und schien sichtlich angetan von dem perlweißen Dauergrinsen, das ihr da so unverhohlen entgegenstrahlte. Selbst als der Fröstel das weiße Tuch, das den Körper der Toten bedeckte, abzog, schaffte es dieser Typ noch, dabei auszusehen, als würde er ein bedeutendes Kunstwerk enthüllen.

»Na, Gott sei Dank, sie ist uns nicht davongelaufen«, scherzte er zu allem Überfluss. Astrid gluckste wie ein Teenager über den dämlichen Witz.

»Können wir endlich anfangen«, fuhr Bülent mürrisch dazwischen.

»Der Herr Rambichler scheint heute mit dem falschen Fuß aufgestanden zu sein«, stellte der Mediziner fest.

»Er ist nur ein bisschen krank«, erklärte Astrid ihm und haute einen klimpernden Wimpernschlag hinterher, dass Bülent doch glatt der Neid in die Gurgel schoss. Was hat der, was ich nicht habe, überlegte er. Wahrscheinlich war es der Titel. Frauen hatten bekanntlich eine Schwäche für Akademiker. Wie billig.

»Bülent, träumst du?!« Astrid stand direkt vor ihm und schnippte mit den Fingern. »Herr Dr. Fröstel würde gerne mit seinem Bericht beginnen.«

»Ich bin nämlich gleich mit meiner Frau zum Essen verabredet«, fügte dieser entschuldigend hinzu.

»Ach, so ist das.« Sofort war die Welt für den Hauptkommissar wieder in Ordnung. Er klopfte dem Doc freundschaftlich auf den Rücken. »Gut, Kumpel, fangen wir an.«

Dr. Fröstel grinste, als wüsste er genau, was da gerade im derzeit zerbröselten Hirn seines Gegenübers vorgegangen war. »Kinder habe ich auch, vier, um genau zu sein«, fügte er tatsächlich dann auch noch augenzwinkernd hinzu.

Astrid verstand offenbar nicht, was da zwischen den Männern vorging. Verwirrt blickte sie von Bülent zu Dr. Fröstel. Letzterer nahm nun seinen Block zur Hand und las daraus vor.

»Also, der Tod trat gegen halb zwei Uhr nachts ein, plus minus einer halben Stunde. Das Mädchen fiel aus großer Höhe – ich tippe auf zwanzig bis dreißig Meter – herunter, respektive wurde gestoßen. Letzteres liegt nahe, wenn man sich die zahlreichen Hämatome am Körper der Leiche ansieht.« Er deutete auf vereinzelte Stellen auf dem kalkweißen Hautberg. »Einige davon rühren definitiv nicht von einem Sturz her, sondern erinnern eher an die Spuren eines Kampfes. Zu dieser These würde auch passen, dass dem Opfer ein beträchtliches Büschel Haare herausgerissen wurde und sich zudem Hautreste mit einer fremden DNA unter ihren Fingernägeln befanden. Außerdem hatte die Gute vor ihrem Ableben noch Geschlechtsverkehr, ob einvernehmlich oder nicht, ließ sich leider nicht feststellen. Ach ja, und die Kratzer am ganzen Körper, die stammen eindeutig von Rosen. Sie muss faktisch in Dornen gebadet haben«, schloss Dr. Fröstel seinen Bericht.

»Also tatsächlich Mord«, seufzte Bülent.

»Sieht ganz danach aus«, frohlockte Astrid. Sie wandte sich dem Doc zu. »Können Sie mir sagen, ob irgendwo an ihrem Körper kosmetisch herumkorrigiert wurde?«

»Plastische Chirurgie meinen Sie?« Fröstel lachte erheitert auf. »Nein, wirklich nicht.«

Nachdem Bülent via Handy die Spurensicherung zum Strunzheimer Kirchplatz dirigiert hatte – der Turm der altehrwürdigen St.-Ursel-Kirche entsprach in etwa den Höhenmaßen, die ihnen der Rechtsmediziner in seiner Tatortbeschreibung geliefert hatte –, fuhren die Ermittler zu der Klinik, in der das Opfer sich höchstwahrscheinlich hatte sanieren lassen wollen. Dem futuristischen Bau aus Glas und Stahl, in dem das »Zentrum für Beauty«, wie es erstaunlicherweise äußerst bodenständig hieß, untergebracht war, sah man auf den ersten Blick an, dass hier das Geld regierte. Der ein oder andere Luxusschlitten, der vor der Tür parkte, tat sein Übriges dazu.

»Irgendwie passt die Gelbwurst-Pflunzn hier überhaupt nicht ins Bild«, bemerkte Bülent, als sie das Innere des architektonischen Wahnsinns betraten.

»Deswegen war sie hier. Um danach ins Bild zu passen«, sinnierte Astrid tiefgründig und steuerte zielgerichtet auf den Empfangstresen zu, der aus schwarzem Beton gegossen wie eine Trutzburg aus der sonst äußerst minimalistisch eingerichteten Eingangshalle hervorragte. Dahinter lugte eine auftoupierte Goldwelle hervor, die zu einer offensichtlich restaurierten Mittachtzigerin mit dick rot geschminkten Lippen gehörte. Misstrauisch beäugte sie die Besucher.

»Was wünschen Sie? Wir kaufen nix«, krähte sie den Beamten entgegen.

Gruselig, dachte Bülent. Wenn er ehrlich war, hätte er eher junge und vor allem perfekte Schönheiten im Personalstab eines plastischen Chirurgen vermutet und nicht so einen gestrafften Dragoner. Astrid zeigte ihren Dienstausweis.

»Kriminalpolizei, wir hätten da ein paar Fragen an Sie.«

Die Frau verzog keine Miene. Wie auch, wenn die Falten rausgezogen und die überschüssigen Hautlappen am Hinterkopf festgetackert waren, überlegte sich Bülent und beschloss augenblicklich, dass er sich, nur um seine Eitelkeit zu befriedigen, niemals unters Messer legen würde.

»Kennen Sie dieses Mädchen?« Astrid reichte der Empfangsoma ein Bild der Toten, auf dem sie aber natürlich noch recht lebendig dreinschaute.

»Ja, die war vor ein paar Wochen hier zu einem Bodycheck.«

»Sind Sie sicher«, fragte Bülent nach.

»Junger Mann, ich leide nicht unter Alzheimer, und ich kann mir Gesichter merken, wenn ich sie seh. Vor allem so eins.« Es war unschwer herauszuhören, dass Kerstin Rummsler nicht dem entsprach, was hier im Allgemeinen so auflief. Reiche und Schöne, die noch schöner werden wollten. »Außerdem fuhr ihr Freund, oder wer auch immer dieser muffige Kerl war, ein äußerst grässliches Auto, sowas vergisst man nicht.«

Freund? Die beiden Kriminaler sahen sich irritiert an.

»Können Sie uns vielleicht sagen, wie der Mann hieß«, hakte Astrid nach.

»Halten Sie mich für neugierig? Der hat überhaupt nicht geredet, kein Wort. Auf gut Deutsch, ein recht Maulfauler war er. Eindeutig hatte sie die Hosen an. Mehr weiß ich jetzt aber wirklich nicht.« Demonstrativ wandte sich die Seniorin nun wieder ihrer Arbeit zu und kratzte mit ihren langen Fingernägeln geschäftig auf der Computertastatur herum. Doch die Kriminalbeamten waren noch lange nicht fertig mit ihrer Arbeit.

»Bei wem hatte Frau Rummsler denn den Termin?«, ließ Astrid nicht locker und erntete dafür einen vernichtenden Blick.

»Natürlich bei meinem Sohn und Besitzer der Klinik, Professor Artikus Rundhalser, oder glauben Sie beim Hausmeister«, pflaumte die Hexe. Diese Person war wirklich der lebende Beweis dafür, dass das Rentenalter um Gottes willen nicht noch weiter nach oben gesetzt werden sollte. So überspannt, wie die war.

»Entschuldigung, es könnte doch sein, dass hier mehrere plastische Chirurgen arbeiten«, gab sich Astrid äußerst kleinlaut.

»Nein«, kam es knapp zurück.

»Ein Meisterwerk bedarf stets des Meisters Hände«, schwallerte Bülent ihr leise ins Ohr. Jedoch offenbar nicht leise genug, denn die Greisin nickte zufrieden.

»Sehen Sie, Ihr Kollege hat es kapiert. Wenn Sie es wünschen, melde ich Sie gerne bei meinem Sohn an, Herr Kommissar.«

Was plötzlich für ein Gezwitscher. Bülent hatte wider Erwarten die richtigen Knöpfe gedrückt, und so fanden sich die Ermittler wenig später im Büro des Professors wieder, welches fast den kompletten oberen Stock einnahm. Ein stilvoll eingerichtetes Raumwunder mit einem überdimensionalen Aquarium in der Mitte.

Rundhalser selbst war im OP noch mit einer Nase beschäftigt, sollte aber bald auftauchen, der Knorpel war nämlich schon draußen. Derweil wurden die Ermittler mit fadem Wellnesstee ruhiggestellt, der nach Bülents Meinung schmeckte wie eingeschlafene Füße.

»Was für eine zur Schau getragene Dekadenz«, echauffierte sich Astrid. »Hier hätte locker eine Großfamilie Platz.«

»Kannst ja mal fragen, ob er untervermietet«, scherzte Bülent, als sich mit einem musikalischen Gedudel die Aufzugtür öffnete und Artikus Rundhalser himself jovial lächelnd auf sie zulief.

Augenscheinlich hatte der sich selbst noch nie unters Messer gelegt. Seine Ohren standen dermaßen von seinem haarlosen und blitzeblank gewienerten Schädel ab, dass sie fast als Sonnensegel durchgingen. Immerhin wirkte der Sohn weit zugänglicher als seine Mutter, für die er sich gleich mal proaktiv entschuldigte, bevor die Polizisten überhaupt ein Wort über deren Verhalten verloren hatten.

»Ich bitte, die Unerbittlichkeit von Mama zu entschuldigen. Sie hat das mit dem Servicegedanken noch nicht ganz verinnerlicht«, erklärte er gestelzt. »Für sie müsste jeder, dem hier Einlass gewährt wird, vor Dankbarkeit auf die Knie gehen. Aber wir arbeiten daran.« Er lächelte gequält, wohl wissend, dass die Alte sich von ihm sicherlich nichts sagen ließ. »Aber eigentlich bin ich froh, dass meine Mutter mich unterstützt. Wissen Sie, bis dato wollten alle jungen Assistentinnen, die hier angestellt waren, mit mir, also wie soll ich sagen, mit mir ins Bett«, faselte er ungefragt ehrlich weiter. Bülent konnte sich gerade so des Mitleids ob dieses traurigen Schicksals erwehren. »Aber nur aus sexueller Enthaltsamkeit entspringt der Quell unglaublicher Kraft, das Unmögliche zu erschaffen.«

Dem Hauptkommissar bluteten augenblicklich die Ohren. Selbst Astrid, der es generell nicht an zu wenig Offenheit mangelte, stöhnte entnervt auf. Dr. Rundhalser sah definitiv nicht aus wie einer, der allzu gern verzichtete. Egal ob auf Äußerlichkeiten oder seinen natürlichen Druckausgleich betreffend. »Aber Sie sind doch sicherlich nicht gekommen, um über mich zu sprechen.«

»Richtig!«, erwiderte Bülent trocken, und Astrid zückte zum zweiten Mal an diesem Tag das Bild von der Kerstin. Es war, als würde im Gesicht des Professors eine Hundert-Watt-Lampe gezündet.

»Die Frau Rummsler, meine Güte, eine wundervolle Person. So aufgeschlossen gegenüber all meinen Vorschlägen. Was ist mit ihr?«, fragte er.

»Tot«, kam es emotionslos aus Bülents Mund geschossen. Und: Lampe aus.

»Oh, mein Gott. Das ist furchtbar. Und das so kurz vor ihrer ersten OP. Ich hatte Großes mit ihr vor.«

»Und Teures«, entfuhr es Bülent.

»Wahre Kunst ist nun einmal nicht billig. Oder glauben Sie, die Mona Lisa gibt's im Schlussverkauf?«, knatschte der Rundhalser zurück. Man konnte richtig zusehen, wie ihm die Stresspickel aus der öligen Stirn schossen. »Für mich zählt in erster Linie das Glück des Menschen und nicht das Geld.« Er seufzte theatralisch. »Hach, es ist schon schade um das arme Ding. Ich hätte ihr Leben verändern können. Was ist denn eigentlich passiert?«

»Vor ihrem Aufstieg kam der tiefe Fall«, gab Bülent nicht minder eloquent und wenig auskunftsbereit von sich.

»Hä?« Mr. Beauty verstand nur Bahnhof. Dämlich gucken konnte er – Respekt.

»Haben Sie eine Ahnung, womit die Rummsler die ganzen Eingriffe bezahlen wollte? Ihnen muss doch auch klar sein, dass man als Verkäuferin in einer Metzgerei nicht die Welt verdient«, brachte es Astrid auf den Punkt.

»Das wollte alles der junge Mann übernehmen, der sie begleitet hat. Von ihm kam auch eine erste Anzahlung. Dreitausend Euro in bar. Er schien sie jedenfalls wirklich sehr zu lieben und unterstützte sie in ihrem Drang nach Perfektion, das sieht man gerne«, schwärmte das Skalpell Gottes.

»Liebe? Das ist doch keine Liebe!«, fuhr Astrid auf. »Perfektion hat doch nichts mit wahren Gefühlen zu tun. Überhaupt, was ist schon perfekt?«

»Ihre Nase«, kam es völlig unerwartet zurück. »Ihre Nase ist ein natürlich gewachsenes Wunder, Frau Kommissarin.« Rundhalser zückte sein iPhone. »Dürfte ich ein Foto für meine Sammlung machen?«

Durfte er selbstverständlich nicht. Und bevor Bülent noch einschreiten konnte, landete das noble Apple-Trumm im Fischzuber und begrub eine hilflose Zwerggarnele unter sich.

KAPITEL 11

Eine Spur zu viel

Wie zu erwarten herrschte rund um die St.-Ursel-Kirche ein großes Tohuwabohu. Natürlich war wieder das halbe Dorf auf den Beinen, um der Polizei über die Schulter zu blicken, beziehungsweise ungefragt den ein oder anderen seichten Senf abzugeben. Allerdings war die Stimmung bei Weitem nicht so ausgelassen und bierselig wie am Tag des Leichenfundes. Jetzt, wo man wusste, dass es sich wohl tatsächlich um Mord handelte – wie auch immer diese Nachricht sich so schnell hatte verbreiten können –, war die ein oder andere Strunzheimer Hose mehr als voll. Viele hatten gewissermaßen mächtig Schiss um ihr bisschen Leben.

Vor allem so manchem Vertreter des Mannsvolks stand der Angstschweiß auf der Stirn. Bestand doch durchaus eine Verbindung zwischen ihnen und der Gelbwurst-Pflunzn – wenn auch nur eine rein körperliche und in den meisten Fällen auch nur einmalige. Denn irgendwann war man dann halt wieder nüchtern, und außerdem hatte die Rummslerin selbst keinen gesteigerten Wert auf eine Wiederholung des Intermezzos gelegt – Gott sei Dank. Schönsaufen funktionierte nämlich in den seltensten Fällen ein zweites Mal.

Wie sich schnell herausstellte, hatte Bülent hinsichtlich des Tatorts wohl den richtigen Riecher bewiesen. Unter einem direkt unter dem Kirchturm eigentümlich abgestellten Blumenkübel, der so da garantiert nicht hingehörte, fand die Spurensicherung einen riesigen Blutfleck und machte sich sofort darüber her. Wie die Maden im Speck, dachte Bülent, war aber ehrlich froh, endlich einen Schritt in seinen Ermittlungen weitergekommen zu sein.

»Uih! Ist das schön«, hörte er Astrid plötzlich neben sich frohlocken.

»Ich weiß ja nicht, was an einem Mordschauplatz jetzt unbedingt so schön sein soll«, wunderte sich Bülent.

Astrid lachte. »Ich meine doch die stattliche Hütte da.« Sie deutete auf das aus dem 18. Jahrhundert stammende top sanierte Pfarrhaus, das nicht unweit der Kirche stand und direkt an den Friedhof anschloss. Ein beispielhaftes Objekt gelungenen Denkmalschutzes, eingerahmt von einem wunderschön gepflegten Garten, an dessen Zaun sich wiederum – verdammt noch mal – eine dichte, herrlich blühende Rosenhecke rankte. Bülent wurde es ganz schwindlig. Wie war das? Was hatte der Rechtsmediziner Fröstel gesagt? Die Tote muss in Dornen gebadet haben … Irgendwie hämmerte eine dumpfe Ahnung gegen seine Hirnrinde, dass sie das womöglich nicht alleine getan hatte. Franz!?, dachte er verzweifelt. Der sah doch auch aus, als hätte er sich mit einem Puma angelegt.

»Geht es dir nicht gut?« Seine Assistentin hatte Antennen wie ein amerikanischer Spionagesatellit. Er kämpfte sich ein Grinsen aus der Visage.

»Alles bestens.«

Er konnte sehen, dass sie ihm kein Wort glaubte, aber das war jetzt nebensächlich. Es bestand dringender Handlungsbedarf. Er musste das Rosengestrüpp durchforsten, noch bevor es jemand anders tat.

»Ich schau mich mal ein wenig um«, sagte er und versuchte dabei, besonders lässig zu wirken.

»Ich komme mit«, sagte Astrid.

»Nein!«, schrie er hastig und vor allem viel zu hysterisch. Schon konnte er die kleine Zornader auf ihrer Stirn gefährlich pulsieren sehen. Von null auf 180, das ging bei ihr wirklich rasant schnell. Ganz kurze Lunte, diagnostizierte Bülent und schaltete sicherheitshalber auf den Engelszungenmodus.

»Ich würde vorschlagen, du kümmerst dich um die Gaffer hier und findest heraus, ob vielleicht irgendwer etwas gesehen oder gehört hat in der Mordnacht.«

Recht freundlich sah sie immer noch nicht drein.

»Wieso machen wir das nicht zusammen?«, ätzte sie tatsächlich gnadenlos weiter.

»Himmelherrgott, weil ich dein Chef bin und es dir sage«, schnalzte er ungeduldig zurück. Irgendwann war aber auch genug mit der Zickerei. Wider Erwarten strahlte sie ihn plötzlich an.

»Wow, endlich lässt du mal deine Autorität raushängen. Nicht schlecht.« Sie knuffte Bülent freundschaftlich in die Seite und sorgte damit für ein mittelschweres Beben in seiner Brust. Gefühlt riss es ihm seine Herzklappen aus der Verankerung. Dieses Weib war wie von Sinnen und raubte ihm die seinigen.

»Dann werd ich mal, Boss!« Vergnügt pfeifend warf sich Astrid in den schaulustigen Mob. Von zu Tode betrübt zu himmelhoch jauchzend binnen weniger Augenblicke. Verstehen würde er das wohl nie. Hatte aber auch jetzt gar keine Zeit. Möglichst unauffällig umkreiste Bülent das heilige Dornengestrüpp.

»Hey, Kommissar, suchst einen Platz zum Pieseln?«

Klar, der Krätz Heinzi, immer da, wenn man ihn nicht brauchte. Und dann auch noch mit seiner Evi im Schlepptau, die Bülent unverhohlen von oben bis unten musterte. Nicht ohne wohlgefälliges Verlangen in ihren schiefen Glubschern, das sah auch ein Blinder.

»Ich wollte dir einen Strauß Rosen pflücken, Heinzi«, versuchte es Bülent mal mit einer Prise trockenem Humor. Doch das Ehepaar Krätz starrte ihn an, als wäre er vom Mond. »Hallo, war ein Witz«, erklärte Bülent und hoffte inständig, dass diese zwei Superhelden bald einen Abflug machen würden.

Lachen taten sie immer noch nicht, dafür kam ihm der Autoschrauber nun bedrohlich nahe. Instinktiv ging der Kommissar in Hab-Acht-Stellung. Noch ’ne Watschen wollte er nicht kassieren. Doch Heinzi hatte tatsächlich nichts Gewalttätiges im Sinn. Er streckte ihm seine ölverschmierten Pratzen entgegen.

»Tut mir leid, dass ich meine Faust in deiner Visage versenkt habe. Sind wir wieder gut?«

Da schau an, ein Friedensangebot, wenn auch ein recht dahergeleiertes. Wahrscheinlich auf Begehren des gestrengen Weibes absolviert, das Angst hatte, dass Schatzi wegen Körperverletzung in die Mühlen der deutschen Justiz geriet. Nicht dass Bülent je über eine Anzeige nachgedacht hätte, aber das mussten diese beiden Leuchten ja nicht wissen. Gnädig reichte er daher dem Krätz die Hand und hatte Sekunden später das Gefühl, in einem Schraubstock gefangen zu sein. Wenn jetzt Körperflüssigkeit aus seinen Fingern tropfte, würde ihn das gar nicht wundern.

»Mensch, Hase, pass auf, du brichst ihm noch die Grapscher«, schrie Evi nervös.

Bülent war sich sicher, dass der Mechaniker genau das im Sinn hatte. »Sag mal, wo warst du denn Freitagnacht?«, fragte er unter Schmerzen.

Es wirkte. Sofort lockerte Heinzi den Griff und sah plötzlich gar nicht mehr so gefährlich drein, sondern eher wie ein knapp zwei Meter großer kleiner Bub, dem aus Angst das Arschwasser auf Oberkante stand.

»Wie? Wieso?«, stammelte er. »Ich hab doch nix gemacht.«

Hilfesuchend sah er sich zu seiner Frau um. »Wo war ich denn, Mausi?«

Evi trat energisch neben ihren Mann und hakte sich, Solidarität bekundend, bei ihm unter. Was hieß, sie klemmte ihren Kopf unter seine Achsel, denn größer war sie nicht. »Du warst mit mir daheim im Bett. Sag bloß, du erinnerst dich nicht mehr dran. Mir waren doch körperlich und seelisch total vereint.«

Bülent schaltete augenblicklich seine Phantasie auf Off. Bei Heinzi war's wohl das ganze Hirn.

»Ähm, ach so, ja, ja. Jetzt weiß ich es wieder. Im Fernseher lief Rocky, gell? Des war geil.« Er grinste stolz. Sie nicht. Stattdessen zog sie einen beleidigten Flunsch.

»Du bist so ein Hornochs«, plärrte sie, und dann lief sie auch schon davon. Irritiert starrte ihr der Beschimpfte hinterher. Noch weniger Ahnung von der weiblichen Psyche als ein hirntoter Regenwurm.

»Jetzt lauf ihr schon hinterher. Nix anderes will sie doch«, riet Bülent, dem das ganze Theater langsam zu bunt wurde. Es war außerdem nur noch eine Frage der Zeit, bis die Spusi ihren Schnüffelradius erweiterte.

Heinzi bewegte sich keinen Millimeter, stattdessen starrte er plötzlich angestrengt in die Hecke hinein. »Was liegt denn da? Des ist doch ein Handy?«

Bülent folgte seinem Blick und schaltete schnell. »Das … äh … gehört mir, das ist mir gerade runtergefallen.« Bevor der Hauptkommissar noch zugreifen konnte, hatte Heinzi schon seine Tatzen auf dem Smartphone und hob es hoch. Interessiert betrachtete er den Anhänger, der mit Heißkleber daran befestigt war und munter vor sich hin baumelte – ein in die Jahre gekommener Sheriffstern, wie man ihn vom Kinderfasching her kannte.

»Du bist lustig, wir sind doch hier nicht im Wilden Westen«, lachte der Krätz, aber nur kurz, denn aus der Ferne ertönte ein schriller durchdringender Pfiff. »Jessas, sie pfeift«, jammerte er. »Des heißt, dass sie wieder im Quadrat spinnt«, erklärte er weiter. »Ich muss jetzt schnell heim, weil sonst darf ich meine Sachen vom Gehsteig aufkratzen.« Er reichte Bülent das Handy, der es wiederum schnell in seiner Hosentasche verschwinden ließ. »Servus, Kommissar. Und nix für ungut«, schrie ihm der Heinzi noch unterm Laufen zu.

Bülent winkte ihm schwach hinterher. Er hatte das Gefühl, seine Beine wären aus Gummi, und seine Gedanken schlugen Purzelbäume. Er hatte schwer gehofft, dass er hier umsonst graben würde. Und nun das.

Leider wusste er haargenau, wem das Telefon gehörte. Der Talisman daran war einfach unverkennbar. In seiner Kindheit hatte damit sein Träger in Kittelschürze für Recht und Ordnung gesorgt. Sollte er heute genau das Gegenteil im Sinn haben? Bülent wusste, dass er jetzt eigentlich losrennen müsste und zumindest ein Verhör starten sollte. Aber irgendetwas sträubte sich in ihm.

Die Indizien sprachen zwar mittlerweile eindeutig gegen Suff… äh Franz, das musste er schon selbst zugeben, aber es waren eben nur Indizien. Er beschloss, erst einmal den Mantel des Schweigens über seinen Fund auszubreiten. Nicht gerade Kriminaler-like. Aber ein bisschen wie Robin Hood, überlegte Bülent. Und der war eigentlich schon ein recht sympathischer. Außerdem war da eben dieses Ehrenwort, und das durfte man doch erst einmal nicht brechen. Männer tun so was nun einmal nicht. Fast fühlte er sich schon wieder ein wenig besser. Dennoch blieb ein kleiner nagender Restzweifel in ihm – würde er aus reiner Freundschaftsnostalgie heraus möglicherweise einen großen Fehler begehen?

KAPITEL 12

Die heilige Einfältigkeit

Die Spurensicherung nahm sich wenig später tatsächlich den Pfarrgarten vor. Akribisch metzelten sie die hübsch angelegten Beete nieder und schürften wie die Hühner im Dreck. Bülent und Astrid, deren Befragung in der Bevölkerung wenig ergeben hatte, beobachteten die Aktion. Der Hauptkommissar hoffte dabei inständig, dass seiner Assistentin das Rosengestrüpp nicht ins Auge stach. Früher oder später würde man eh darüber stolpern. Aber ihm wäre später einfach lieber. Denn sonst würde der Franz mit seiner zerkratzten Oberfläche schon in eine arge Bredouille geraten. Selbst wenn er das gefundene Handy unerwähnt lassen würde, käme sein Kumpel sicherlich in einen wüsten Erklärungsnotstand.

Astrid zupfte aufgeregt an seinem Arm herum. »Mensch, Büli, schau mal«, flüsterte sie aufgeregt. »Die Hecke.«

Tja, so war das mit den Wünschen ins Universum. Funktionierten eigentlich nie. Bevor er jedoch in die Verlegenheit kam, ihren Ermittlerdrang auszubremsen – wie auch immer er das anstellen sollte –, schien dann doch jemand da oben Mitleid mit ihm zu haben. Denn plötzlich wurde die Eingangstür zum Pfarrhaus von innen aufgerissen, und ein älterer Herr in einer Art priesterlichem Sportdress – schwarz, eng und mit Kollar – trat ins Freie und lenkte die Aufmerksamkeit auf sich. Glücklich sah der Mann nicht aus. Freundlich schon gar nicht.

»Ja spinnst, das ist aber jetzt nicht der Pfarrer«, raunte Astrid leise und kurbelte ihre Kinnlade wieder nach oben, die kurz davor beim Anblick des seltsamen Vogels gen Erdboden gerauscht war.

»Oh doch. Seine Heiligkeit Pfarrer Winter in persona«, klärte Bülent sie nicht ohne einen leichten Schmunzler auf den Lippen auf.

»Der sieht ja aus wie Pater Ralph aus den *Dornenvögeln*«, lechzte Astrid. »Aber was zum Teufel hat der denn an?«

Bülent zuckte ahnungslos mit den Schultern.

Der Geistliche wiederum hatte die zwei Beamten entdeckt und stürmte wild gestikulierend auf sie zu. »Sind Sie hier für diesen kapitalen Irrsinn verantwortlich? Jetzt haben Ihre Männer schon den Platz um das Gotteshaus herum auseinandergenommen, können Sie mir dann nicht wenigstens meine Privatsphäre lassen?«, zürnte er.

»Bei Mord gibt es leider kein privat«, erklärte Astrid und musterte dabei ungeniert den göttlichen Astralkörper von oben bis unten.

»Herr Winter, wo waren Sie denn Freitagnacht zwischen ein und zwei Uhr?«, versuchte der Hauptkommissar, das Gespräch wieder auf eine professionelle Ebene zu hieven. Ihm waren Astrids Blicke durchaus nicht verborgen geblieben, und sie gefielen ihm überhaupt nicht.

»Sie fragen allen Ernstes einen Pfarrer nach seinem Alibi? Verdächtigen Sie mich etwa?«, echauffierte sich der Angesprochene. Ganz klar, da verlor gerade einer sein inneres Gleichgewicht.

»In erster Linie sind Sie doch auch nur ein Mensch und somit nicht unfehlbar«, entgegnete Bülent seinem aufgebrachten Gegenüber in aller Seelenruhe. Der Winter war ihm nämlich schon immer etwas suspekt gewesen. Ein rechter Blender war er und bei weitem nicht so demütig, wie sein Job es verlangen würde.

Erkannte man ja allein schon am schicken Kurzhaarschnitt auf seinem Schädel. Der sah nämlich eher nach hippem Großstadtstylist denn nach ortsansässigem Friseur aus. Letzterer konnte allerdings faktisch eh nur Dauerwelle in lila Pudeloptik, und das zudem nur, wenn er einen guten Tag hatte. Also selten.

Bülents Provokation zeigte Wirkung. Der Priester plusterte sich auf wie ein zorniger Gockel und drückte seine muskulöse Brust gegen sein atmungsaktives Polyestershirt.

»Sie, solch derartige Unterstellung muss ich mir fei nicht gefallen lassen. Aber gut, ich habe auch nichts zu verbergen. Freitagnacht habe ich im Nachbarort eine Sterbende hinüber ins Himmelreich begleitet. Ihre ganze Familie war anwesend. Jede Menge Zeugen also. Noch Fragen? Nein? Gut, dann kann ich mich ja jetzt wieder meiner Senioren-Aerobic-Stunde widmen«, schoss es aus ihm heraus wie aus einer Maschinenpistole.

Wie zur Untermalung seiner Aussage spuckte das Pfarrhaus plötzlich eine Horde greiser Menschen Ü70 aus, die erstaunlicherweise meist wild farbig in Nike und Adidas gekleidet waren. Allen voran – eh klar – standen die Walder-Zwillinge am Treppenabsatz und starrten neugierig zu ihnen hinüber. Die beiden hatten ihre hautengen pinken Leggings so dermaßen in den Schritt hochgezogen, dass sich die antiken Geröllschichten, die darunterlagen, deutlich abzeichneten.

Das muss man jetzt nicht unbedingt gesehen haben, dachte sich Bülent, der vor lauter Grusel am ganzen Körper eine Gänsehaut bekam.

»Herr Pfarrer, jetzt kommen's endlich. Mir finden unseren Beckenboden nicht mehr.« Man kann von der Erna sagen, was man will, aber peinlich war der nix, und klar auf den Punkt brachte sie ihre Anliegen allerweil.

Der Priester lächelte gequält. Kein Wunder bei dem, was ihn

da zu erwarten schien. »Sie sehen, ich werde gebraucht. Wenn Sie beide mich dann jetzt bitte entschuldigen würden.«

»Geh Bub, jetzt lass den Pfarrer vom Eisen«, mischte sich da eine wohlbekannte Stimme ein. »Der bringt unsere gichtigen Knochen ein wenig auf Vordermann. Sport statt Mord! Verstehst?«

Die zahlreichen Dritten in den Mündern klapperten vor Freude über diesen gelungenen Wortwitz.

»Deine Eltern machen bei so etwas mit?«, wunderte sich Astrid.

Auch Bülent konnte es kaum fassen, seine Erzeuger inmitten dieses motivierten Kukident-Geschwaders zu erblicken. Beide trugen einen Frotteejoggers in Hellblau und sahen aus wie nackte Schlümpfe.

Plötzlich fiel Bülent unter all den Alten auf, dass auch seine Eltern alt geworden waren. Eine Tatsache, die er bis dato immer verdrängt hatte. Schlagartig wurde ihm bewusst, wie begrenzt die Zeit wohl noch war, die er mit ihnen hatte, und er versprach sich selbst, ein wenig gnädiger mit den beiden zu sein. Auch wenn es ihm sein Vater dabei sicherlich nicht leichtmachen würde.

»Dann werd ich mal wieder«, versuchte sich Hans Winter nun endgültig aus der ihm so lästigen Verhörsituation zu ziehen. Bülent wollte ihn schon ziehen lassen, als Astrid noch einmal mit einer Frage dazwischengrätschte.

»Haben Sie einen Schlüssel zum Kirchturm? Wir müssten uns dort nämlich etwas genauer umschauen. Schließlich ist das Opfer mutmaßlich von dort oben heruntergefallen.«

Jegliche Souveränität schien von dem Geistlichen abzufallen. Fast schien es, als würde jemand die Luft aus seinem aufgepumpten Körper lassen.

»Schlüssel … ähm … den müsste ich haben. Ja. Einen Moment,

ich hole ihn.« Hans Winter schwankte wie ein Schiff auf hohem Seegang zurück zum Pfarrhaus.

Dem setzt aber mächtig was zu, dachte Bülent. Bevor er jedoch länger darüber nachgrübeln konnte, klingelte sein Handy.

»Rambichler, wo bleiben die Ergebnisse?«, bellte Köhl, sein Chef, grußlos in seine Gehörmuschel, kaum hatte er das Gespräch angenommen.

Bülent hatte nicht übel Lust, ihm mächtig die Meinung zu geigen hinsichtlich dieses gemeinen deutsch-türkischen Komplottes, dem er da auf die Spur gekommen war. Allerdings müsste er dann auch zugeben, dass sein Vater bezüglich seiner Gesundheit gelogen hatte und mitnichten ein frühzeitiger Abgang geplant war. Eigentlich total beschämend, diese Schmierenkomödie – und zwar für ihn selbst. Wenn die Geschichte im Revier die Runde machen würde, könnte er einpacken. Mit Mitte vierzig noch unter der Fuchtel vom Alten, der an seiner Laufbahn feilte, statt dass er es selbst tat. So würden sie reden und hatten eigentlich auch Recht damit. Nein, dann lieber Schnauze halten und weiter am sauren Apfel nagen.

»Wir sind dran, Boss. Ganz dicht dran!«, flunkerte er daher und zwinkerte Astrid verschwörerisch zu. Die zwinkerte zurück. Irgendwie war dieser Tag doch gar nicht so schlecht.

*

Nachdem Hans Winter den Schlüssel zum Kirchturm bei den Beamten abgeliefert hatte, fühlte er sich unsagbar erschöpft und von einer fiebrigen Unruhe heimgesucht. Nicht im Entferntesten war jetzt noch an körperliche Fitness zu denken. Ungeachtet einer fulminanten Protestwelle, die ihm aus der Rentner-Crew entgegenschwappte, sagte er daher das Training für den heutigen

Tag ab und verzog sich in die Sakristei, um sich dem Messwein hinzugeben. Ein fantastischer Sauvignon Blanc mit samtig fruchtiger Note, den er sich eigens aus einem kleinen, feinen Weingut aus Südafrika hatte einfliegen lassen.

»Man gönnt sich ja sonst nichts«, erklärte Winter seinem leidenden Vorgesetzten am Kreuze, der ihn vorwurfsvoll von oben herab beäugte.

»Sag mir, wie es geht – Wein zu Wasser. Dann kost es auch nix«, frevelte der Kirchenvertreter weiter und goss sich so lange in den Schlund, bis seine Hände nicht mehr zitterten und er wieder zu seinem Glauben zurückfand, dass Gott schon alles richten würde. Immerhin war er einer von den ganz Guten. Er opferte sich quasi auf für seine Gemeinde. Er, Hans Winter, war ein Heiliger, und das würde die Welt schon irgendwann einsehen. Oder noch besser, der Pontifex in Rom, der ehrwürdige Zölibats-Zauderer.

*

Von solch hochtrabenden Plänen ahnten Bülent und Astrid natürlich nichts, als sie gemeinsam mit den Spurensicherern die letzten Stufen hinauf zum Kirchturm ächzten. Doch der Aufstieg hatte sich gelohnt. Dort unter dem Dach fanden sich die Kriminaler nämlich in einer großen Kammer wieder, die unerwarteterweise alles andere als unbewohnt daherkam. Etwas durcheinander und chaotisch zwar, als hätte dort oben jemand extensiv Pogo getanzt oder als hätte ein Kampf stattgefunden, dennoch nicht ungemütlich – wenn man mal von dem ein oder anderen Mäusekringel absah.

»Sakra, des schaut mir hier ja pfeilgrad nach einem Liebesnest aus«, brachte es einer der Spusi-Leute dann auch auf den Punkt.

Mit spitzen Fingern hob er eine Packung Kondome mit Lustnoppen vom hölzernen Boden auf. »Die Dinger hatt ich auch schon mal. Da ist sie mir aber bloß recht wund geworden, meine Süße. Da half dann auch nur noch die gute alte Penatencreme.«

Menschen und ihr unstillbarer Drang nach Mitteilung. Bülent würde es nie verstehen. Aber in einem hatte der Kerl Recht. Hier oben hatte man sich sicherlich nicht zu einer keuschen Bibelstunde getroffen. Über einem, den körpersaftigen Schlieren nach zu urteilen, lustvoll frequentierten Matratzenlager fand sich ein halb heruntergerissener Baldachin, der wie ein Sternenhimmel anmutete. Daneben lag eine neuere Ausgabe des Kamasutra, auf das sich Astrid sofort stürzte. Wahllos schlug sie eine Seite auf und hielt sie ihrem Chef vor die Nase.

»Na, wie sieht's aus. Kriegst du das hin?«, lachend deutete sie auf eine äußerst gewagte Stellung, bei der er schon beim bloßen Hinsehen Kreuzschmerzen bekam.

Der Hauptkommissar zog es vor, ganz gentlemanlike zu schweigen. Er wollte nicht über Sex sprechen. Vor allem nicht mit seiner Assistentin.

»Hey, schau mal, da hat jemand was in den Balken geritzt«, lenkte Bülent das Gespräch absichtlich in eine andere Richtung. Natürlich sprang sie darauf an. Sie war nun mal in erster Linie Kriminalbeamtin und dann erst Frau – also eine tolle Frau.

Sachte strich Astrid über die Einkerbungen auf dem faserigen Holz. »C und Z forever«, las sie laut vor. »Wie romantisch ist das denn? Wer wohl hinter den Initialen stecken mag?«

»Keine Ahnung«, gab Bülent zu. »Aber ich denke, wir beide werden es herausfinden.« Himmel, schon wieder dieses Gezwinker. Langsam könnte man meinen, sie beide litten unter einem Tick. Oder war das jetzt am Ende schon flirten?

»Herr Rambichler, kommen Sie mal, wir haben da was«, hörte

er es rufen und war froh darüber, sich nicht weiter mit seinem diffusen Innenleben auseinandersetzen zu müssen. Er trat hinaus auf die Aussichtsplattform des Turmes, die von einem nicht gerade sehr hohen Geländer umgeben war. Ein kurzer, unkontrollierter Wackler oder auch ein durchaus kontrollierter Schubser genügte hier allemal, um einmalig den freien Fall zu proben. Eine schauerliche Vorstellung.

»Büli, guck mal, was die Spusi gefunden hat.« Astrid hielt ein Plastiktütchen mit Haarbüscheln in die Höhe sowie ein Bündel Kleider in Größe 44. Alles passte haargenau in Form, Farbe und Ausmaßen zur Leiche. Zudem fanden sich auf dem Boden noch vereinzelt ein paar Federn, die mit an Sicherheit grenzender Wahrscheinlichkeit von den Engelsflügeln herrührten, die die Tote am Rücken getragen hatte. Alles in allem sah es also tatsächlich danach aus, als hätte die Kerstin Gelbwurst-Pflunzn Rummsler ihre letzten lebendigen Minuten dort oben verbracht, bevor sie nackert in die Tiefe gerammt worden war. Fragte sich nur, von wem!

»Sodom und Gomorra und das hier.« Der Pfarrer konnte es kaum fassen, als Astrid und Bülent ihn wenig später über den vermeintlichen Sündenpfuhl im Kirchturm in Kenntnis setzten.

Sie hatten ihn vor dem Altar kniend gefunden, wohin er sich für ein kleines Gebetsnickerchen zurückgezogen hatte. Und auch jetzt faltete er sofort seine Hände und brabbelte das »Vater unser« in Rekordzeit herunter. Dabei überkam ihn vor lauter Aufregung ein derartiger Hetscherer[10], dass es ihm fast das Zwerchfell zerriss. Er hickste und lamentierte abwechselnd und stand offensichtlich kurz vor einem Nervenzusammenbruch.

10 Schluckauf

»Herr Winter, haben Sie irgendeine Ahnung, wer sich dort oben, sagen wir mal, häuslich eingerichtet haben könnte?«, unterbrach Astrid den Priester vorsichtig in seinem Wehklagen. Sie wollte schließlich nicht riskieren, dass er gar ausrastete. Wer wusste schon, was für ein schräger Geist in den gefahren war.

»Nein, nein, nein. Ich weiß von nichts«, japste er und schüttelte dabei seinen Kopf so dermaßen, dass man Angst haben musste, dass dieser aus seiner Verankerung rutschen würde. Fast schon ein bisschen zu viel Mein-Name-ist-Hase-ich-weiß-von-nichts-Getue, fand Bülent.

»Hat denn sonst noch wer Zugang zum Turm?«, fragte er, inständig auf eine klare Antwort hoffend. Irgendwie kam ihm der Pfarrer mächtig angeschickert vor.

Tatsächlich schien sich was im Verstand des Priesters zu regen. »Ja, eigentlich jeder, der mit der Kirche etwas zu tun hat. Also die Landfrauen, die katholische Landjugend. Mein Messner – wobei, der ist schon seit sechs Wochen auf Kur.«

»Was ist mit ihrer, wie sagt man, Pfarrköchin?«, wollte Astrid wissen.

»Brauch ich nicht. Ich kann hervorragend für mich selbst sorgen. Außerdem hab ich es nicht gerne, wenn jemand in meinen Sachen herumfuhrwerkt.«

Das glaubte Bülent ihm sofort, kam aber nicht dazu, weiter nachzuhaken. Denn in diesem Moment öffnete sich die Kirchenpforte, und Katharina Fromm betrat, eingetaucht in das diffuse Licht der einfallenden Sonne, das Gotteshaus. Hatte fast was Mystisches. Beim Anblick der Ermittler sah das hübsche Mädchen dann allerdings eher drein wie ein verschrecktes Karnickel. Man sah ihr an, dass sie auf der Stelle kehrtmachen wollte. Aber so blöd war sie dann doch nicht. Den Winter jedenfalls holte ihr Anblick augenblicklich raus aus seinem selbst geschaufelten

Jammertal. Grinsend wie ein Honigkuchenpferd rumpelte er aus der Büßerstellung und beeilte sich, die frommsche Elfe in seine Arme zu schließen.

»Katharina, Kleines. Bist du wieder gesund? Da bin ich aber froh«, flötete er in den höchsten Tönen und drückte das Mädchen nur noch fester an sich.

»Da scheinen sich zwei ja ganz lieb zu haben«, wisperte Bülent, während Astrid sich hinter seinem Rücken völlig unyogisch den rechten Zeigefinger in den Hals steckte.

»Ich würde gerne beichten«, hauchte das zerbrechliche Gut Mensch. »Aber wenn es gerade nicht passt …«

»Für dich habe ich doch immer Zeit, Liebelein. Außerdem wollten die Beamten sowieso gerade gehen. Nicht wahr?«

»Eigentlich nicht«, erwiderten Astrid und Bülent gleichzeitig. Beide fanden diese ganze Situation hier doch reichlich merkwürdig. Auch wenn sie nicht genau benennen konnten, warum. Katharina schien jedenfalls bei weitem nicht so nähebedürftig zu sein wie Winter, der seine Finger so gar nicht von ihr lassen wollte. Er zupfte, zerrte und fummelte an ihr herum, als wäre sie sein heiß geliebtes Kuscheltier.

»Ich kann wirklich auch später kommen«, versuchte das Püppchen noch einmal, ihr kleines Ärschchen aus der Affäre zu ziehen.

»Auf keinen Fall«, widersprach ihr potentieller Beichtvater. »Du bleibst.« Zur Unterstreichung seiner Worte legte er den Arm um sie.

»Frau Fromm, wo waren Sie denn Freitagnacht?« Die Astrid, wie immer herrlich auf Zack.

»Zu Hause im Bett.«

Und deine Eltern helikopterten sicherlich um dich herum, vervollständigte Bülent insgeheim den Satz.

»Meine Eltern können das bezeugen«, sagte sie dann auch. Klar – ein Bilderbuchalibi.

»Können Sie jetzt bitte aufhören mit Ihrer Fragerei. Wir sind hier in einem Gotteshaus und nicht auf einem Polizeirevier. Hier herrschen ganz andere Gesetze. Darum bitte ich Sie jetzt auch zu gehen. Machen Sie Ihren Job, und ich mache meinen. Dann ist jedem geholfen.« Der Pfarrer schwamm nun mit einem Mal so gar nicht mehr auf der salbungsvollen Welle.

»Sagen Sie uns nicht, was wir zu tun haben«, grollte es da schon unheilvoll aus Astrid heraus und dem Pfarrer entgegen. Die Zündschnur brannte mal wieder lichterloh, stellte Bülent fest. Natürlich hatte ihre Wut durchaus ihre Berechtigung. Dieser aufgeblasene Hostienschubser schien sich irgendwie über alle Dinge erhaben zu fühlen und hätte es durchaus verdient, noch etwas durch die Mangel gedreht zu werden. Aber was hätte man schon davon. Am Ende brachte man das ganze Dorf gegen sich auf, weil man sich an der Institution Kirche vergriffen hatte. In diesen Breitengraden galt der katholische Klerus noch so gut wie unantastbar. Und dann war da auch noch seine gläubige Mutter. Nicht auszudenken, wie die im Dreieck springen würde, wenn man ihrem päpstlich abgesandten Fitnessguru zu sehr an die Wäsche ging. Halleluja, dieses Theater wollte er sich lieber nicht vorstellen. Dann doch lieber kurz mal Schwanz eingezogen und ab durchs Mittelschiff.

»Fürs Erste sind wir wohl eh durch«, nuschelte Bülent. Wohl wissend, dass dieser Rückzug seiner Kollegin überhaupt nicht schmecken würde. Am liebsten hätte sie Katharina wohl selbst die Beichte abgenommen und ihr die Sünden nur so aus der Nase gezogen.

Tatsächlich sprach Astrids Blick Bände, doch sie fiel ihm nicht in den Rücken, sondern sendete nur einen geradezu ekelhaft enttäuschten Blick in seine Richtung.

Der Priester lächelte selbstzufrieden. Eins zu null für das Schaf Gottes.

»Wir kommen wieder!«, zischte Astrid beim Gehen über ihre Schulter.

»Tun Sie, was Sie nicht lassen können«, pfiff ihr Winter in aller Überheblichkeit nach, schoss dann aber doch noch – ganz nächstenliebender Pater – ein scheinheilig gehauchtes »Gehet hin in Frieden« hinterher. Amen!

KAPITEL 13

Der Frust mit der Fleischeslust

»So wird das nichts. So nicht!«

Astrid lief auf 180 Umdrehungen und stob um ihn herum wie ein aufgescheuchtes Huhn.

»Wir müssen härter durchgreifen, die tanzen uns sonst alle auf der Nase herum.«

Die beiden Ermittler hatten sich eigentlich für einen kleinen Verschnaufer auf den idyllischen Friedhof zurückgezogen. Wohin das Auge reichte, nur akkurat gepflegte Gräber. Freilich war das so, denn so ein erdiges Totenbett repräsentierte natürlich auch gleichzeitig den jeweils dazugehörigen Haushalt. Und wer wollte schon als schlampig gelten.

»Bülent, hörst du eigentlich, was ich sage?«

Er hatte sich nur ein bisschen Stille gewünscht, nach all dem Trubel der letzten Tage. Innere Einkehr, wenigstens für eine halbe Stunde. Dazu ein Schokoriegel, herrlich. Doch seine aufgeweckte Assistentin quirlte um ihn herum und brabbelte in einer Tour. Und das nicht gerade leise. Irgendwie ging ihm dieses ganze Theater gerade mächtig auf die Nerven.

»Jetzt plärr hier nicht so rum wie eine Irre«, wies er sie daher mehr als scharf zurecht. »Das gehört sich nicht.«

»Wie bitte?! Was ist denn mit dir kaputt?«

Bülent verlangte es augenblicklich nach einer Ohrfeige. Er hörte sich ja schon an wie sein Vater. Im Grunde wie fast alle Strunzheimer. »Was sollen die Leut bloß denken«, war einer der Schlüsselsätze in seinen Jugendjahren gewesen und einer der Gründe, warum er sich für ein Leben außerhalb der dörflichen Enge entschieden hatte. Und kaum war er wieder ein paar Stunden zu viel in seiner alten Heimat, hingen ihm die örtlichen Gesetzmäßigkeiten schon im Hirn herum. Schlimmer noch, er blubberte sie auch noch völlig unkontrolliert seiner weltoffenen, Horizont total erweiterten Assistentin ohne Sinn und Verstand ins Antlitz. Da durfte man dann wirklich kein Verständnis erwarten.

»Tut mir leid. Ich weiß gar nicht, was los ist mit mir«, schob er ihr ein zerknirschtes Alles-wieder-gut-Angebot hin.

»Du bist im Herzen einfach ein hoffnungsloser Spießer«, kam es trocken zurück. So unverschämt musste sie jetzt aber wegen der ganzen Sache auch wieder nicht daherreden.

»Bin ich nicht«, widersprach Bülent mittlerweile auch leicht grantig.

»Oh doch!« Sie funkelte ihn angriffslustig an.

Er raufte sich entnervt die Haare. »Pass mal auf. Du kommst aus der Stadt. Du kennst die Gesetze nicht, die hier draußen herrschen. Ich versuche nur, möglichst wenig Staub aufzuwirbeln. Zwischen obenauf und untendurch liegt nämlich manchmal nur ein unbedachtes Wort. Und ich will, dass man mit uns spricht, nicht über uns. Kapiert?«

Sie wollte schon zu einer erneuten Konter-Tirade ansetzen, doch situationsrettenderweise kackte in diesem Moment eine weiße Taube einen fulminanten Friedensschiss auf seine Schultern. T-Shirt für die Tonne, aber Kollegin erst einmal wieder bester schadenfroher Stimmung.

»Das bringt Glück!«, gluckste sie. »Wirst sehen, ab jetzt laufen die Ermittlungen wie geschmiert.« Sie lachte so dermaßen laut und schon irgendwie putzig über ihr kleines Wortspiel, dass es jetzt endgültig nix mehr war mit seinem Groll und der ewigen Totenruhe. Aber wer sagte denn auch, dass Tote ewig ruhen wollten. Der Hauptkommissar jedenfalls war schwer erleichtert, dass sich fürs Erste die Gewitterwolken verzogen hatten.

Allerdings sagte ihm sein Gefühl, dass das nicht der letzte Zusammenprall dieser Art gewesen sein würde. Immerhin war sie eine stolze Löwin und er ein sturer Stier. Na, und dann war da auch noch diese Mann-Frau-Kiste. Rationalität gegen Emotionen. Eigentlich alles viel zu kompliziert und anstrengend für einen Typen wie ihn. Merkte man allein daran, wie unrund momentan sein ganzes System lief. Er war definitiv ganz weit entfernt von seinem körperlichen Optimalzustand. Nein, dieser Fall tat ihm nicht gut. Hieß im Umkehrschluss, dass er ihn sich schleunigst von der Backe reiben musste.

»Sunshinechen, du hast Recht!«, brach es aus Bülent heraus. »Ab jetzt kein Kuschelkurs mehr.«

Er konnte den Jubel über seine offensichtlich neugewonnene Entschlossenheit förmlich in ihren Augen lesen. Hielt allerdings nicht lange an. Als Astrid nämlich erfuhr, nach welchem Ort sie ermittlungstechnisch als Nächstes ihre Fühler ausstrecken würden, sank ihre Lust-und Laune-Kurve schlagartig gen Maulwurfhausen.

»Muss ich denn unbedingt mit in die Schnitzelgruft«, jammerte Astrid, als sie nur noch wenige Meter von der Metzgerei Staiger, der ehemaligen Arbeitsstätte des Opfers, entfernt waren. »Ich bin Veganerin. Das wäre, als würde der Papst ins Puff gehen«, versuchte sie es mit einem Vergleich, mit dem sie sich möglicherweise selbst ans Bein pieselte.

»Wer weiß schon, was in Rom alles los ist«, entgegnete Bülent nur. Er würde sie nicht rauslassen aus der Nummer. Zwecks, weil halt zwei Cops immer nach mehr ausschauten als nur einer und weil sie es doch immer war, die voll auf Teamwork stand. Dem hatte Astrid nichts entgegenzusetzen. Sie ergab sich ihrem Schicksal und stapfte missmutig neben ihrem Vorgesetzten her. Den Blick dabei bockig gen Asphalt gerichtet, wäre sie fast gegen ein vor der Metzgerei geparktes Auto gerumpelt.

»Was ist das denn für eine Scheußlichkeit?«, entsetzt starrte Astrid auf die tiefer gelegte VW-Scirocco-Schleuder, Baujahr 1990, mit Chromfelgen, Breitreifen, Monster-Heckspoiler und dunkelblauer Metallic-Lackierung mit neongelben Rallyestreifen an beiden Seiten. Im Inneren der Karre fand sich ein teures Soundsystem, womit man sicherlich das gesamte Grundig-Stadion in Nürnberg hätte beschallen können. Ein Proleten-Porsche, wie er im Buche stand. Glänzend poliert und von einem unschätzbaren Wert – und das wohl nicht nur ideell. Bülent hatte als Fahranfänger immer von so einer Kiste geträumt. Da musste er sich auch nichts vormachen. Mit so einem Teil wäre er damals der Star gewesen. Leider hatten seine Eltern für derlei Wünsche absolut keinen Sinn gehabt und ihm stattdessen einen beigefarbenen Jetta hingestellt, der war zwar ebenfalls von Volkswagen, rangierte aber in seiner Coolness noch hinter einem Traktor. Der Jetta hatte dem Rambichler-Opa gehört, und so roch er auch. Da half es auch nichts, dass ihm seine Mutter neue Sitzüberzüge im Missoni-Muster häkelte.

»Gefällt dir diese aufgemotzte Benzinschleuder am Ende?« Astrid war Bülents verklärter Blick nicht entgangen.

»Schmarrn! Aber denkst du auch, was ich denke?«

»Augenkrebs?!«

»Nein, ich könnte mir vorstellen, dass Kerstin mit diesem Wagen in die Schönheitsklinik kutschiert wurde. Die Mutter vom Doc hatte doch von einem extrem auffälligen Auto gesprochen.

Und schau dir mal die Sitze an, dann weißt du auch gleich, wem der Schinken gehört.«

Tatsächlich waren auf den schwarzen Sportsitzen die Initialen J. S. eingestickt – mit güldenem Faden, versteht sich.

»J. S., Johannes Staiger«, kombinierte Astrid schnell. »Du meinst, er ist der ominöse Freund von Kerstin, der ihr die Kohle in den Hintern gepustet hat?«

Bülent zuckte mit den Schultern. »Das werden wir gleich herausfinden.«

Sie fanden den Metzgers-Sprössling im Schlachthaus, wo er reichlich untermotiviert mit bloßen Händen Brät in Gedärme quetschte. Ein Geruch aus Gras – und zwar das fein getrocknete für gewisse Stunden – und Blut lag in der Luft. Nichts für schwache Nasen und tierliebende Frauen. Natürlich war Johannes Staiger alles andere als begeistert über den kriminalistischen Auftritt.

»Ihr seid wegen der Kerstin Rummsler da, oder?« Endlich mal einer, der die Tote halbwegs bei ihrem Namen nannte und nicht wie eine Wurst. Das fiel Bülent schon mal positiv auf. Ansonsten wirkte der Jüngling auch nicht wirklich unsympathisch. Ein bisschen langsam und lethargisch war er – ein typischer Dübelraucher halt, mit roten Augen wie ein Albinokarnickel. Außerdem war er so dünn, dass man Angst haben musste, man bräche ihm bei der kleinsten Berührung sämtliche Knochen. Nichts an ihm erinnerte an einen gestandenen Metzger, der tagtäglich halbe Sauhälften durch die Gegend wuchtete. Und wahrscheinlich wollte er das auch gar nicht sein.

»Ganz richtig, Herr Staiger. Wir hätten ein paar Fragen an Sie«, gab Bülent ihm Recht.

»Sie können ruhig J. S. zu mir sagen. Machen alle«, erwiderte der Angesprochene im breiten Kaugummi-Englisch.

»Entschuldigt«, japste Astrid. »Aber können wir das Gespräch vielleicht woanders fortführen. Es stinkt nach Tod.« Sie sah wirklich aus, als würde sie bald aus den Latschen kippen.

»Können wir?«, hakte Bülent nach.

Der Befragte schüttelte den Kopf. »Geht nicht. Muss erst die Würschtl fertigmachen«, grummelte er monoton. Dabei batzte er dermaßen schiefe Gebilde zusammen, dass es jedem Bratwurstliebhaber die Tränen in die Augen getrieben hätte. Meisterhandwerklich war das nicht.

»Ich wüsste auch gar nicht, was ich erzählen soll«, fuhr der Staiger ungefragt fort. »Die Kerstin und ich, das war ein reines Arbeitsverhältnis. Wir …«

Astrid rülpste wenig ladylike dazwischen. »Also ich muss jetzt raus. Mir ist total schlecht.« Sie hantierte panisch an der schweren Edelstahltür herum, die sich ums Verrecken nicht öffnen ließ.

»Gut, dann gehen wir jetzt, bitte folgen Sie uns.« Bülent trieb zur Eile. Er befürchtete schwer, dass sich seine Kollegin demnächst über alle Hygienevorschriften hinwegspeien würde. Und ab dann wäre mit Sicherheit auch bei ihm der geruchsmäßige Zenit erreicht. »Dann geht's halt und kommt wann anders wieder. Der Vater killt mich, wenn ich nicht fertig werd«, widerborstete der staigerische Schmachtfetzen und matschte eifrig weiter an seinen fragwürdigen Kunstwerken.

Himmelherrgott, war man denn in diesem Kaff nur von maulfaulen Dickköpfen umgeben?

»Wenn die so schmecken, wie sie ausschauen, dann könnt's den Laden sowieso bald schließen. Dann trifft Ihren Herrn Papa der nächste Schlag«, stichelte Bülent angesäuert und ohne Rücksicht auf Verluste.

»Ey, was soll'n des jetzt heißen? Wir sind die beste Metzgerei im ganzen Landkreis.« Staiger hielt den beiden Beamten ein deformiertes Bratwursttrumm hin, aus dessen einem Ende die durchgehäckselte Fleischmasse gen Freiheit quoll. »Wollt's probieren?«

In diesem Moment tat es einen Dumpfen, weil es halt auch dem Sunshinechen original die Beine unter ihrem süßen, knackigen Hintern weggezogen hatte.

Immerhin sorgte Astrids ungewollter Tanz mit den Fliesen dafür, dass der Metzgersbub schlussendlich ein Einsehen hatte und seine Sauereien fürs Erste unterbrach. Sie hatten sich für die Befragung in den Lagerraum der Metzgerei zurückgezogen. Das bis unter die Decke mit sauren Gurken, Senfgläsern und sonstigen Fressalien bevorratete Zimmer diente gleichzeitig als Umkleide für die Mitarbeiter und war weit genug von den luchsigen Ohren des Alten entfernt, wie der Junior sich ausdrückte.

»Hatschen kann der nicht mehr, aber watschen allerweil noch«, erklärte Johannes fast schon ein wenig resigniert.

»Wie war das jetzt mit der Kerstin?«, fragte Bülent weitaus freundlicher als noch vor ein paar Minuten.

»Die war schon eine geile Braut, ohne Frage. Jedes Pfund an ihr hat gepasst«, gab Staiger zu. »Aber: Never fuck the company, verstehst?«

Seine betont an den Tag gelegte Lässigkeit war schon mehr als auffällig, wie Bülent fand.

»Wie kommt es dann, dass Sie die Kerstin kurz vor ihrem Tod noch in eine Schönheitsklinik gefahren haben und allem Anschein nach auch eine größere Summe als Anzahlung für etwaige Operationen auf den Tisch gelegt haben? Das lässt doch schon auf ein etwas engeres Verhältnis schließen. Wir haben auch Zeugen, die Sie gesehen haben.« Die Worte des Hauptkommissars trafen den Metzgersbub augenscheinlich mitten ins Mark. Sein linkes Auge zuckte wie ein defekter Warnblinker, und er knabberte nervös an seinen eh schon stumpigen Fingernägeln herum. Dennoch schüttelte er den Kopf. »Keine Ahnung, von was Sie reden. Ich hab ihr manchmal mein Auto geliehen. Aber natürlich nicht gefragt, was sie so treibt. Geht mich ja auch nichts an«, log er schlecht und zuckte dabei mit sämtlichen seiner Wimpern.

»Wer's glaubt, wird selig.« Astrid schien nun endlich auch wieder im Hier und Jetzt angekommen zu sein. Bis dato hatte sie nur leichenblass in der Ecke gesessen und kein Wort gesagt. Nun aber war, Gott sei Dank, wieder Farbe im Spiel.

»Mir doch wurscht, was Sie glauben. Ich weiß nicht mehr, als was ich weiß.« Der Staiger machte nun endgültig die Schotten dicht. Doch dann fiel ihm tatsächlich noch etwas ein. »Vielleicht finden Sie was im Spind von der Rummslerin.«

»Was für ein Spind?«, fragten Bülent und Astrid gleichzeitig.

»Na, der da hinten.« Staiger deutete auf die Tür eines mit einem rosa Schloss gesicherten Metallschrankes. »Des war der von der Kerstin. Bis jetzt hab ich nicht reing'schaut, zwecks der Spuren. Kenn mich ja aus.«

Eindeutig zu viel Oberwasser im Getriebe, fand Bülent, während Astrid kurzerhand, von weiblicher Ungeduld getrieben, das Spindschloss mit ihrer Dienstwaffe aus seiner Verankerung schoss. Der Metallschrank öffnete sich und gab den Blick frei auf ein Bild von einem Mann, welches an der Türinnenseite klebte. Nackter Oberkörper, braungebrannt – scheiße noch mal sexy. Und anscheinend »Love forever«, wie da mit schnörkliger Schrift geschrieben stand.

Wehleidiges Schluchzen erfüllte plötzlich den kleinen Raum. Der gerade noch so coole J. S. Staiger saß auf einem umgedrehten Kartoffelsalat-Eimer und flennte wie ein Baby.

»Ausgerechnet der Tommi«, brach es aus ihm heraus. »Und mir hat's immer gesagt, sie wäre noch nicht bereit für die Liebe.«

Oh weia, da schien einer aber herzmäßig mächtig angeschmettert zu sein, diagnostizierte Bülent im Stillen. Laut sagte er: »Heißt das, Sie kennen den jungen Mann?«

»Freilich, das ist der Tommi – ich bin zu schön für diese Welt – Kühn. So ein Frauenflüsterer. Mei, ein rechts Arschloch halt.«

»Na, na, na«, warf Astrid ein. »Für seine Schönheit kann er ja nichts.«

»Aber für seine Wünschelrute schon. Gibt, glaub ich, keinen Fleck, wo die nicht schon ausgeschlagen hat.«

»Ok«, sagte Astrid gedehnt. »Aber glauben Sie, dass Kerstin und Herr Kühn …« Sie musste gar nicht ausreden.

»Eigentlich ist die überhaupt nicht sein Typ gewesen. Wissens, der steht mehr so auf die Nagelbretter.« Fragende Blicke trafen ihn. »Na, solche Weiber, wo die Rippen rausstechen, weil's immer nur an Salat fressen«, erklärte er. Plötzlich schlug er sich mit der flachen Hand auf die Stirn. »Ja, ich Depp. Freilich, wegen dem Kühn wollt die Kerstin an sich rumtunen lassen, und ich Trottel hätte auch noch dafür blechen sollen. Ja, so eine Zuchtel!«

Staiger stand der Sinn nun nach der totalen Wahrheit. Und so erfuhren die Ermittler, dass er bei der Gelbwurst-Pflunzn – ja, nun nannte er sie so – einmal ran gedurft hatte. Im Kühlhaus. »Da wär's fast zur Kernschmelze gekommen«, jodelte der Staiger in Erinnerung an dieses Großereignis verzückt. Jedenfalls, so erfuhren die Kriminalbeamten weiter, hatte es ihm gefühlsmäßig voll den Schalter rausgehauen, und er hatte liebestoll zu singen angefangen wie ein Zeiserl[11]. Hatte der Kerstin von dem Presssack-Wettbewerb erzählt, wo er klar ein bisschen beschis-

11 Zeisig; Vogel aus der Familie der Finken

sen hatte. Presssack war halt nicht ganz seine Liga. Darum hatte er sich das Trumm vom Käfer drunten einfliegen lassen. Eins-a-Ware, und keiner hatte irgendwie was gemerkt.

Keiner, außer meinem Vater, dachte Bülent nicht ohne Stolz.

»Aber dann«, fuhr Johannes Staiger fort, »wollte des hinterfotzige Luder doch glatt alles meinem Erzeuger petzen, also außer ich zahl ihr insgesamt zehntausend Euronen. So viel Geld hab ich aber nie nicht. Steckt doch alles in meinem Baby. Habt's schon gesehen meine Karre, oder?« Der Stolz des Besitzers war unüberhörbar.

»Wie ging es dann weiter?«, fragte Astrid, ohne sich über das in ihren Augen äußerst seltsame Liebhaberstück auf vier Rädern auszulassen. »Gar net. Weil sie war dann ja tot. Aber ich war des fei net.«

Bülent war fast geneigt, ihm zu glauben, obwohl er für die Tatzeit dann tatsächlich kein felsenfestes Alibi vorweisen konnte. Angeblich die ganze Nacht in seinem Zimmer gesessen und einen fetten Blues geschoben wegen der Kerstin hatte er.

Johannes Staiger ließ, nachdem er ausgeredet hatte, widerstandslos eine DNA-Probe von sich nehmen.

»Bin eh unschuldig, kann mir also nix passieren, oder? Kann ich jetzt wieder an die Arbeit? Ich muss noch eine Sau in die ewigen Jagdgründe schicken«, sagte er so leichtfertig dahin, als würde er zum Erdbeerenpflücken gehen.

»Wie bitte? Das ist ja wohl jetzt nicht Ihr Ernst? Solange ich hier stehe, werden Sie sicherlich niemanden ermorden. Haben Sie mich verstanden.« Da lag etwas gefährlich Scharfes in Astrids Tonfall, und Bülent ahnte, nein, er wusste, dass sie definitiv auf einen Eklat zusteuerten.

»Na, dann gehen Sie halt«, schnaubte der junge Metzger ohne einen Hauch von Gefühlsregung zurück. »Ich halt Sie nicht auf –

sicher nicht. Also dann servus.« Doch noch bevor er den Raum verlassen konnte, schoss Astrid schon an ihm vorbei gen Schweinestall und kettete sich dort mit ihren Handschellen am Gatterschloss fest. Geschlossene Gesellschaft sozusagen. Da half dann auch kein Schimpfen und Toben vom Staiger, und auch Bülents Stimme der Vernunft blieb ungehört. Astrid blieb eisern und hatte nur Augen für die arme Sau, die aufgrund dieses seltsamen Tamtams hysterisch in ihrem Stall herumfegte.

Schlussendlich gaben die Männer auf. Der Metzger, weil seiner Meinung nach das Fleisch jetzt gerade eh nix mehr taugen würde, weil das Vieh gestresst war bis unter die Schwarte, und Bülent, weil er schon wusste, wann er verloren hatte.

Das Tier durfte also leben und wurde von Astrid kurzerhand samt Bolzenschussapparat als Beweismittel konfisziert. Um einen weiteren schändlichen Mord zu verhindern – wie sie dem Staiger zu erklären versuchte. Der verzog sich daraufhin resigniert in seine PS-Schleuder und dröhnte sich den restlichen Tag mit Gabalier und Gras zu.

KAPITEL 14

Nix ist mehr wurscht

»Es ist so, wie es ist. Es gibt Leut, die haben ein Rindvieh im Schlafzimmer, bei uns hockt halt jetzt eine Sau im Garten«, sagte Maria einfach so dahin, als ob es die normalste Sache der Welt wäre, dass sich da urplötzlich in der untergehenden Sonne ein Schwein durch ihren Rasen grub und dabei noch brutal grob an ihrem Heiligtum entlangschrabbte: einem japanischen Teehäuschen, das Erkan seiner Liebsten in einem romantischen Anflug zur Silberhochzeit hingebrettert hatte. Und ein guter Handwerker war der eigentlich noch nie recht gewesen. So gesehen war das asiatische Trumm quasi eine heimwerkerische Rarität. Dementsprechend hätte Bülent zumindest von seinem Vater einen gewissen Grad an Rebellion bezüglich Astrids spontaner Einrichtung eines Gnadenhofes auf seinem Grundstück erwartet. Oder zumindest einen winzig cholerisch ausgelösten Schwächeanfall. Nichts, was weh tat, aber vielleicht ein bisschen zwickt. Kleine nachträgliche Rache zwecks der Sache mit dem Köhl. Verziehen hatte Bülent diesen Komplott nämlich noch nicht. Auch wenn natürlich nicht mehr darüber geredet wurde. Doch Erkan dachte überhaupt nicht daran, sich aufzuregen. Er stand da in seinem groß angelegten Gemüsebeet und ließ die Asylsuchende gemütlich darin herumfuhrwerken. Man konnte fast meinen, er wäre der Besitzer von Gut Aiderbichl persönlich gewesen. Ganz promilike übernahm Bülents Vater tatsächlich auch noch die Patenschaft von Hannelore, wie er das Vieh kurzerhand getauft hatte.

Nicht wegen der Angeheirateten vom Heino, Gott bewahre nein, sondern nach seinem großen Idol, der Elsnerin. Klasse Frau. Und wenn's seine Maria nicht gäbe, faktisch eine zum sofort Wegheiraten. So aber begnügte sich Bülents Vater mit seiner neuen tierischen Geliebten, kraulte ihr das Schmalz aus den Ohren und betonte zum wiederholten Male, dass die Astrid schon genau richtig gehandelt hätte.

»Das Mädchen hat Klasse, die musst dir halten«, flüsterte er seinem Sohn in einem unbeobachteten Moment zu, und schon wusste der, wohin der Hase lief. Gen Ehehafen. Klar, seine Eltern machten auf Schwiegertochter-Lieblinge. Daher diese überzogene Tierliebe. Dabei kamen die beiden sonst, rein kulinarisch betrachtet, selten an einem guten Stück Fleisch vorbei. Erst mischten sie sich in seinen Job ein und jetzt auch noch in sein Privatleben. Das musste man erst einmal verkraften.

Bülent hatte allerdings in diesem Moment absolut keine Lust, sich in irgendwelche Diskussionen hinsichtlich seines weiteren Werdegangs – emotional wie beruflich gesehen – zu verheddern. Zeit schon gar nicht. Die Aufklärung des Mordes – er konnte es selbst kaum glauben – hatte für ihn gerade oberste Priorität. Noch vor der Körperpflege, und das sollte was heißen. Aber Bülent wusste: Ohne brauchbares Ergebnis würde es so bald keinen Frieden für ihn geben.

»Astrid, komm, lass uns mal die Fakten sortieren«, wandte er sich daher an seine Assistentin, die wie festgetackert im Schneidersitz mitten auf der rambichlerschen Wiese saß und verklärt ihr gerettetes Stück Schinken betrachtete.

»Wie glücklich sie über ihre Freiheit ist, siehst du das, Büli«, schwärmte sie. »Ich glaube, wenn sie hüpfen könnte vor Freude, würde sie das tun.«

Bülent sah überhaupt nichts außer einer Furie auf vier Hufen, die gerade wie eine Irre durch das Blumenbeet seiner Mutter walzte.

»Ganz ehrlich, mir hätte sie zwischen zwei Semmelhälften und mit viel Senf besser gefallen«, stänkerte er, wohl wissend, dass Astrid derartig ketzerische Worte absolut nicht gefallen würden.

Aber er wollte hier und jetzt in diesem Moment unter den Augen seiner Eltern auch nicht mehr gefallen. Denn je netter er zu seiner Kollegin war, desto mehr phantasierten seine Erzeuger wahrscheinlich vor sich hin, dass zwischen ihr und ihm am Ende doch noch was laufen könnte. Oder gar sie selbst bildete sich was ein. Oder ja – auch er! Und das ging auf keinen Fall. Alles viel zu problematisch und viel zu gefährlich fürs Seelenheil. Nein, nein, für derlei herzlichen Firlefanz hatte er wirklich keine Kapazitäten mehr frei. Daher Selbstschutz-Modus an, Borsten ausgefahren und endlich Abstand geschaffen. War eh schon alles viel zu nah. Da musste er sich gar nichts mehr vormachen.

»Ey, sag mal!« Astrid war mittlerweile aufgesprungen und ihm hinterhergeeilt.

Sie packte ihn an den Schultern. Da, schon wieder klettete sie an ihm dran.

»Was bist du denn so fuchtig?«, fragte sie allerdings mehr besorgt als sauer.

»Bin ich gar nicht«, wehrte er ab. »Ich will nur meine Arbeit machen. Wir sind schließlich bei der Mordkommission und nicht bei der verflixten PETA.«

Geschafft. Jetzt hatte er sie wirklich gekränkt. Sunshinechen zog einen derart süßen Flunsch, dass es ihm gleich wieder den Pudding durch die Knie zog.

»Gut«, näselte sie pikiert. »Ist ja schön, wenn du endlich kapiert hast, was dein Job ist. Können wir alle nur von profitieren.«

Sie stakste, ohne ein weiteres Wort zu verlieren, an ihm vorbei und verschwand in ihrer provisorischen Kommandozentrale.

Bülent sah ihr hinterher. Sein Benehmen tat ihm freilich schon wieder leid. Das war schon alles recht verzwickt mit dieser Gefühlsebene. Vor allem zwischen Mord und Elternhaus.

»Allmächt, bist du ein Stoffel«, plärrte Erkan ihm zu, der natürlich alles mitbekommen hatte. »So kommst nie zu einem Stich, Bub. Also von mir hast des fei nicht. Gell, Maria, ich war da schon eher ein Gentleman.«

Nach Zustimmung heischend sah er sich nach seiner Angetrauten um, die auf der Terrasse saß und an etwas strickte, das verdächtig nach Babyschühchen aussah. Im neutralen Eierdotter-Gelb versteht sich. Maria nickte und lächelte ihrem Mann zu, wie sie halt immer nickte und lächelte, wenn sie einfach ihre Ruhe haben wollte. Bülent, der selbstredend absolut keinen Bock hatte auf einen verbalen Austausch mit einem selbsternannten türkisch-fränkischen Sexualtherapeuten, eilte Astrid hinterher und verrammelte die Tür des Kommandozentrale-Schuppens von innen. So blieben wenigstens alle Säue draußen – die alten wie die jungen.

Astrid würdigte Bülent erst einmal keines Blickes, sondern kritzelte eifrig auf dem Flip-Chart herum. In der Mitte prangte mit rotem Stift und in großen Lettern geschrieben der Name des Opfers sowie ihre wenig schmeichelnden Spitznamen Gelbwurst-Pflunzn und Dorfmatratze. Man musste ja schließlich bei der Wahrheit bleiben.

»Ich schreibe jetzt mal alle Personen dazu, die wir bereits vernommen haben, beziehungsweise die mit der Toten in irgendeiner Weise in Kontakt standen.«

Seine Kollegin sprach also noch mit ihm, wenn auch reichlich unterkühlt.

»Gute Idee«, schmeichelte Bülent herum und erntete nur ein träges Lächeln.

»Wirklich koscher scheint ja keiner von denen zu sein«, fuhr Astrid fort. »Aber in diesem Landstrich entspricht anscheinend das Unnormale der Normalität«, hieb sie ihm in die Seite. Ganz klar, das war jetzt an ihn adressiert.

»Du, ich …«, versuchte er mal wieder einen holprigen Anlauf, sich zu entschuldigen. Dieser Fall würde ihm definitiv eine Büßertrophäe einbringen. Sie brachte ihn mit einer Handbewegung zum Schweigen.

»Lass stecken. Wir reden mal länger, wenn diese ganze Sache vorbei ist.«

Ein letzter ernster Blick von ihr, und sofort Panik bei ihm. So richtig reden mit einer Frau – oh weh. Aus seiner wenigen Erfahrung wusste Bülent, dass man sich dabei unweigerlich auf ein Minenfeld begab, in dem man zwangsläufig in einem tiefen Fettnapf versank. Schauderhafte Vorstellung.

»Johannes Staiger hat für mich das eindeutigste Motiv von allen. Immerhin wurde er vom Opfer erpresst«, fuhr Astrid derweil ungerührt fort. »Aber eigentlich trau ich ihm das nicht zu. Er ist vielleicht ein kleiner Presssack-Betrüger, aber kein Mörder.«

Bülent nickte zustimmend. Froh darüber, dass das Gespräch wieder eine Richtung nahm, die ihn nicht in emotionale Schieflage brachte. »Seh ich genauso. Aber irgendwer muss es gewesen sein.«

»Vielleicht hilft uns das ja weiter.« Astrid zog ein äußerst zerfleddertes Buch aus ihrer Tasche und reichte es Bülent. »Sorry, ich hätte es dir schon längst zeigen sollen. Das ist das Kochbuch von Kerstins Oma. Seltsamerweise fehlen die meisten Seiten, und guck mal ganz hinten. Komisch, oder?«

Bülent blätterte auf die letzte Seite des antiquierten Stückes. Er runzelte nachdenklich die Stirn, als er die pfenniggenauen Geldbeträge entdeckte, die dort aufgelistet waren. »Ganz schön viel Kohle, wenn man das zusammenrechnet«, murmelte er. »Was bedeuten die Datumsangaben daneben?«

Astrid zuckte schuldbewusst die Schultern. »Hab ich noch nicht überprüft. Warte …« Sie zückte ihr Smartphone – das natürlich reichlich indisch bunt geschmückt daherkam – und fuhrwerkte eifrig darin herum. »Sonntag, es handelt sich immer um einen Sonntag«, stellte sie wenig später stirnrunzelnd fest.

»Ok, ja, hm.« Bülent stand die Ahnungslosigkeit auf der Stirn geschrieben. »Woher hast du das Teil überhaupt«, überbrückte er seine momentan eher gemächliche Hirnleistung.

»Bernd Rummsler hat es mir gegeben«, nuschelte sie kaum hörbar.

»Einfach so?« Bülent konnte sich beim besten Willen nicht vorstellen, dass dieser Typ freiwillig mit einer Frau kooperierte, ohne dass für ihn was auch immer dabei heraussprang. Das Was-auch-immer wollte sich der Hauptkommissar dann aber doch lieber nicht vorstellen.

»Klar, was glaubst du denn? Ich bin Kriminalbeamtin. Da hat selbst so einer Respekt«, blubberte Astrid möglichst überzeugend daher.

Bülent glaubte ihr kein Wort, irgendetwas schien sie noch vor ihm zu verbergen. Das sah er ihr an der Nasenspitze an. Doch bevor er weiter nachbohren konnte, fuhr seine Kollegin dazwischen.

»Übrigens, die Rosenhecke beim Pfarrhaus könnte doch unser Dornenbad sein, von dem der Rechtsmediziner gesprochen hat.«

Bülent schluckte. »Echt, das waren Rosen, ist mir gar nicht aufgefallen.« Er spürte regelrecht, wie ihm der Schweiß aus den

Achseln sprühte. Erkans Rasensprenger war ein Dreck dagegen. Im Lügen war er noch nie sehr gut gewesen. Im Tatsachen-Vertuschen auch nicht.

»Jetzt, wo du es weißt, fällt dir nichts auf?« Lauernd sah ihn seine Assistentin an.

»Ähm…« Einfach mal so tun, als hätte man von nix einen Plan. Schlechter konnte die Gesamtsituation dadurch auch nicht werden.

»Der Tatort direkt daneben. Dein Freund und die Tote gleichermaßen zerkratzt. Na, klingelt's?«

Bülent wühlte in seinem Hirn vergeblich nach einer plausiblen Antwort, als just in diesem Moment wieder einmal J. B. O. aus den Tiefen seiner Jackentaschen hervorgrölte. Ein Anruf auf dem Diensthandy, das konnte nur der Köhl sein. Schon wieder! Selten war der Hauptkommissar jedoch so glücklich über ein Telefonat mit seinem Chef wie in diesem unheilvollen Moment. Lange hätte er diese Verhörsituation nicht mehr durchgestanden. Astrid konnte wirklich penetrant sein.

Bülent fischte in seinen Taschen herum und förderte ein Smartphone zu Tage. Was dann verdammt noch einmal leider dann doch nicht das seine war. Vor lauter Aufregung hatte er nämlich sein Fundstück aus der Hecke – das mit dem unsäglichen Sheriffstern – an die Oberfläche gezerrt und Astrid somit quasi seinen Vertuschungsversuch auf dem Silbertablett präsentiert. Nie waren die Zeilen der fränkischen Metalband so treffend wie in diesem Moment. »Heut ist ein guter Tag zum Sterben.« Verdammt, verdammt, verdammt, dachte Bülent, während Astrid das Telefon in seiner Hand kritisch musterte. Er konnte förmlich den Gedankenfluss hinter ihrer Stirn plätschern hören. Und es war wohl kein sanftes Wässerchen, sondern eher eine reißende Strömung. Schließlich kannte sie seine Handys. Sowohl das private als auch das dienstliche. Dieses hier kannte sie aber nicht, und so guckte sie auch. Zumal sie wusste, dass er sich niemals so einen dämlichen Stern irgendwo hinpappen würde. Jetzt hieß es, kühlen Kopf bewahren.

»Das, ähm, habe ich gefunden!«, stotterte er wild darauflos, bevor sie überhaupt etwas sagen konnte. Dabei grinste er so dermaßen debil, dass es selbst einem Deppen – wenn denn einer im Raum gewesen wäre – auffallen würde, dass hier etwas nicht ganz sauber lief.

»Aha, und wo hast du es gefunden?« Sie mimte also die Arglose, spielte dabei aber seltsamerweise wie zufällig mit den Kabeln von Erkans Lügendetektor herum.

»Weiß nicht mehr«, brach es aus ihm heraus. Astrid fixierte ihn mit ernstem Blick. Oder war er traurig? Auf jeden Fall wirkungsvoll. Erschöpft ließ er sich auf einen wackligen Klappstuhl mit angeschimmeltem, daher mittlerweile flauschigem Blumenmuster sinken. »Also gut, es lag in der Nähe vom Pfarrhaus herum. Und eigentlich hab nicht ich es gefunden, sondern der Heinzi.«

Sie trat nun direkt vor ihn. »Und weiter?« Ihre Stimme hatte leicht an Schärfe gewonnen.

Bülent fuhr sich nervös durchs Haar und zwang sich ein unschuldiges Lächeln ins Gesicht. »Nix.«

Sogleich schnaubte sie wie ein Ross, es fehlte noch, dass ein Feuer aus ihren Nüstern loderte. »Mensch, Büli, das ist ein Beweismittel. Am Ende gehörte das vielleicht sogar dem Mörder, und du lässt es in deiner Tasche verwesen.«

Er schüttelte wild den Kopf. »Nein, nein, das gehört bestimmt jemand ganz Unwichtigem. Einem, der gar nichts mit dem ganzen Fall zu tun hat.«

Mist, das war vielleicht ein Hauch zu viel Gegenwehr. Und

klar: Es dauerte nur einen kurzen Moment, aber dann fiel er doch, der Groschen in Astrids Köpfchen.

»Du weißt doch mehr, als du sagst«, mutmaßte sie völlig richtig. »Gehört das Ding vielleicht deinem Kumpel? Diesem Suff oder Franz oder wie der heißt?«

Treffer, versenkt. Bülent sackte noch ein wenig tiefer in seinen Sitz. »Erwischt«, murmelte er. »Aber er war es nicht. Er hat's mir g'sagt, dass er es nicht war.«

Astrid legte sich für einen kurzen Moment ihre Zeigefinger an die Schläfen und schloss die Augen. Das hatte seine Mutter früher auch immer gemacht, wenn er als kleiner Bub etwas nicht ganz Regelkonformes getrieben hatte. Und genauso fühlte er sich gerade auch. Wie ein kleiner dummer Junge.

»Mann, Astrid, ich kenn den Franz, der würde keiner Fliege was zuleide tun.«

»Wir müssen trotzdem allen Spuren nachgehen, auch denen, die dir nicht schmecken«, fuhr sie ihn an. »Hast du wenigstens das Handy überprüft, ob brauchbares Material drauf ist?«

»Ging nicht, hat keinen Saft mehr und bestimmt einen Code«, bockte er und wusste selbst, wie dilettantisch das klang. Sie arbeiteten bei der Kripo, da ging fast alles. Wofür gab es schließlich die KTU im Haus.

Astrid schluckte einen bissigen Kommentar hinunter, das konnte Bülent genau erkennen. Dann fing sie sich. »Egal, was du glaubst, Büli. Wir müssen deinem Freund noch einmal gehörig auf den Zahn fühlen. DNA-Probe, Verhör, das ganze Programm. Am besten, wir lassen ihn gleich in U-Haft bringen.«

»Moment mal.« Aufgebracht versuchte er, sich unter Astrids amüsiertem Blick, aus dem Stuhl zu wuchten. Kam auch wirklich nicht so gut an mit seiner Autorität, wenn sie ihn als seine Untergebene von oben herab betrachtete.

Allerdings verhedderte sich Bülent so dermaßen sakrisch in dem altersschwachen Gelump, dass dies urplötzlich den Geist aufgab. Exitus und Wumms.

»Franz wird in Ruhe gelassen. Ich hab's ihm versprochen«, ächzte der Hauptkommissar Sekunden später leise unter einem Gestrüpp aus verbogenen Alustäben und Stofffetzen hervor.

KAPITEL 15

Heldinnen in Stützstrümpfen

Pünktlich um acht Uhr am viel zu frühen Morgen standen die beiden Nürnberger Ermittler vor Franz Geigers Hütte. Astrid war bestens gelaunt – fast schon zu gut für Bülents Geschmack. Er selbst hingegen kämpfte mit einem mordsmäßigen Hunger – windige Energiekugeln ersetzten nun einmal kein Rührei mit Speck – und mit Augenlidern, die sich partout nicht oben halten wollten.

Letzteres kam davon, dass er bis spät in die Nacht versucht hatte, seine Kollegin von ihrem Verhör-Vorhaben abzubringen, und als er bemerkt hatte, dass er mit Reden nicht weiterkam, hatte er sich auf einen völlig hirnrissigen Deal eingelassen. Sollte er 108 yogische Sonnengrüße hintereinander schaffen, dann würde sie seinem Freund noch eine kleine Schonfrist gewähren. Natürlich war Bülent sich vollkommen sicher, dass er diese lächerliche Prüfung locker bestand. Dieses bisschen Rumgedehne da würde er allerweil noch hinbekommen. Schließlich war er mehr als gut in Form. *He was the Body.* Schlussendlich triefte ihm schon bei Liegestütz – ja, sowas tat man da – dreißig der Saft aus den Muskeln, und er zitterte sich schwerfällig noch hin bis zum vierzigsten Sonnengruß. Danach war allerdings Ende im Beckenbodengelände. Wie ein zermatschter Frosch sackte er in sich zusammen und ließ sich, peinlich, aber wahr, von Astrid den Steiß massieren. In einem anderen Leben wäre diese Situation sicherlich ins Erotische abgedriftet, aber so ging es Bülent nur ums nackte Überleben. Sein unterer Rücken war nämlich nach den vorangegangenen Verrenkungen so dermaßen im Arsch, dass er bei jeder Berührung jaulte wie ein angeschossener Hund. Im Grunde war sein ganzer Bewegungsapparat ins Off geschossen worden. Er schaffte es noch nicht einmal mehr aufzustehen, um in sein Kinderbettchen drüben im elterlichen Gefilde zu kriechen. So verbrachte er die restliche Nacht auf einer unbequemen, aber rutschfesten und schweißabsorbierenden Yogamatte und mit einer äußerst liebebedürftigen Sau im Nacken, die ihm alle fünf Minuten zufrieden ins Ohr grunzte. Astrid wiederum hatte sich schließlich schön in ihr ruhiges Dorfkneipen-Domizil zurückgezogen und sah daher heute Morgen auch aus wie das blühende Leben. Während er schwerfällig Hannelores aufdringliches Borsten-Odeur hinter sich herzog, legte seine Assistentin einen Elan an den Tag, dass es einem ganz schwindlig werden konnte.

Dementsprechend ungeduldig wurde sie natürlich, als Franz sich auch nach mehrmaligem Klingeln nicht an die Tür bequemte. Astrid schlug mit der flachen Hand dagegen.

»Herr Geiger, Polizei. Bitte öffnen Sie.« Am liebsten wäre Bülent davongerannt, aber es ging halt nicht. Das lag aber eher an dem Muskelkater und weniger an seiner beruflichen Ehre. Die war ihm in diesem speziellen Fall scheißwurschtegal.

»Wahrscheinlich ist er gar nicht da.« Bülent lechzte es sowas von nach einem beschleunigten Abgang. Leider vernahmen die Ermittler just in diesem Moment eine wenig appetitliche, aber reichlich menschlich klingende Salve, und kurz darauf ertönte die Klospülung. Eh klar, das kleine Fensterchen zum geigerschen Badezimmer lag ja auch direkt neben der Haustür. Noch einmal kurz die Lunge von der angestauten Zähigkeit der Nacht befreit, und dann war auch schon wieder Stille.

»Das gibt's doch nicht. Der muss uns doch gehört haben«, gab sich Astrid mehr verdutzt als verärgert.

»Freilich. Aber wenn er nicht mag, dann mag er nicht«, erklärte Bülent jovial.

»Oder er hat was zu verbergen«, behauptete Astrid und quetschte ganz nebenbei die Haustürklingel in Grund und Boden. Eh klar, dass ihre Zornader am Hals schon wieder gefährlich zu pochen anfing. Vorbote für das ganz große Theater.

»Jetzt hör auf, der kommt nicht raus. Jedenfalls nicht so.« Bülent schob seine Kollegin etwas unsanft zur Seite und klopfte an die Tür. »Komm, Franz, mach auf, wir wissen doch, dass du da drin bist. Deine Fanfaren waren nicht zu überhören«, fügte er noch betont heiter hinzu.

Astrid schaute drein wie ein Bus mit Standlicht. Aber woher sollte sie auch wissen, dass man sich hier draußen unter Freunden weit weniger gschamig[12] unterhielt als anderswo, und die Dinge eben beim Namen nannte.

»Ich weiß ja, dass ihr hier draußen gerne mal ein eher tiefergelagertes Vokabular verwendet.« Ah, sie war doch nicht so ahnungslos, dachte Bülent überrascht, nicht wissend, dass seine Kollegin schon schwer mit dem Rummsler Bernd zugange gewesen war, der sich ja, gelinde gesagt, verbal nicht ganz wie ein Gentleman auszudrücken verstand. »Aber glaubst du, dass es in diesem Fall angebracht ist?«, fragte sie ihn in seine Gedanken hinein. »So nimmt man uns doch nicht ernst.«

Tut eh keiner, jauchzte es durch seine Hirnwindungen. Sagte er natürlich nicht. Stattdessen ließ er Astrid galant den Vortritt.

»Bitte, dann tu, was du nicht lassen kannst.« Noch bevor diese jedoch ihre Schuhspitze in das Holz der Haustür rammen

12 verschämt

konnte, ertönte aus dem Garten ein lautes, knatterndes Geräusch, das schwer nach ungesundem Zweitakter klang.

»Oh weh.« Bülent sog bedeutungsschwer die Luft ein.

»Was?« Nervös sah ihn seine Kollegin an. »Was, oh weh?«

»Er hat die alte Funz'n angeschmissen«, erklärte Bülent. »Dass das Ding überhaupt noch fährt.«

»Bitte?!« Astrid hatte absolut keine Ahnung, von was ihr Chef da gerade faselte, musste sie auch nicht, denn die Erklärung wurde ihr prompt geliefert. Es stellte sich heraus, dass es sich bei der Funz'n um eine hellblaue Schwalbe aus DDR-Beständen handelte, die Bülent und Franz seinerzeit, also faktisch als sie achtzehn gewesen waren, adoptiert hatten. Quasi als Promille-Vehikel, wenn es abends doch mal wieder ein bisschen feuchter zugehen sollte und man die Karre vorsorglich in der Garage ließ. So ein Zweirad fährt sich halt auch mit Schlag noch ganz gut. Und den Namen gab's, weil die Ostpritschen halt immer nur dann ansprang, wenn sie wollte und nicht, wenn der endgültige Rausch einen nach Hause trieb.

Jedenfalls bretterte der Franz jetzt gerade wie ein Derwisch mit dem pfeifenden Trumm an ihnen vorbei die Ausfahrt hinaus.

»Servus und tschüss«, schrie er ihnen noch unverschämt mutig aus der Hüfte gedonnert nach, und dann war's aber auch schon wieder vorbei mit dem Dr. Kimble für Arme. Pfeilgrad wurde er nämlich von einem froschgrünen Opel vom Sitz geschossen, der just in diesem Moment die Straße entlangrauschte.

»Den hat's jetzt aber mal sauber derbröselt«, stellte Erna mit einer gewissen Ehrfurcht in der Stimme fest. »Aber schau, er rührt sich noch«, sagte sie mit einem Blick zu ihrer Schwester gewandt, die verstört glotzend ganz tief drin in ihrem Sitz klebte. Die Holzkugelmassage-Auflage würde da mit Sicherheit ein paar grantige Dellen auf Traudls Buckel hinterlassen.

Franz Geiger wiederum lag stöhnend auf dem Teer, direkt neben ihm die Schwalbe, die keinerlei Lebenszeichen mehr von sich gab. Die Walders hatten den Vogel abgeschossen, könnte man sagen. Allerdings war ihnen zum Scherzen gerade nicht recht zumute.

Astrid und Bülent hetzten zum Verletzten und nahmen erst einmal keine große Notiz von den beiden lilahaarigen Fleischzwergen, die sich aus ihren Autositzen schälten.

»Jetzt wäre er euch fast entwischt, der Hundling, gell«, rief Erna ihnen um Aufmerksamkeit buhlend und mit geröteten Wangen zu, während Traudl alles in allem immer noch etwas käsig daherkam.

»Ihr zwei bleibt's, wo ihr seid, um euch kümmern wir uns später«, schrie Bülent zurück. Seine ganze Sorge galt jetzt einzig und allein seinem Spezi. Der allerdings führte sich auf wie ein Wahnsinniger. Also eben grad, soweit es ihm sein lädierter Körper gestattete. Aber den Umständen entsprechend schon heftig. Der Geifer rann ihm aus dem Maul, und ständig brüllte er etwas von Mordanschlag, Attentat und Spitzel-Arschlöcher. Bülent war gottfroh, als er die Sirene des nahenden Rettungswagens kreischen hörte. Anscheinend schien die derbe Kollision beim Franz wohl dafür gesorgt zu haben, dass es dem ein paar Sicherungen aus dem Schädel geschmettert hatte. Gerade schoss er nämlich auch noch wüste Todesdrohungen gen Walder-Zwillinge.

»Halt dei Goschen«, zischte Bülent dem Wüterich um Schadensbegrenzung bemüht ins Ohr. »Ich hab dein Handy am Tatort gefunden.«

»Scheiße«, dachte da der Franz laut, pfiff aber urplötzlich und dezent schief den Gefangenenchor aus Nabucco. Vollkommen irre, aber tatsächlich nüchtern, wie Bülent bei einer kurzen Geruchskontrolle von Franz' Atem feststellen musste. Er schien sich also an die in Alkohol gemeißelte Abmachung zu halten. Allein das war für den Hauptkommissar eigentlich schon Grund genug, an die Unschuld von seinem Kumpel zu glauben. Fluchtversuch hin oder her. Vielleicht hatte er auch einfach nur einen Ausflug machen wollen.

Derweil pfiff Franz sich immer noch die Lunge fransig.

»Jetzt beruhigen Sie sich doch bitte, Herr Geiger. Sie leiden sicherlich unter einem Schock«, gab Astrid sich betont einfühlsam. Hinter ihrer Stirn jedoch leuchtete bestimmt immer wieder und wieder das kleine Wörtchen »schuldig« in einer psychedelisch formatierten Word-Art-Variante auf, vermutete Bülent.

»An Scheiß hab ich«, krächzte der Geiger, dem langsam die Luft ausging und die Stimmbänder schlapp machten. »Diese zwei windigen Luder, diese elendigen, die haben mich doch mit voller Absicht gerammt. Des ist so sicher wie die Maß im Bierzelt.« Franz versuchte, sich in die Vertikale zu wuchten, kippte aber sogleich wieder rittlings nach hinten, sodass sein Kopf erneut gegen den Asphalt schepperte.

»Jetzt bleib liegen, du Depp«, schimpfte Bülent, der sich mittlerweile wirklich große Sorgen um den Gesundheitszustand seinen Kumpels machte. Außen das bisschen Blut, die Platzwunden und der seltsam verrenkte Arm, darum ging's nicht. Aber wenn sich inwendig ein paar Organe verheddert hatten, dann konnte es schnell zappenduster werden. Oder am End' hat's gar das Hirn zerlegt. Man wollte gar nicht länger darüber sinnieren. Wider Erwarten beruhigte sich Franz allmählich. Was wohl eher am steigenden Schmerzpegel denn an der wachsenden Vernunft lag. Seine Augen funkelten jedenfalls immer noch dermaßen zornig, als wäre der Teufel persönlich in ihn gefahren.

»Hör mal, Franz, die Walders sind vielleicht zwei windige Amseln, aber die rumpeln dich doch nicht vorsätzlich von der Funz'n runter. Des trau ich denen beim besten Willen nicht zu«, sagte Bülent und hätte nie geglaubt, dass er die alten Wachteln mal in Schutz nehmen würde.

»Ich schon«, brummte Franz, und selbst Astrid wiegte etwas zweifelnd ihr Köpfchen hin und her. Herrlich, diese Frau war an Ambivalenz nicht zu überbieten.

Bülent blieb allerdings keine Zeit mehr, sich weiter mit der verqueren Psyche seiner Kollegin zu beschäftigen, denn endlich kam der Sanka angerast und hätte beinahe mit der rechten Stoßstange die Erna aus ihren Gesundheitslatschen gesprengt. Aber eben nur beinahe.

»Sagt einmal, habt's ihr Kloschüsseln auf eure Glubscher?«, zeterte sie dann auch schon ohne Umschweife den Sanitätern in ihrer gewohnt einfühlsamen Art entgegen. Die allerdings schwiegen stoisch und taten einfach ihren Job. In wenigen Minuten war der Franz untersucht, für noch relativ lebendig befunden, auf die Trage gehievt und dort angeschnallt worden.

Auf diesen Augenblick schien wiederum Astrid gelauert zu haben. Denn kaum hing der schwer Angefahrene festgezurrt in den Seilen und am Tropf, jagte sie wie ein Wildtier aus ihrer Deckung und stopfte ihm – noch ein seichtes »Sorry« hauchend – ein DNA-Teststäbchen so tief in den Rachen, dass er fast das Würgen bekam. Gegenwehr zwecklos. Bülent ahnte, dass Astrid mit dieser eigenmächtigen Aktion ein Wiederaufkeimen der alten Männerfreundschaft wohl auf Dauer unmöglich gemacht hatte. Franz warf ihm jedenfalls, noch während sein leidender Körper verladen wurde, einen Blick zu, der nur eines bedeuten konnte: Verräter!

Schluss mit dem Gepfeife war auch, jetzt sang der Franz nämlich lauthals »Freiheit« vom Westernhagen Marius.

Bülent ärgerte sich. Aber am meisten über sich selbst. Schließlich war er der Häuptling, und auch wenn er die Untat, die da seine Kollegin verbrochen hatte, nicht angeordnet hatte, verhindert hatte er sie auch nicht. Immerhin, so beschloss er, würde er das Smartphone vom Franz wieder ganz tief unten in seiner Hosentasche versenken. Das war das Mindeste, was er tun konnte.

»So, das hätten wir schon mal.« Zufrieden mit sich und der Welt packte Astrid ihr Diebesgut in ihre Umhängetasche, die mit Peace- und Save-the-world-Pins nur so überzogen war. Was für eine verdammte Heuchlerin. Friedlich war in den Augen des Hauptkommissars nämlich mal was ganz was anderes. Das eben war eher gemeingefährlich. Der Franz hätte ersticken können.

»Hat das jetzt sein müssen«, ging er seine Kollegin schräg von der Seite an. »Er hat es doch überlebt. Und überhaupt, wenn er nichts gemacht hat, dann hab ich quasi den Beweis für seine Unschuld in meiner Tasche. Sieh's doch mal so.«

Allerdings war sich Bülent nach dieser Aktion gerade überhaupt nicht mehr sicher, ob Franz wirklich so unschuldig war, wie er immer behauptete. Irgendetwas stank da zum Himmel. Und just in diesem Moment war es der penetrante Geruch von echt Kölnisch Wasser, weil Erna ihm urplötzlich schon wirklich arg nah auf die Pelle gerückt kam. Mit spitzen Fingern bohrte sie an seinem Oberschenkel herum. Wahrscheinlich wollte sie ihm an die Brust tippen, aber da kam sie halt nicht hin.

»Du, Rambichler, kriegen wir jetzt eigentlich eine Belohnung zwecks unseres Fahndungserfolges?«, schnatterte sie da schon munter drauflos. »Und der Schaden an unserem Auto, den muss auch jemand zahlen.«

Gleich würde er explodieren, das spürte er genau. »Erna, des war schon ein Unfall, oder?«, fragte Bülent lauernd.

Sie wich seinem Blick geflissentlich aus. »Geh, des ist doch eigentlich wurscht, was es war. Hauptsache mir haben den Flüchtenden gestellt«, gab sich die Angesprochene betont lässig.

»War's ein Versehen, ja oder nein?«, brüllte Bülent so dermaßen laut, dass er glatt eine Eichhörnchenfamilie, die im geigerschen Vogelhäuschen residierte, dazu brachte, den buschigen Schwanz einzuziehen. Selbst Erna vibrierten für einen kaum merklichen Moment nervös die Augen, wie Bülent mit einer gewissen Genugtuung feststellte.

Astrid strich ihm sachte über den Arm. »Ruhig, Brauner. Ganz ruhig«, wisperte sie.

»Frei … Freilich war das nicht mit Absicht«, bekam Erna unvermittelt Schützenhilfe von ihrem Schwesterzwilling. »Mir fahren doch niemanden über den Haufen. So was machen mir doch nicht«, redete Traudl weiter. »Die Erna wollt auch noch bremsen, aber dann, dann hat's leider das Gas derwischt«, jammerte sie und erntete einen so was von giftigen Blick von der anderen Eineiigen, dass es gleich aus war mit ihrem weiteren Gerede. Bülent hatte sowieso genug gehört.

»Ihr zwei seid's eine Gefahr für die Allgemeinheit«, herrschte er sie an. »Aber damit ist jetzt Schluss. Erna, du gibst mir jetzt sofort deinen Lappen und die Autoschlüssel, und dann war's das erst einmal mit euren eigenmächtigen Schnüffel-Touren.« Auffordernd streckte Bülent der Walderin seine geöffnete Hand entgegen.

Die tat erst einmal klassisch keinen Muckser. Böse schauen tat sie, mehr aber auch nicht.

»Frau Walder, bitte. Seien Sie vernünftig, und kooperieren Sie mit uns«, half Astrid mit, den harten Brocken gefügig zu machen. War auch das Mindeste, was sie für ihn tun konnte, nach dieser egoistischen Höchstleistung von gerade eben.

»Sie hat aber doch gar keinen Führerschein nicht«, flüsterte

Traudl kaum hörbar. »Den hab doch damals nur ich g'macht, und weil mir uns so ähnlich sehen, hat einer gereicht. Ist ja nie was passiert. Also bis heute…« Jetzt liefen ihr die Tränen über die Wangen.

»Hör auf zu pfliedschen[13], sonst hast morgen wieder einen mordsmäßigen Katarrh und schnarchst in der Nacht wie ein Bär«, raunzte Erna ihre Schwester an und reichte ihr einen Schneuzhadern, der optisch nicht mehr ganz so fein daherkam. »Da, putz dir dei Nasn und beruhig dich. Die werden uns schon nix machen. Die haben schließlich andere Probleme zu lösen. Gell?«

Provozierend sah Erna in die Runde. Bülent fuhr sich erschöpft durch sein Haar. Müde war er gerade, sehr müde. Früher hatte er wenigstens nur in diesem Kaff gelebt, und das war schon anstrengend genug. Hier auch noch zu ermitteln grenzte fast an Körperverletzung.

»Also…«, begann er langsam. »Eigentlich gehört ihr wegg'sperrt. Aber ganz ehrlich, die paar Jahr kann man jetzt auch noch warten, bis ihr…«

»Ähm, die Autoschlüssel bitte«, fuhr Astrid Bülent schleunigst ins Wort, bevor dieser seine unheilvollen Gedanken weiter ausführen konnte. Verstanden hatten ihn eh alle. Also alle außer Traudl. Die sah mittlerweile aus, als würde sie jeden Moment die Ohnmacht küssen.

»Erna, ich glaub, ich hab ein Schleudertrauma«, jammerte sie und hielt sich ihren schmerzenden Nacken.

So ein wehleidiger Zwilling war schon auch eine Plage.

»Dann trinkst daheim einen Franzbranntwein, der brennt's dir raus. Und jetzt steig ein, mir fahren«, befahl Erna, ohne sich um irgendwas zu scheren.

13 weinen

»Moment, Sie dürfen doch nicht... also Sie können doch nicht... Büli, mach doch was«, rief Astrid.

Doch ihr Chef hatte von jetzt auf gleich keinen Bock mehr auf Stress. Diese alten Weiber, sollten sie doch fahren. Resigniert ließ sich der Hauptkommissar auf den Bordstein sinken. Fast schon teilnahmslos, gut, auch ein bisschen schadenfroh, sah er dabei zu, wie seine Assistentin sich bei dem Versuch, Erna den Autoschlüssel zu entreißen, ein paar deftige Watschen – verbal wie physisch – einhandelte. Immerhin, nach einigem Hin und Her mussten die Ü80er vor der Jugend kapitulieren und wackelten, wüste Flüche ausstoßend, von dannen.

»Vielen Dank auch für deine Hilfe.« Erschöpft und schwer atmend ließ sich Astrid neben ihrem Chef nieder. Sie triefte vor Schweiß, und in ihrem Gesicht waren deutlich die Spuren von Ernas Handabdrücken zu erkennen.

»Warum hast du sie denn nicht einfach fahren lassen?«, erwiderte Bülent.

»Hallo, die haben einen Menschen umgenietet.«

Bülent schnaufte verächtlich. »Das kam dir doch DNA-technisch total gelegen. Ein super Team, ihr drei. Wirklich. Jäger und Sammler kann ich da nur sagen. Ganz großes Kino.«

Ihr Blick nach diesen Worten, das war jetzt schon einer, der bis tief ins Mark ging. Bülent stand auf. Er wollte nicht noch mehr Porzellan zwischen ihnen zerschlagen.

»Was machst du jetzt?«, fragte sie ganz schüchtern.

Der Hauptkommissar blickte auf seine Uhr und lächelte. Wohlgemerkt das erste Mal an diesem Tag.

»Mittag essen!«, sagte er, und nach einem kurzen Zögern, also einem wirklich ganz kurzen, fügte er noch hinzu. »Kommst mit?«

KAPITEL 16

Grad so zum Speien

»Maria, das ist wirklich ein Gedicht«, schwärmte Astrid schmatzend und zog sich schon den dritten Sellerieschnitzelflatschen auf den Teller.

Erkan und Bülent zuzelten derweil noch missmutigst am ersten herum. Wobei, dieser panierte Gemüsewahnsinn ging noch halbwegs. Mit viel Ketchup flutschten die Brocken schon runter in den Magen. Aber dieses Quinoa-Geklumpe auf dem Teller. Bei jedem Bissen hingen einem Tausende von diesen trockenen Samen im Gebiss herum. Gesund sollte es sein, dieses Kulturgewächs aus den Anden, mag schon sein. Aber so ein gutes, deftiges Kalbsgulasch mit Nudeln hätte die Laune am Tisch womöglich von unterirdisch zumindest in vage Kellerregionen gehoben. Erkan schnaufte nämlich schon seit der Ankunft der Nürnberger Ermittler wie ein heißblütiger Kampf-Gigger[14], und es war sicherlich nur noch eine Frage der Zeit, bis er explodieren würde.

»Zur Nachspeise gibt's eine leckere Soja-Sahne, mit Goji-Beeren und Palmzucker«, frohlockte Maria und drückte damit unbedacht den Zündknopf. Erkan schmiss sein Besteck auf den Teller, dass es nur so schepperte.

»Meine Portion kannst der Hannelore geben!«, spuckte er mehr, als dass er schrie. Quinoa halt – überall.

»Sag mal, Erri, bist du noch ganz sauber? Wir haben einen

14 Hahn mit hohem Aggressionspotential

Gast«, bombte Maria zurück. Die natürlich freilich schon wieder ihr Schwiegertochter-Glück schwinden sah. »Wenn'st noch Hunger hast, dann geh halt in Gottes Namen an den Kühlschrank, da ist ein frischer Aufschnitt.«

»Echt«, jubilierte da auch der Sohn euphorisiert und sprang sogleich auf von seinem Sitz. Sein Vater tat es ihm gleich, stürzte in die Küche, stellte sich breitbeinig vor den Kühlschrank. Faktisch versperrte er Bülent den Weg.

»Nix da. Hier ist heut geschlossene Gesellschaft«, plärrte er dann auch noch zur Erklärung.

»Sag mal, spinnst jetzt. Lass mich.«

Astrid und Maria, die den Männern gefolgt waren, wurden nun Zeuginnen einer seltsamen Rangelei, wo es einzig und allein darum ging, die Herrschaft über die Kühlschranktür zu erlangen. Natürlich schlug keiner der beiden zu. Man war schließlich nicht asozial.

»Schluss jetzt! Ihr benehmt's euch ja wie die Asozialen«, plärrte Maria dann aber doch, weil sie selbst dieses Rumgeschubse schon grenzwertig fand. »Was soll denn die Astrid von uns denken.«

Diese grinste breit und legte beschwichtigend die Hand auf Marias Schulter. »Passt schon. Wenn man da herkommt, wo ich herkomme, ist man anderes gewohnt. Dagegen ist das hier ja nur ein Kinderspiel.«

Maria sah das trotzdem anders. »Erri, wenn du jetzt nicht aufhörst, schläfst du mir einen Monat im Keller. Ist des klar!? Dann hat sich's erst einmal ausgekuschelt«, zornte die Hausherrin weiter. »Und du gehst naus und kehrst jetzt die Straß«, befahl sie ihrem Sohnemann, wohl wissend, dass Bülent diese Tätigkeit von Kindesbeinen an hasste wie die Pest.

»Wieso, es ist doch gar nicht Samstag? Außerdem habe ich nicht angefangen, sondern der Vater«, bockelte er wie ein Sechsjähriger zurück. »Was kann denn ich dafür, wenn dem dein Essen nicht schmeckt.«

Erkan stampfte wütend mit dem Fuß auf, dass die Bodenflusen nur so unter seinen verschlissenen Hauslederlatschen hervorstoben. »Des ist nicht wegen dem veganen Gematschel …«, er warf Astrid einen entschuldigenden Blick zu, ehe er weitersprach, »… sondern weil du dich hier im Ort benimmst wie die Axt im Walde. Die Walders haben mich angerufen. Den Tod hättest ihnen g'wünscht und ihnen des Auto samt dem Führerschein unterm Arsch weggezwickt. Sag einmal, haben's dir ins Hirn geschissen, Bub?«

Erkans Birne brannte lichterloh. Bülents mittlerweile auch.

»Du wolltest doch immer, dass ich Polizist werd. Jetzt bin ich's, mache meinen Job, und jetzt passt es dir auf einmal auch wieder nicht. Die Erna fährt seit knapp sechzig Jahren ohne Führerschein durch die Gegend, was sagst jetzt dazu?«

Erkan entfuhr ein entnervter Stöhner. Theatralisch hob er die Hände zum Himmel. »Herr Allmächtiger, lass Gnade walten«, erbat er flehentlich, obwohl er jetzt nicht gar so ein Gläubiger war. »Glaubst denn du, mir hier draußen sind alle ganz deppert. Das mit der Erna weiß doch das ganze Dorf. Aber besser sie fährt als ihre verschusselte Schwester. Die hat nämlich schon ein paar Hund und zwei Gartenzäune auf dem Gewissen. Stillschweigende Duldung nennt man das.«

Maria nickte zustimmend. »So ist es, Bub. Die Sicherheit geht nun einmal vor.«

»Deswegen sollte auch besser keiner von den beiden mit dem Auto fahren«, gluckste Astrid aufs Herrlichste erheitert von dem ganzen Theater hier.

»Genau. Punkt und Ende der Diskussion«, setzte Bülent weit weniger belustigt noch einen obendrauf.

»Nix da. Du entschuldigst dich bei den Walders und gibst den Opel zurück«, pumpte Erkan sich erneut vor seinem Sohn auf. »Zumindest bis die Gemeinderatswahl durch ist. Jede Stimme zählt – verstehst? Es geht schließlich um meine Ehre.«

»Ich glaub, es hakt«, schnalzte Bülent zurück. »Wenn du diesen kriminellen Miniatur-Ganoven in den Arsch kriechen willst, bitteschön. Aber ohne mich. Mir reicht es jetzt. Ich bin raus – endgültig.«

Bevor er hinausstürzen konnte, trat Maria ihm in den Weg. »Geh, Bülent, bitte, jetzt bleib da. Der Papa meint es doch immer ein bisschen anders, als er es sagen tut. Das weißt du doch.«

Dieser Mutterliebe-Blick. Dass der aber auch immer wirkte. Bülent blieb und starrte grantig auf den Boden.

Astrid nahm sich derweil Erkan zur Brust. »Erri, hör mal«, säuselte sie. »In diesem Fall sind uns wirklich die Hände gebunden. Gesetz ist nun einmal Gesetz. Ganz ehrlich, so ein Schmierentheater hast du doch überhaupt nicht nötig. Dich wählt man doch zwecks deines Charisma und nicht, weilst andern nach der Pfeife tanzt. Das willst doch auch gar nicht, oder? Du bist doch eigentlich eine ganz ehrliche Haut.«

*

Wie Wachs schmolz der kleine Türke unter Astrids liebreizenden Worten dahin. Spontan nahm er Bülents Kollegin in den Arm. So ein patentes Ding, dachte er dabei. Ja, diese Frau hatte die politische Größe in ihm offensichtlich erkannt. Ganz anders sein Sohn. Der pfiff unverschämt in der Gegend herum und suchte dann glatt auch noch das Weite. Hinaus in den Garten. Angeblich, weil's ihm gleich schlecht werden würde vor lauter scheinheiligem Getue. Dieser Hitzkopf, dieser elendige, und das liebe

Mädchen rannte ihm auch noch hinterher, diesem sturen Hund, diesem sturen.

Gut, die Sache mit dem Köhl, also mit dem Bülent seinem Chef, das war schon damals nicht so ganz sauber gelaufen, gestand Erkan sich ein. Aber mit viel gutem Willen könnte man schon sagen, dass man ab einem gewissen Alter eigentlich unter ständiger Lebensgefahr stand. So ein Schlagerl konnte einen schnell treffen – siehe den alten Staiger. Demnach war das also mit seinem nahenden Abgang gar nicht so eine derbe Lüge gewesen. Stimmte schon, fein war es nicht. Aber Himmelherrgott, von allein wäre doch der Bülent nie nach Hause gekommen. Bloß, wenn er jetzt nicht blieb, wäre sowieso alles umsonst gewesen. Erkan sah ein, dass nur er noch das Ruder herumreißen konnte. Für ein gutes Vater-Sohn-Verhältnis, für die Lösung des Falles, na ja und klar, ein bisschen auch für seine politischen Ambitionen. Schließlich kann man erst andere lieben, wenn man sich selbst liebt. Und Erkan würde sich freilich schon ganz gerne haben, so als Gemeinderat.

»Was denkst denn so lang nach. Bring ihn zurück, den Bub«, drängte ihn Maria da auch schon. Ganz klar. Er war der Mann der Stunde. Er war praktisch der Thomas Müller aus Franken. Net auf dem Rasen, aber im Hirn. Quasi mit dem selbigen Gespür fürs Wesentliche. Gradaus, net links und net rechts rum, sondern direkt rein ins Ziel. Dazu brauchte es in seinem Fall keine lederne Kugel, sondern was ganz was anderes.

»Maria, hol mir das Geräucherte aus der Speis«, rief Erkan voller Tatendrang. »Jetzt hilft nur noch die kulinarische Keule.«

Wenig später balancierte Rambichler senior ein Brotzeitbrettl, beladen mit seinen legendären Schinkenbroten, vor sich her über den Rasen. Das war dem Bülent nämlich seine Leibspeise als Kind gewesen. Also immer dann, wenn was grob danebengegangen war, in der Schule, im Leben, in der Liebe – überhaupt, wenn's einfach mal nicht so gut lief. Das waren dann die Momente, wo der Papa, und nur der Papa, sein Taschenmesser auspackte und die leckersten und dünnsten Fleischfetzenstreifen schnitt, die man sich vorstellen konnte. Dazu ein Kanten Brot mit daumendick Bauernbutter drauf, und dann war auch schon bald alles wieder gut. Lang war's her, seit dieses Ritual ein letztes Mal vollzogen worden war. Hoffentlich wirkte es heute, dachte sich Erkan. Auch wenn er manchmal ein rechter Dickschädel war, Harmonie war ihm schon wichtig. Er fand Bülent und Astrid sitzend am Apfelbaum gelehnt. Zwischen ihnen lag die Sau und ließ sich genüsslich den Bauch kraulen. Sollte noch einmal jemand behaupten, Schweine wären doof. Erkan setzte sich etwas umständlich zu dem Dreiergespann und hielt Bülent sein Wiedergutmachmahl unter die Nase. Kaum jedoch roch Hannelore den Braten, sprang sie auf und rannte ängstlich quiekend unter den nächsten Busch.

»Ja, verreck, die erkennt ihre Verwandtschaft sogar, wenn sie geräuchert auf einem Butterbrot daherkommt«, lachte Erkan.

Selbst Astrid fand das lustig und kicherte wie ein junges Ding, das sie eben auch war.

*

Bülent allerdings wollte keinesfalls auf gute Stimmung machen. Ein Brot würde er freilich auch überhaupt nicht essen, selbst wenn ihm die Gelüst-Spucke wie die Niagarafälle vom Gaumen tropfen würde. Was sie selbstverständlich auch schon tat. Sollte sein Vater ruhig sehen, dass jetzt Schicht im Schacht war. Bis hierhin und nicht weiter. Aber die Brote sahen schon verdammt lecker aus. Erkan, der Sauhund, ließ es sich natürlich nicht nehmen, vor ihren Augen genüsslich einen Schinkenhappen nach dem anderen zu verspeisen. Er kaute dabei so vielversprechend darauf herum, dass selbst Astrid die Gier in den Augen stand. Und da, plötzlich wie aus dem Nichts, schnellte ihre Hand nach vorne, und Millisekunden später schob sie mit verzücktem Blick ebenfalls ihre Kauleisten von links nach rechts.

»Büli, die Dinger sind unglaublich«, mampfte sie ihm mit vollem Mund entgegen.

»Aber, du bist doch … Also …«, stotterte ihr Chef höchst irritiert.

»Exveganerin«, belehrte ihn Erkan, der vor Stolz über die gelungene Fleischbekehrung fast platzte.

Astrid schluckte den letzten Bissen hinunter und wandte sich an ihren Chef. »Weißt du, Büli, ich glaube, es ist an der Zeit, dass wir alle ein bisschen über unseren Schatten springen und endlich zusammenhalten, anstatt uns gegenseitig das Leben schwer zu machen. Im Grunde wollen wir doch alle nur das eine – den Mörder von Kerstin finden.«

Erkan nickte zustimmend. »Besser hätte ich es auch nicht sagen können. Also, Bub, sind mir wieder gut?«

Erkan hielt Bülent erneut die Brote hin. Einmal tief durchgeatmet und schwups, da hing dem Hauptkommissar der Schinken auch schon zwischen dem Kiefer.

»Du ermittelst also weiter?«, fragte Astrid, dieses verfressene Zeichen hoffnungsvoll deutend.

Bülent wiegte den Kopf hin und her. Er ließ sich Zeit, und grad schön war's, wie sowohl sein Vater als auch seine Kollegin ihn fast schon ängstlich abwartend dabei beobachteten. Der Kommissar kostete diesen Moment regelrecht aus. Abhängig waren sie von ihm, alle beide. Herrlich. Bülent schluckte den letzten Bissen hinunter.

»Also gut, eine Chance gibt's noch. Aber in Zukunft hältst du dich aus meiner Arbeit raus und redest nur, wenn du gefragt wirst. Haben wir uns verstanden, Vater?«

»Freilich nur«, gab sich Erkan extrem geläutert. Alles war wieder gut. Einzig Hannelore lag immer noch reichlich traumatisiert unter dem Fliederbusch herum und plante ihre baldige Flucht.

Und Astrid – die nuschelte etwas von dringender Zahnhygiene und verabschiedete sich ganz kurz in Richtung rambichlerscher Sanitärzone. Bülent war natürlich klar, dass seine Assistentin sich jetzt erstmal des Toten-Tier-Geschmackes entledigen musste, der ihr wohl noch ziemlich schwer im Gaumen hing. Mitnichten hatte er ihr nämlich abgenommen, dass sie von jetzt auf gleich zu einer Fleischlastigen geworden war. Umso mehr ehrte sie ihr Verhalten. Sie schien wirklich gerne mit ihm zusammenzuarbeiten, und mehr noch, selbst sein privates Glück – also das mit seinen Eltern, mehr gab's ja nicht – war ihr anscheinend äußerst wichtig.

Aus diesem Grund hielt sich der Hauptkommissar auch wenig später noch mit einem blöden Kommentar zurück, als Astrid das mittlerweile dritte Päckchen Wrigley's-Spearmint-Kaugummi aufriss, um sich kurz darauf erneut den kompletten Inhalt in den Mund zu stopfen. Sprechen konnte sie schon lange nicht mehr. War vielleicht auch just in diesem Moment besser so. Seit geschlagenen zwanzig Minuten warteten sie nämlich gerade schon in der örtlichen Sparkasse darauf, dass Katharina Fromm ihnen eine Audienz gewährte. Noch aber stand sie hinter ihrem Schalter, liebreizte mit sämtlichen Kunden herum und schien es absolut nicht eilig zu haben, sich den Ermittlern und deren Fragen zu stellen. Nicht einen Blick gönnte sie ihnen. Selbst Bülent fand dieses Benehmen mittlerweile ein wenig unverschämt. Fast schon verdächtig. Astrid jedenfalls hielt es schlussendlich nicht mehr aus. Sie fummelte sich den gummierten Minz-Batz aus dem Mund und rief einmal quer durch die ganze Filiale nach einer Vertretung für das frommsche Engelchen. Fand sich natürlich sofort eine zwiderwurzige Kollegin, die wohl nur zu gerne der Katharina mal ein bisschen Stress gönnte für all die Zweite-Reihe-Momente, die sie seit Lehrantritt dieser Prinzessin wahrscheinlich über sich hatte ergehen lassen müssen. Falsch lächelnd übernahm sie die Stellung, während Katharina irgendwie schon wieder ganz blass ums hübsche Näschen herum wurde.

»Ich weiß gar nicht, was Sie wieder von mir wollen. Ich habe Ihnen doch alles gesagt«, bockelte sie schon ziemlich süß daher, während die Ermittler ihr in den Konferenzraum der Bank folgten.

Eine etwas großspurige Bezeichnung für das kleine Kabuff, in dem sie sich wenig später wiederfanden. Nach großartigen Geschäften jedenfalls sah das hierin nicht aus. Selbst die Getränke waren von Penny – also noch nicht mal von Aldi, wie Bülent entsetzt feststellen musste. Ein bisschen Niveau konnte man bei seinen Geldangelegenheiten doch durchaus erwarten. Auch von einer Sparkasse, wie er fand. Trotzdem griff er zu dem Billigsprudel und exte ihn eiskalt, also eigentlich lauwarm, hinunter. Aber auch nur, weil ihm das salzige Schinkenintermezzo von vorhin schon arg das Gewässer aus den Knochen zog und er beim Reden schon teilweise die klebrigen Speichelfäden zwischen seinen Lippen spürte. Dann doch lieber Seuchbrüh schlürfen und einen halbwegs guten Eindruck hinterlassen. Wobei, der war jetzt auch schon wieder dahin, als er nämlich der Katharina das Bild aus Kerstins Spind vor die Linse knallte – also das mit dem Kühn Tommi und der Forever Love. Die Bankazubine hatte beim Anblick des Fotos spontan so gar keine Farbe mehr im Gesicht. Leichenblass war sie.

»Kennen Sie den Mann?«, fragte Bülent, obwohl schon irgendwie klar war, dass sie ihn kannte. Katharina nickte zaghaft.

»Ja, das ist der Tommi. Der Tommi Kühn.«

»Lief da was zwischen ihrer Freundin und dem Typen?«, schleuderte Astrid die nächste Frage hinterher und erntete statt einer Antwort einen fulminanten, wenig ladyliken Rülpser.

»Entschuldigung, mir ist gerade ziemlich übel«, piepste das angeschlagene Katharinchen, und schon rumpelte sie wie von der Tarantel gestochen zur Tür hinaus.

Na bravo, hoffentlich hatte die nicht so ein Magen-Darm-Gelumpe, hoffte Bülent, das fehlte ihm nämlich noch. Gut, für so eine temporäre Diät nie schlecht. Gerade aber fühlte er sich eigentlich ganz wohl mit seinem Gewicht.

»Ihnen scheint es in letzter Zeit aber oft nicht gut zu gehen«, tat Astrid betont unauffällig auffällig interessiert, als sich Katharina Fromm ein paar Minuten später, von einer leicht säuerlich duftenden Aura umgeben, wieder zu den Kommissaren an den runden Tisch schleppte. Was ging da wohl jetzt wieder im hübschen Köpfchen seiner Kollegin vor sich?, überlegte Bülent.

»Wie würde es Ihnen denn gehen, wenn Ihre beste Freundin ermordet wurde«, fauchte Katharina dann gleich mal ein wenig fuchtig zurück. »Und nein, ich weiß auch nicht, ob Kerstin was mit dem Tommi hatte.«

Dann redete die Fromme erstmalig plötzlich ziemlich frei von der Leber weg. Ihr wäre da auf dem Klo was eingefallen. Oder besser gesagt hochgekommen, amüsierte sich Bülent im stillen Gedankenkämmerchen ein wenig über seinen eigenen Wortwitz, hörte dann aber doch äußerst interessiert zu, als Katharina das ihr auferlegte Bankgeheimnis in Grund und Boden quatschte. Angeblich wäre nämlich der Bernd Rummsler gestern und heut in der Sparkasse aufgetaucht. Jedes Mal hatte er einen dicken Sack Kleingeld dabei, den man ihm in Scheine umtauschen musste.

»War zwar nie recht viel, aber für so einen wie den Bernd schon ein bisschen zu viel. Der ist doch ein Hartzer und lebt praktisch von seinen Eltern oder manchmal von dem, was er der Kerstin aus dem Geldbeutel geklaut hat. Der ist schon ein ganz komischer Kauz, und wie der immer schaut. So …« Katharina suchte nach den richtigen Worten.

»Lüstern?«, half Astrid.

»Genau: lüstern, und auch ein wenig irr. Also, ich glaube, den sollten Sie im Auge behalten«, empfahl Katharina eifrig. Man könnte fast sagen: ein wenig übereifrig.

»Schwanger?!« Mit großen Augen starrte Bülent seine Kollegin an.

Wobei, eigentlich versuchte er, an ihr vorbeizuschauen. Weil sie aber auch schon wieder mitten in der Zentrale astrein vor ihm auf ihrer Yogamatte rumturnen musste. Angeblich, weil sie der Besuch in der Sparkasse etwas verspannt hätte.

»Logisch. Das sieht man doch schon an diesem mystischen Glow in ihren Augen. Die hat doch gestrahlt wie ein Fixstern. Hast du das nicht gesehen?«, setzte Astrid ihre Ausführungen fort, während sie sich in vollster Eleganz in den Spagat sinken ließ.

Der Hauptkommissar verneinte kopfschüttelnd. »Ganz ehrlich, für mich hat die eher ausgesehen wie das Leiden Christi in Vollendung. Außerdem ist eine befruchtete Dorfschönheit gerade unser geringstes Problem. Für unseren Fall bringt das jedenfalls nichts.«

Astrid legte ihren Kopf schief und lächelte spitzbübisch. »Na ja, kommt ganz drauf an, wer das Röschen bestäubt hat?«

Zack, und Spagat auf die andere Seite – seine Seite. So schnell konnte er gar nicht zur Decke glotzen. Klar, dass ihm gleich die Phantasie querschoss, wenn er sie da so sitzen sah. Derweil floss ihm auch noch der Schweiß angeregt aus allen Poren. Schnell tat er, als ob er seine Schuhe binden müsste. Was jetzt bei seinen Wildlederschleichern schon leicht dämlich daherkam.

»Wenn du mich fragst, sollten wir uns den Bernd Rummsler noch einmal vornehmen, das bringt uns wahrscheinlich weiter«, versuchte sich Bülent jetzt wieder auf das Wesentliche zu konzentrieren. »Ach, komm schon, Büli. Die Fromm hat uns doch mit voller Absicht auf dem seine Fährte angesetzt.«

»Schmarrn. Die wollte uns nur helfen«, widersprach Bülent, der weiterhin an einen blonden Unschuldsengel glauben mochte, auch wenn er insgeheim Astrid schon Recht geben musste.

»Sagt wer? Dein Hirn oder dein Unterleib?«, kam es dann auch schon wieder prompt zurückgeschossen. »Ich glaube ja, die wollte einfach von sich selbst ablenken, und da kommt ihr der Rummsler natürlich sehr gelegen.«

»Weil er halt auch einen an der Waffel hat«, unterbrach Bülent seine Assistentin, die sich mittlerweile, halleluja, wieder in einer wenig anrüchigen Pose bewegte.

»Hat er, ohne Frage, aber das macht ihn noch lange nicht zu einem Mörder. Vor allem die eigene Schwester abmurksen, da gehört schon viel dazu. Und was ist überhaupt mit diesem Tommi Kühn? Den sollten wir uns eigentlich auch schnellstmöglich vorknöpfen.«

»Du hast ja Recht«, lenkte Bülent ein. »Trotzdem würde ich schon gerne wissen, woher das ganze Kleingeld stammt, das der Rummsler da jeden Tag in die Bank schleppt.«

»Eine wirklich gute Frage.« Astrid unterbrach ihre Übungen, setzte sich in den Schneidersitz und verfiel augenblicklich in eine tiefsinnige Grübelei. Dabei knabberte sie wie ein Karnickel auf Speed an ihren Fingernägeln herum. Das tat sie immer, wenn sie eine Antwort in sich drin eigentlich schon spüren konnte, aber ihr Hirn sie einfach ums Verrecken noch nicht ausspucken wollte.

»Kleingeld, Kleingeld, Kleingeld. Woran, zum Teufel, erinnert mich das bloß?«, murmelte Astrid, kam aber nicht weit in ihren Überlegungen. Plötzlich wurde nämlich die Tür des Schuppens aufgerissen.

»Mahlzeit«, brüllte Erkan und kam bestens gelaunt hereingestolpert. In Händen hielt er einen großen Kochtopf, den er nun fast schon ehrfurchtsvoll vor der völlig überraschten Astrid auf deren Matte platzierte. »Komm, schau nei, des haut dich um vor Freud. Jetzt, wo du kulinarisch doch eine von uns geworden bist«, blubberte Erkan aufgeregt durch den Raum. Astrid tat, wie ihr geheißen, und freilich haute es sie dann gleich wie nix um – allerdings mehr so rein moralisch betrachtet. Tja, so eine warme, aufgeplatzte Blutwurst mitten drin im schönsten Sauerkrautgematschel war eben schon ein recht optisches Massaker.

KAPITEL 17

Allumerdum gehts hintenrum

Erkan mimte freilich auch noch Stunden nach dem Blutwurstdebakel die beleidigte Leberwurst. Wie konnte man nur so eine derartige Spezialität verschmähen? Ganz klar, dass er den Topf dann aus lauter Frust im Alleingang gefressen hatte. Jetzt lag er mit geöffneter Hose auf der Küchen-Eckbank, und es war ihm natürlich schlecht bis unter die Hirnrinde. Selbst sein Allheilmittel, der Raki, schlug nicht an. Jedenfalls musste man sich das mit der Astrid als Schwiegertochter noch einmal reiflich überlegen. Die Nahrungsaufnahme war ihm nun einmal ein essentielles Grundbedürfnis, und er konnte sich auf keinen Fall vorstellen, allerweil nur so ein Tofugraffel in sich reinzuschaufeln. Schon rein körperlich würde er das auf keinen Fall packen. Grad depressiv würde er davon werden, erklärte er der Maria, die einmal mehr die Augen verdrehte.

»Jetzt übertreib doch nicht schon wieder so. Erstens würden die beiden sicherlich nicht jeden Tag bei uns essen, und zweitens einmal in der Woche würdest es auch du überleben«, sagte sie beschwichtigend.

»Ja, und was ist mit dem Bülent seinem Nachwuchs? Du glaubst doch nicht, dass ich meinen Enkel mit einer Selleriestange durchs Dorf fahren werd. Des kennt man nämlich von diesen Radikalen, die machen ja selbst vor ihren eigenen Kindern nicht halt. Da wird ein unschuldiges Wienerle behandelt, als wär's ein Schwerverbrecher. Was würden dann erst die Leut sagen, wenn's den unterernährten, blassen Wurm in seinem Kinderwagen wimmern sehen. Jetzt können die Rambichlers sich schon nix mehr G'scheits zum Beißen leisten, werden sie sagen. Und schon bist am Rande der Gesellschaft angekommen. Glaub mir, das geht schnell.«

Maria sah ihn genervt an. »Geh ins Bett und grein dei Kissen voll«, grollte sie ihn an. »Ich mag die Astrid, und mir ist des wurscht, von was die sich ernähren tut. Hauptsach ist, die macht mir mein Bülent glücklich. Und was meine Enkelkinder mal essen, des entscheid immer noch ich. Weil ich bin die Oma. Basta. So, und jetzt holst mir einen Fräschänet aus dem Keller, damit ich dein G'schmarri nunterspülen kann.«

Die Flasche Freixenet Semi Seco – weil halt nicht zu trocken, sonst zuzelte es einem immer alles zusammen – war dann auch relativ schnell leer getrunken. Was der friedlichen Stimmung im Hause Rambichler äußerst zuträglich war. Maria schnarchte nämlich ab Minute eins von *Dahoam is Dahaom*, diesem BR-Dauerbrenner, auf der Couch, und Erkan konnte sich getrost seinen Verschwörungstheorien hingeben, die sich um die Vegetarier im Allgemeinen und um die Veganer im Besonderen drehten.

*

Bülent und Astrid hatten von all dem gedanklichen Sondermüll, der da gerade im rambichlerschen Wohnzimmer fabriziert wurde, natürlich keine Ahnung. Besser war es. Außerdem waren die Ermittler gerade vollauf damit beschäftigt, einen wilden Mob, bestehend aus den Mitgliedern der katholischen Landjugend, unter Kontrolle zu bringen. Seit fünfzehn Minuten standen sie nun schon in den Räumlichkeiten dieser Strunzheimer

Saubande, und wenn da nicht so prominent ein riesiges Kreuz an die Wand genagelt wäre, hätte man sich fast denken können, man befände sich am Versammlungsort der Hell's Angels. Wobei, bei denen ging es am Ende womöglich noch weitaus gesitteter zu. Hier jedenfalls herrschte ein Sodom und Gomorrha. Wer nicht rauchte, der knutschte, und wer grad nicht soff, der grölte sich kommunikativ höchst niveauvoll was aus dem Gesicht.

»Du, der Rotzi ist am Samstag die Schniedlerin angegangen.«

»Die Schniedlerin?! Geilomat, die hat schon aber auch einen top Vorbau.«

»Klar, ein echter Doppel D. Aber g'laufen ist nix, weil der Rotzi schon wieder voll war bis zu die Füß.«

»Allmächt, ist des ein Depp. Und? Hat er wieder in die Hosen geschifft g'habt?«

»Freil!«

Genauso und noch anders drang es an das Ohr der Kriminaler. Es war jedenfalls ein einziges wüstes Gelage. Aber das war es hier schon immer gewesen, erinnerte sich Bülent. Er selbst war ja auch mal ein Mitglied dieses Vereins gewesen. Vor allem weil seine Mutter dermaßen darauf gepocht hatte. Was ein echter Rambichler war, der gehörte einfach in die katholische Landjugend wie das Amen in die Kirche. Die Mitgliedschaft hatte Tradition, und zwar schon aus Urgroßvaters Zeiten heraus. Erst wollte Bülent ja noch verweigern, weil er damals dann herausfand, dass da doch nicht nur gesoffen wurde, sondern dass da on Top noch einiges dazukam, was man sich mit Unterschrift quasi ans Bein band. Bauerntheater-Aufführen vor der ganzen Gemeinde, Volksgetanze in Tracht und um den Kirchweihbaum herum, jedes Jahr Fasching bis zum Exzess und noch ganz viel mehr Ländliches und Traditionelles. Jedenfalls nix, worauf er als Teenager riesige Lust gehabt hätte. Aber der Franz, der war ganz heiß drauf gewesen. Höchstwahrscheinlich wegen der Mädchen, die alle teilweise sehr willig daherkamen, und womöglich auch wegen der praktisch göttlichen Legitimation zum Saufen. Jedenfalls war's dann wirklich eine schwer lustige Zeit gewesen. Man konnte durchaus viel Spaß haben in diesem Club. Und daran schien sich bis dato nix geändert zu haben.

»Hast du den Kühn schon gesehen?«, fragte Bülent seine Assistentin. Wegen dem Tommi Kühn waren sie schließlich auch da, der war nämlich der erste Vorstand von diesem christlichen Hallodrihaufen.

Astrid, die reichlich konsterniert aus der Wäsche blickte, weil eben auch ein paar angeschossene Burschen ihr offensiv an dieselbige wollten, schüttelte den Kopf.

»Hey, stimmt des, dass ihr den Suff verdächtigt?«, schrie da plötzlich einer aus der Truppe, und schlagartig wurde es still rundherum.

Alle Augenpaare richteten sich auf die Ermittler, und recht freundlich schaute dabei keiner drein.

»Wir verdächtigen prinzipiell jeden, das ist unser Job«, versuchte Bülent, humorvoll einer konkreten Antwort auszuweichen und hätte damit fast eine regelrechte Massenpanik ausgelöst. Plötzlich hatten viele die Hosen gestrichen voll und drängten gen Ausgang. Anhängen wollte sich hier nämlich keiner was lassen. Marihuana-Pflanze auf dem Fensterbrett hin oder her.

»Hey, jetzt kommt mal wieder runter. Mein Kollege wollte damit nur sagen, dass wir noch am Anfang unserer Ermittlungen stehen«, versuchte Astrid die aufgebrachte Menge zu beruhigen.

»Aber ihr glaubt doch, wir haben alle was damit zu tun«, kreischte ein Mädchen hysterisch, wurde aber augenblicklich wieder ruhig, als ihr jemand ein Cola-Weizen vor die Visage schob.

»Nein, das tun wir nicht«, ruderte Bülent nun auch zurück. »Aber vielleicht weiß einer von euch was, das uns weiterhelfen könnte. Zum Beispiel, wo wir den Kühn Tommi finden.«

»Warum? Was wollt ihr von ihm?«, kam es nun misstrauisch aus einer anderen Ecke.

»Wir wollen ihm nur ein paar Fragen stellen. Auch das ist unser Job«, langsam war es nicht mehr weit her mit Bülents Geduld. »Aber wir können das Gespräch auch gerne morgen im Revier fortführen, wenn euch das lieber ist.«

»Du meinst, im Gartenschuppen von deinem Alten?«, plärrte da schon wieder so ein Aff. Klar fanden das jetzt alle furchtbar amüsant.

Da schob Astrid wie zufällig ihre Jacke zur Seite und gab den Blick frei auf ihr Holster, in dem natürlich höchst demonstrativ und für alle gut sichtbar ihre blank geputzte Dienstwaffe steckte. Natürlich wollte sie die keinesfalls jemals abfeuern. Sie war schließlich Pazifistin, Yogistin und außerdem grottenschlecht im Zielen und Abdrücken. Aber wenn's der Erziehung störrischer Subjekte dienlich war, warum nicht mal so tun, als könnte sie, wenn sie nur wollte.

Effektiv war diese Methode auf alle Fälle. Denn schlagartig verstummten die Bälger. Nur einer wagte noch ein »Scheißbullen« in den Raum zu werfen, duckte sich dann aber sehr schnell hinter den Buckel seines Vordermannes.

»Also, wo ist der Tommi?«, harschte Astrid ganz Bad Cop die Bande an.

»Der hockt schon seit einer halben Stund auf dem Scheißhaus, der ist nämlich in dem Staiger seine Faust neigefallen, und jetzt blutet er wie eine abgestochene Sau«, blabberte das junge Ding von vorhin geradeheraus. Also die, die jetzt mittlerweile schon einen Liter Cola-Weizen intus hatte. Bei so einer Ausdrucksweise hätte es sich dann mit dem Traumprinzen vor dem Traualtar auch erledigt, dachte sich Bülent, ehe er seiner davoneilenden Kollegin auf die Männertoilette folgte.

Tommi Kühn war schon wirklich ein Hübscher. Das musste selbst Bülent neidlos anerkennen. Auch wenn er schon ein wenig arg grantig zugerichtet worden war vom Metzgersohn und es ihm den Kiefer leicht verzogen hatte. Dennoch war ihm eine gewisse Grundattraktivität nicht abzusprechen. Zu allem Überfluss saß der Kühn auch noch mit seinem nackten – »ich schaff's auch in die Men's-Health-Oberkörper« auf dem Klodeckel. Sein weißes T-Shirt wurde von Astrid jetzt nämlich kurzerhand dazu benutzt, ungefragt die Blutspuren aus Tommis Gesicht zu tupfen.

»Wenn du fertig bist, Mutter Teresa, dann können wir vielleicht mal ein paar Fragen stellen«, frotzelte Bülent und ärgerte sich im selben Moment über seine abhandengekommene Souveränität.

Sie lächelte nur hintersinnig, ließ aber tatsächlich vom Cover-Boy ab. »Schon gut, passt eh fast wieder.«

»Wirklich?« Hoffnungsvoll sprang der Tommi vor den fast blinden Spiegel und erschrak sauber vor seinem eigenen Anblick. Freilich stand ihm gleich das Pipi in den Augen. Ein Baum von einem Mann, aber weich wie Dotter. Klar, dass Astrid da gleich noch mehr dahinschmolz.

»Warum hat Sie denn der Staiger so zugerichtet?«, fragte Bülent mitten ins Geflenne hinein, während seine Kollegin inzwischen wie ein Monchichi glotzte und es zu befürchten war, dass sie auch noch mitgreinte.

»Der hat gemeint, ich hätte ihm die Kerstin ausgespannt. Ich weiß gar nicht, wie der auf sowas kommt.«

»Vielleicht deswegen.« Astrid zeigte ihm das Foto aus Kerstins Spind.

Tommi Kühn bekam große Augen. »Ja, jetzt wird's hint höher wie vorn«, sagte er. »Woher habt's denn des Foto?«

»Das hing bei der Kerstin im Spind«, klärte ihn Bülent auf. »Eine Ahnung, wie es da hinkommt?«

Heftiges Kopfschütteln. »Nein, also von mir hat sie das nicht. Des war immer in meinem Geldbeutel drin, und irgendwann war es weg.«

»Sie tragen Bilder von sich mit herum – warum?« Astrid war durchaus etwas erstaunt.

»Na ja, die Mädels hat's immer gefreut, wenn ich ihnen ein Bild von mir dagelassen hab. Nachdem mir also, na ja…« Er grinste wie ein kleiner schelmischer Lausbub. »Aber des mach ich schon lang nicht mehr, also Kistenhopping. Ich bin jetzt schon eher treu.«

»Aha, und wem?« Das klang jetzt fast schon ein bisschen eifersüchtig von seiner Kollegin, fand Bülent. So leicht angeschrillt in der Stimmlage.

Tommi Kühn zögerte mit der Antwort. »Also, eigentlich ist des geheim. Zwecks ihrer Eltern, die dürfen von nix wissen. Die sind ein bisschen altmodisch und stellen sich schon was Besseres vor für sie. Außerdem ist ihr Vater mein Chef, und ich hab ihr hoch und heilig versprochen, dass ich meine Goschen halte«, fügte er noch leise hinzu.

Bülent riss augenblicklich die Klotür auf und rief hinaus in die lauschende Menge: »Wer ist der Chef vom Tommi?«

»Der Fromm!«, kam es mehrstimmig zurück.

»Ah, da schau einer an.« Zufrieden schloss Bülent die Tür wieder. »Sehen Sie, jetzt mussten Sie gar nichts ausplaudern. Sie haben also ein Techtelmechtel mit der Katharina?«

Was dann als Antwort aus dem Befragten heraussuppte, war eine Ode an die Liebe, dass es den Ermittlern praktisch das Schmalz aus den Ohren drückte. Das war nicht nur eine Affäre, das war eine Seelenverwandtschaft, das pure Glück. Die Einzige, die ihn jemals verstanden hatte. Ganz zu schweigen von der körperlichen Anziehung. Ein intimes Inferno war das jedes Mal. Das war der Moment, in dem Bülent auf Durchzug schaltete und Astrid sich heftigst an ihrer eigenen Spucke verschluckte.

»Aber das war alles mal«, wehmütete der Tommi und schnaufte schwer. »Die Katharina hat sich total von mir zurückgezogen. Meldet sich nicht mehr und geht mir absolut aus dem Weg. Als ob sie mich nicht mehr kennen tut oder ich die Krätze hätte. Hab ich aber net – schon klar, oder?«

Logisch, dass die beiden Kripobeamten bei dieser Aussage hellhörig wurden. Astrid wohl eher aus rein weiblich egoistischen Gründen.

»Und woran könnte das liegen?«, bohrte sie nach.

»Was?« Tommi schien wirklich arg mitgenommen zu sein, jedenfalls seinem trägen Hirn nach zu urteilen.

»Na, dass sie Sie nicht mehr will. Vielleicht, weil Sie doch ein Verhältnis mit der Kerstin hatten und die Katharina Ihnen auf die Schliche gekommen ist?«, schmetterte Bülent jetzt einen raus.

Oder aber weil sie schwanger ist und nicht weiß, wie sie es sagen soll, lag es Bülent auf den Lippen. Aber er wollte in Tommis Kopf jetzt nicht noch mehr Chaos anrichten. Er schien ihm eh leicht desolat daherzukommen. Er befürchtete fast, dass das immer so war.

»Aber das stimmt doch nicht. Niemals hatt ich was mit der Gelbwurst-Pflunzn«, plärrte der Kühn aufgebracht. Was schon verständlich war ob dieser in seinen Augen wohl grausligen Unterstellung. Aber dass er dann auch gleich noch so zum pfliedschen anfangen musste? Die jungen Männer heutzutage waren schon arge Greinmachalas[15], entschied Bülent insgeheim für sich. Astrid begab sich natürlich sofort in die Rolle der Trösterin und nahm den armen Verlassenen in ihre Arme. Wann hatte sie wohl sonst schon mal die Gelegenheit, so einen ausgeprägten Sixpack an der Hüfte kleben zu haben.

Draußen trommelte jemand heftig gegen die Tür. »Hey, braucht's ihr noch lang da drin. Ich müsst nämlich auch mal meine Nudel ausquetschen.« Ein einziges Theater war das hier.

»Geh halt naus zum Schiffen«, bombte Bülent zurück. Ja, auch er beherrschte die Sprache seiner katholischen Jugend noch hervorragend. »Wo waren Sie denn eigentlich in der Nacht von Freitag auf Samstag, Herr Kühn«, setzte Bülent nach seiner kurzen Verbal-Entgleisung die Fragestunde fort.

Tommi Kühn musste nicht lange überlegen. »Im Sportheim. Spielersitzung bis ungefähr um fünfe in der Früh.«

Astrid sah Bülent fragend an. »Fußball«, erklärte der wie selbstverständlich. Was auch sonst.

Tommi reckte seinen rechten Daumen gen Himmel. »Genau, ich bin der Mannschaftskapitän.«

Wen interessiert's, wollte Bülent schon meckern, aber ließ es dann bleiben. »Also gut, ich nehme mal an, es gibt jede Menge Zeugen für Ihre Anwesenheit?«, fragte er stattdessen.

»Logisch, den Hartmut, den Eber, den Filz, den Chrissi, den Ramsauer, den Wutz, den Julie, den Hundsgsichtigen …«

»Schon gut«, unterbrach Astrid ihn sanft. »Wenn Sie mir bitte die Kontaktdaten Ihrer Fußballerkollegen per SMS schicken, damit wir Ihr Alibi überprüfen können.« Sie kritzelte doch jetzt tatsächlich mit Kugelschreiber dem Kühn ihre Telefonnummer auf

15 Heulsusen

den Arm. »Sie haben doch ein Handy, oder?«, versicherte sich Astrid noch.

Der Befragte nickte eifrig. »Freili.«

Also wenn das keine Absicht war. Bülent fand diese Art des subtilen Antanzens fast schon bewundernswert. Aber gefallen tat es ihm selbstverständlich überhaupt nicht. Man war schließlich die Exekutive, und als solche musste man schon ein wenig Abstand wahren zum Volk. Kurz: Es pikste gewaltig in ihm drin. Da so in der Herzgegend.

Wieder schlug jemand gegen die Klopforte. »Hey, Tommi, verzähl den Kriminalern noch von der Christkindle-Verarsche. Des ist bestimmt wichtig.« Es war definitiv das Cola-Weizen-Girl, das da vor dem Klo rumfuhrwerkte, und wahrscheinlich waren ihre Löffel schon ganz platt gedatscht vor lauter Lauschen.

Bülent öffnete mit einem Ruck die Tür, und das Mädchen flog ihm entgegen, direkt an seine Brust. Dort blieb sie dann vor Schreck erst einmal pappen und sah es überhaupt nicht ein, so schnell wieder loszulassen. Fast anschmiegen wollte sie sich an Bülents behemdeten Oberleib.

Immerhin erfuhren die Ermittler auf diesem Wege völlig unkompliziert, weil das junge Ding grad sehr zufrieden mit ihrer Lage war, was sie mit ihrer seltsamen Aussage gemeint hatte. So gab es jedes Jahr ein Gemeindechristkind, das aus den Reihen der Landjugend gewählt wurde. Eigentlich waren sich alle sicher, dass dieses Weihnachten die Katharina dran sein würde, die vom Kirchturm oben das heilige Sprüchle runterplärren durfte. Aber am End hatte die Wahl dann die Kerstin gewonnen gehabt. Was komisch war, weil gewählt hatte die bestimmt kein Einziger. Trotzdem hatte der Pfarrer Winter felsenfest behauptet, dass das Ergebnis eindeutig gewesen wäre. Der hatte die Stimmen nämlich ausgezählt. Und zwar alleine.

»Da muss irgendwas hintenrum g'laufen sein«, ereiferte sich jetzt auch der Tommi.

»Und wenn es vielleicht doch ein paar heimliche Kerstin-Fans gab?«, fragte Astrid vorsichtig nach.

Die jungen Leute schüttelten synchron ihre Köpfe.

»Wirklich nicht!«, tönte es höchst überzeugend aus beider Münder.

»Da ist was ganz oberfaul!«, hieb das Mädchen noch nach und löste sich endlich vom Körper des Hauptkommissars. Aber nur, weil sie schon wieder einen rechten Durst hatte.

Astrid und Bülent vernahmen dann noch ein paar weitere Landjugendler. Die waren zwar mittlerweile nicht mehr ganz nüchtern, und einige Scherzkekse gab es natürlich auch unter der Bande, aber immerhin waren sich allesamt in einem einig – nämlich, dass das mit der Christkindlwahl »eine ganz eine komische Aktion« gewesen war.

Kurz bevor Astrid und Bülent leicht ermattet endgültig einen Abgang machen konnten, tauchte dann auch noch der Rummsler Bernd auf. Aussehen tat er wieder, als hätte er gerade mehrere Nächte im Wald verbracht. Ohne fließend Wasser und sonstige hygienische Sonderleistungen. Als er die Kriminalbeamten da so zwischen den Seinigen erblickte, wollte er natürlich auf der Stelle kehrtmachen und verduften. Aber eine derartig gewaltige Masse an Lebendgewicht, die wuchtete man nicht so schnell wieder in die andere Richtung. Zwei, drei Schritte nur, und schon hatten die Ermittler ihn rechts und links untergehakt und führten ihn galant in die sternenklare Nacht hinaus.

»Was wollt's denn schon wieder von mir«, moserte er schon ein bisschen angespannt. »Da willst nur in Ruhe noch einen O-Saft saufen gehen, und dann steht's ihr zwei Kracher da.«

»Du, wir wollen eigentlich nur wissen, woher das Geld stammt, das du seit zwei Tagen brav zur Sparkasse trägst? Wie wir gehört haben, bist du nämlich sonst nie so recht flüssig«, kam Astrid gleich mal zur Sache.

Der Bauernspross versuchte sich in einem unschuldigen Blick. Sah dabei allerdings nicht drein wie ein Lamm, sondern eher wie ein dumpfer Hammel. »Weiß nicht, was du meinst«, tat er dann auch noch recht dumm daher.

»Schon klar. Und was sexuelle Nötigung und Unterschlagung von Beweismitteln bedeutet, das weiß so einer wie du natürlich auch nicht«, pflaumte Bülents Assistentin nun höchst sarkastisch zurück. Bülent lauschte dem Ganzen mit wachsender Neugierde. Da schien was zwischen den beiden gewesen zu sein, das ihm völlig entgangen war. Sehr spannend war das. Der Rummsler jedenfalls war jetzt schon ein wenig fuchtig. Das sah man ihm direkt an. Richtig grantig war der.

»Mit dir rede ich doch gar nicht mehr«, polterte er los. »Wer hat mir denn die Eier zerlegt. Eigentlich sollt ich dich anzeigen, zwecks Dings … Körperverletzung. Das war nämlich derartig geschwollen hernach, dass ich kaum mehr hatschen konnte und mir die Mutter auch noch aufs Dach gestiegen ist, weil sie alleins in den Stall zum Misten musste.«

Der Hauptkommissar konnte sich nur mit Mühe ein Grinsen aus der Visage halten. Da schien seine Assistentin wieder mal haarscharf am yogischen Weg vorbeigeschrammt zu sein.

»Oh, da hab ich aber jetzt Mitleid«, ätzte die dann auch gleich wieder dagegen. »Warum musst mich auch so triebhaft angehen?«

»Wer, ich?!« Bernd Rummsler schnappte schwer nach Luft, so narrisch war der jetzt.

»Ja, bist du eine hinterfotzige Matz. Du hast mir doch die

schönen Augen hindreht zwecks dem Kochbuch von meiner Oma. Des hab ich doch nicht geträumt.« Er wandte sich Bülent zu. »Weißt, Rambichler, deine Kollegin da, die kam mir schon durchaus willig daher. Sonst hätte ich sie doch gar nicht mit heimgenommen. Und dann tritt's mich fast zum Invaliden, die Kachel, die blöde.«

Bülent hätte ja gerne noch weiter zugehört, aber Astrid sah jetzt schon ein wenig kalkig drein. Richtig schön hilflos klimperte sie ihn mit ihren langen Wimpern an. Da konnte er gar nicht anders, da musste er jetzt anstatt ihrer in die Verteidigung gehen.

»Jetzt reißen Sie sich mal zusammen, Herr Rummsler«, sagte er dann auch streng. »Sonst kommt Beleidigung auch noch mit obendrauf auf die Liste. Wahrscheinlich hat sich die Frau Weber nur gewehrt.«

Bernd Rummsler grunzte böse. »Was weißt denn du? Du bist doch gar nicht dabei gewesen. Heiß gemacht hat sie mich, die Schabbragn, und dann hat's mich aus dem Nichts mit einem Tritt niedergestreckt. Des ist doch keine Art nicht.«

Astrid hatte die ganze Zeit nur den Kopf geschüttelt. »So war das nicht, Büli«, wisperte sie. »Wirklich nicht.«

»Hören Sie, Rummsler, wie gesagt, für mich war es wahrscheinlich auch ungesehen Notwehr, und ich würde auch nichts anderes behaupten, wenn mich jemand fragen sollte«, erklärte Bülent kühl. »Also, es ist besser, Sie kooperieren mit uns. Heißt, Sie sagen uns, woher Sie das Geld haben, und wir vergessen alles, was bisher vorgefallen ist.«

»Des ist eine miserable Erpressung, ist das«, zischte Rummsler, und faktisch hatte er Recht damit. Aber nachdem er sich mehrere Male nervös durch das ölige Haar gefahren war, diverse Entkernungsarbeiten in seiner Nase vorgenommen und sich dreimal am juckenden Gemächt gekratzt hatte, gab er schließlich jeden

Widerstand auf. Selbst der dumpfeste Bruder weiß eben, wann seine Zeit mal nicht gekommen war.

»Also gut«, fing Rummsler zähneknirschend an. »Das Geld hab ich bei der Kerstin ihre Unterhosen gefunden.«

Weder Astrid noch Bülent gelüstete es in diesem Moment nach einer Erklärung, was der Bruder der Toten da überhaupt zu schaffen hatte.

»Die hat sich nämlich so rotes Trumm zugelegt, so was mit Spitze. Des wollt ich mir holen für …«

»Bitte, bleiben Sie beim Thema«, unterbrach Bülent ihn hastig, und Astrid war ihm schwer dankbar dafür.

»Des Geld war ganz unten drin, in einem Kartoffelsack. Ich hab's genommen, weil die Kerstin, die braucht des ja jetzt nimmer, hab ich mir gedenkt.«

Die beiden Ermittler fixierten den Geständigen mit ernstem Blick.

»Hallo, was schaut's denn jetzt so? Ich hab meine Schwester nicht umgebracht. Wegen der paar Kröten doch nicht. Außerdem war ich in der Nacht, wo sie … also wo man sie gekillt hat, gar nicht da. Ich bin erst so gegen fünfe heimgekommen. Ehrlich«, sagte der Bernd jetzt schon arg bedrängt.

»Warst du auch bei den Fußballern?« Astrid konnte ihr Erstaunen kaum verbergen. Recht sportlich kam der Typ jetzt wirklich nicht daher.

Bernd lachte. »Bälle waren schon auch im Spiel, aber net solcherne, wo du meinst. Aber so ein Brett wie du eins bist, kennt sich da ja überhaupt's nicht aus.«

»Bitte?!« Astrid kapierte offenbar gar nichts, dachte Bülent, während er – weil Mann wahrscheinlich – sofort wusste, von was gesprochen wurde. »Sie waren also in jener Nacht bei einer Frau.«

Bernd grinste und zog sich die ausgeleierte Jeans bis unter die Brustwarze. Sollte wohl Stolz und Überheblichkeit demonstrieren. Sah aber einfach nur dämlich aus.

»Eh klar, da ging's zur Sache, des kann ich dir sagen. Des ist nicht so eine frigide Henne wie die da.« Er deutete mit angewidertem Blick auf Astrid.

»Schluss jetzt mit diesen Unverschämtheiten«, schimpfte Bülent, »Sie sagen mir jetzt sofort, wie Ihre Freundin heißt und wo sie wohnt.«

Schlagartig lief der Befragte puterrot an. »Des geht dich doch alles gar nix an, Rambichler.«

Nachdem der Hauptkommissar ihm daraufhin mit U-Haft drohte und schon mal die Handschellen rasseln ließ, klappte es dann aber doch noch ganz gut mit der Auskunftsbereitschaft. In Nürnberg im Puff sei er gewesen, erzählte der Rummsler. Bei der Sugar-Sandy. Wie halt jeden Freitag. Aber seine Mutter dürfte davon auf keinen Fall was erfahren, sonst würd er nausfliegen daheim – also nachdem er seine Watschen kassiert hätte. Ein kurzer Anruf im rotlichtigen Etablissement genügte dann auch, und das Alibi für Bernd Rummsler stand so felsenfest, wie es seine Latte selten tat – wie die Sugar-Sandy dann giggelnd am Telefon verkündete. Und eigentlich wollte das jetzt so explizit wirklich keiner wissen.

KAPITEL 18

Nackerte Tatsachen

Eigentlich schon ein ganz Süßer, dachte sich Astrid, als sie da jetzt so vor ihrem schlafenden Vorgesetzten stand. Dieser war so fest in seine Captain-Future-Decke eingerollt, dass er daherkam wie ein überdimensionales Sushi. Schnarchen tat er auch nicht, wie sie wohlwollend feststellte. Wenn sie jetzt nicht explizit eine brandheiße Neuigkeit auf ihrer Zunge mit sich herumschleppen würde, dann könnte sie noch ewig dastehen und Bülent beobachten. Oder sich gar dazulegen – also wenn's jetzt nicht gerade ihr Chef wäre, der da friedlich vor ihr schlummerte.

Müde war sie nämlich bis zum Anschlag. Es war auch erst kurz nach sechs in der Früh. Maria, die ihr eben gerade die Tür geöffnet hatte und selbst noch mordsmäßig verpennt daherkam, schien sich allerdings überhaupt nicht über den herrgottsfrühen Auftritt von Astrid zu wundern, beziehungsweise sich davon gestört zu fühlen. Im Gegenteil, sie grinste nur zweideutig und lotste die Kommissarin mir nichts dir nichts vor die Zimmertür ihres Sohnes. Astrid glaubte tatsächlich, auch noch ein »Viel Spaß« aus dem Munde von Mutter Rambichler vernommen zu haben. Die Frage war nun, wie den Mann da vor ihr wecken, ohne ihn gleich zu erschrecken. Schließlich entschied sie sich dafür, ihm sanft ins Ohr zu pusten. Doch ehe sie sich's versah, patschte es. Bülent hatte eine Stubenfliege an seinen Lauschern vermutet, zugeschlagen und faktisch astrein seine Assistentin erlegt. Die schrie, und er war wach. Immerhin, Mission erfüllt. Daraufhin wühlte sie wie eine Wilde in ihrem Beutel herum.

»Was machst du?« Bülent fand als Erster die Sprache wieder.

»Ich suche meine Arnika-Globuli, damit's nicht anschwillt. Du hast aber auch einen Wumms drauf. Mein Hirn scheppert jetzt noch gegen die Bande«, erwiderte sie, ohne von ihrem wüsten Treiben abzulassen.

»Nein, was du hier bei mir machst?«, formulierte Bülent sein Anliegen genauer.

»Warte, gleich«, sagte Astrid und wühlte weiter in den Untiefen ihrer Tasche.

Immerhin schien sie ihm nicht böse zu sein, stellte Bülent fest. Das war ja schon mal was. Er wiederum wusste noch nicht ganz, was er von der ganzen Sache halten sollte. Außerdem musste er dringend auf die Toilette.

»Ich geh schnell ins Bad, und wenn ich wiederkomme, erklärst du mir, warum du da bist«, sagte er bestimmt.

Astrid führte ihre rechte Hand zur Stirn. »Ey ey S …« Weiter kam sie nicht. Denn als Bülent aus dem Bett stieg, fiel kurzerhand ihr Sprachzentrum aus. Er war nämlich nackt. Und wie es aussah, schien er wider Erwarten damit überhaupt kein Problem zu haben. Und mit welcher Selbstverständlichkeit er jetzt an ihr vorbeistakste, so eine Freigeistigkeit hätte Astrid ihm gar nicht zugetraut. Trotzdem bemühte sie sich natürlich, nicht hinzusehen und ihren Kopf noch tiefer in ihrer Tasche zu versenken. Aber sie war auch nur eine Frau, und deswegen riskierte sie dann eben doch ganz ungeniert einen ausgiebigen Blick auf das durchaus sehr knackige Hinterteil ihres Chefs. Ganz klar, was da so in nächster Zeit ihre Träume bestimmen würde.

*

Bülent bemerkte erst, als er schließlich im Bad stand und die Hose zum Pieseln runterziehen wollte, dass da nun mal nichts war, was man in die Kniekehlen hängen konnte. Der Hauptkommissar zwickte sich mehrmals in den Oberschenkel. Aber das Erwachen blieb aus. Er war nun mal schon wach. Schnell zog er sich seinen Joggers über und ließ kaltes Wasser über seinen Schädel laufen. Ein Alptraum war das alles. Er war nämlich bei weitem nicht so nudistisch zwanglos unterwegs, wie er sich vor Astrid unfreiwillig gegeben hatte.

Wahrscheinlich hätte sich Bülent ewig im Klo verschanzt und zum fünften Mal seine Beißer gereinigt, nur um seiner Kollegin weiter aus dem Weg zu gehen, wenn da nicht plötzlich sein Vater vor der Tür gestanden und sich vehement Einlass erbeten hätte.

»Geh Bub, mach auf«, schrie er durchs ganze Haus. Konnte es eigentlich noch peinlicher werden?

Bülent atmete tief durch. Er zählte bis drei, dann riss er die Tür auf und stob wortlos an Rambichler senior vorbei, der, wie Bülent aus dem Augenwinkel schaudernd registrierte, etwas zu breitbeinig in seiner ausgeleierten Schiesser dastand. Von dem selig damischen Grinsen, das ihm in der Visage hing, gar nicht erst zu reden.

»Schade, gerade hast du mir irgendwie besser gefallen«, begrüßte ihn Astrid offenherzig lächelnd. Da war tatsächlich keine Ironie in ihrer Stimme. Es klang einfach nur ehrlich, wie Bülent dann schon ein bisschen erfreut, aber auch verlegen registrierte. Und dann kam's einfach mal so über ihn. Er ging einen Schritt auf Astrid zu und streichelte ihr sanft über die Wange, die schon noch arg rot daherkam.

»Tut es noch sehr weh?«, fragte er mitfühlend.

Astrid schüttelte den Kopf. »Geht schon. Einfach dumm gelaufen.«

Sie sah zu Boden. Er auch. Schweigen. Da war gerade ganz klar was zwischen ihnen, was keiner so recht deuten konnte oder wollte. Weil das, was da war, sämtliches Bisherige wohl etwas aus den Fugen rücken würde. Und ein verrutschtes Herz war wohl gerade das Letzte, was einer von ihnen gebrauchen konnte. Bülent ja schon aus Prinzip nicht.

»Also, warum bist du da?«, brachte er somit schnell seine Gedanken wieder auf das Wesentliche zurück.

»Stimmt, da war ja noch was«, grinste Astrid.

Erneut wurschtelte sie in ihrer Tasche herum und förderte das Kochbuch von der Zensi zu Tage.

»Ich glaube, ich weiß jetzt, wie die seltsamen Geldeinträge in diesem Buch und das Kleingeld aus Kerstins Schrank zusammenhängen«, begann Astrid mit ihrer Erklärung.

»Die ganze Nacht habe ich darüber meditiert, und am Ende ist mir tatsächlich die Lösung eingeschossen.«

»Aha«, klang es wenig überzeugt aus Bülents Mund. Von Milcheinschuss hatte er irgendwann schon mal gehört und, dass man bei dieser stumpfen Herumsitzerei bestenfalls irgendwelche Lichter sah. Aber dass mit Meditation kriminalistische Aufklärungsarbeit betrieben werden konnte, das war ihm neu, und er hielt es auch kaum für möglich. Astrid ließ seinen Zweifel, wenn sie ihn denn überhaupt bemerkt hatte, gänzlich unkommentiert. Sie war viel zu begeistert von ihrer Theorie, als dass sie sich diese madig hätte machen lassen.

»Pass mal auf«, sagte sie, mittlerweile schon ganz hibbelig im Gebein. »Wir haben doch herausgefunden, dass es sich bei den Datumsangaben neben den Geldeinträgen immer um einen Sonntag handelt. Richtig?«

»Richtig«, gab Bülent ihr Recht.

»So, und was ist jeden Sonntag, zumindest bei euch hier auf dem Land?«

Der Hauptkommissar zuckte mit den Schultern. »Fußball, falls keine Sommer- oder Winterpause ist«, erwiderte er fast schon ein wenig unverschämt gelangweilt.

Astrid seufzte theatralisch. »Büli, jetzt komm schon, das kannst du aber besser.«

»Verdammt. Ich weiß nicht, worauf du hinauswillst, sag es mir einfach. Wir sind doch hier nicht bei *Wer wird Millionär*«, pflaumte dieser nun leicht ungeduldig zurück. »Außerdem bin ich nicht der Büli, das habe ich dir schon hundertmal gesagt.«

Die Tatsache mit seiner Namensverniedlichung hatte er mittlerweile schon länger unerwähnt gelassen. Aber gerade passte es ihm schon ins Kraut, weil sie ihn auch irgendwie gerade recht vorführte und dementsprechend seine Nerven strapazierte. Die waren, bevor er eine Tasse Kaffee intus hatte, eh nie die besten.

Astrid zog ein frisches weißes Tempotaschentuch aus ihrer Hosentasche und wedelte damit vor seiner Nase herum. Ein Wunder, dass zwischen Haut und Stoff überhaupt noch irgendetwas Platz hatte, so eng wie diese Jeans wieder waren, wunderte sich Bülent, während seine Assistentin nun mit dem Schneuzhadern vor ihm herumwedelte.

»Shanti, Bruder, Shanti«, scherzte Astrid. »Dann verrate ich es dir eben. Sonntags ist doch immer Kirche hier draußen, und da wird für die Bedürftigen gesammelt – oder für wen auch immer. So, und wir haben einen Sack voller Kleingeld und ein Kochbuch, in das feinsäuberlich die absonderlichsten Geldbeträge eingetragen wurden. Na, bist du jetzt bei mir?« Triumphierend zwinkerte sie ihn an.

Bülent war natürlich gedanklich öfter bei ihr, als ihm lieb war.

Tat aber jetzt wirklich nichts zur Sache. Immerhin kapierte er langsam, worauf seine Kollegin hinauswollte.

»Du meinst, die Kohle stammt aus der Kollekte?«

Er bekam ein freudiges »Bingo« hingeschmettert.

»Aber was hat es dann bei der Kerstin zu suchen?«, grübelte Bülent, nun ebenfalls reichlich angefixt von Astrids Idee.

»Ich denke, wir sollten Mr. Dornenvögel einen Besuch abstatten«, erwiderte Astrid. Der Hauptkommissar sah das genauso. Allerdings kam bei ihm vor der Kirche erst einmal die Küche – zwecks eines leckeren Frühstücks halt.

Logisch, dass sich Maria und Erkan auch zu den beiden an den überladenen Esstisch gesellten und, wie Bülent fand, zwischen Erdbeermarmelade und Leberwurst schon recht deppert dahergrinsten. Zu allem Überfluss sülzte auch noch irgend so eine Schlagerurschel aus dem Radio irgendetwas über Liebe daher, dass einem ganz anders werden konnte – nicht von ihrem Gesang, aber von dem windigen Gesumme von Rambichler senior. Dessen Laune war fast schon zum Reinschlagen gut.

Doch das änderte sich just, als sich Bülent seine zweite Semmel schmierte – keine körnige versteht sich, sondern eine gelblich weiße, hundsgemeine, herrlich rösche kaisrige –, da klingelte es nämlich Sturm an der Haustür. Bülents Vater linste zum Küchenfenster hinaus, und zack wich ihm jede Fröhlichkeit aus dem Gesicht.

»Jessas, die Walders. Was wollen denn die bei uns? Hast du wieder was angestellt mit denen, Bub?« Misstrauisch beäugte Erkan seinen Sohnemann. Dieser hob abwehrend die Hände und schüttelte den Kopf. Sprechen konnte er gerade nicht. Weil ihm halt auch just in diesem Moment so ein wundervoll göttliches Gemisch aus Kaffee und Marmeladensemmel über den Gaumen streichelte. Woran er dann fast noch erstickt wäre vor lauter Lachen. Die Erna hatte ihre Nase nämlich so dermaßen gegen die Scheibe gedrückt, dass sie aussah wie eine lilahaarige Miniatur-Ausgabe von Silvester Stallone.

»Jetzt hör auf zu lachen, Bub, sonst wird uns die noch fuchtig«, schimpfte seine Mutter. Auch Astrid boxte ihn unter dem Tisch, aber nur, weil sie selbst kaum mehr an sich halten konnte. Erkan, ganz weltgewandter Staatsmann, war mittlerweile zur Haustür gegangen, um das gemeine Volk angemessen zu begrüßen.

»Erna, Traudl, das ist ja schön, dass ihr uns mal besucht. Kommt's rein, eine gute Tasse Kaffee haben wir allerweil noch für euch.«

Ehe sich's Bülents Vater versah, schoben sich die zwei kleinen Damen schon an ihm vorbei ins Innere des Hauses. Und so schnell wie die beiden ein Salamibrot zwischen den Dritten hatten, konnte eh keiner schauen.

»Eigentlich wollen wir ja zu den zwei Kriminalern«, sagte Erna mit vollen Backen. Was sie nicht daran hinderte, sich gleich noch eine Butterbreze zu schnappen, mit der sie jetzt auf die Nürnberger Ermittler deutete.

»Genau«, ergänzte Traudl. Um auch was zu sagen.

»Und was wollt's ihr von uns?«, fragte Bülent.

»Müssen wir das hierherin besprechen?« Erna sah mit zusammengezwickten Äuglein kritisch in die Runde.

»Nein, wir können auch … aua.« Bülents Fuß traf Astrid mitten in ihrem Satz und mitten ins Schienbein. Er wollte nämlich weder abrupt sein Frühstück beenden noch alleine mit den Walders irgendwohin. Sollte sein Vater ruhig mal sehen, mit was für einem Kaliber Mensch er sich da auseinandersetzen musste.

»Entweder hier in der Küche oder nirgendwo«, sagte er so

streng, dass selbst Erna keinen Muckser mehr tat. Also zumindest für einen kurzen Augenblick.

»Und was ist mit deinen Eltern? Die dürfen doch gar nicht dabei sein, wenn mir mit dir sprechen. Das weiß ich aus dem Fernsehen«, krätzte sie nämlich schon kurz darauf wieder leicht angesäuert.

»Mir gehen ja schon, Erna, keine Sorge«, versuchte Maria sich im Wogenglätten.

Kam es Bülent nur so vor, oder hatte seine Mutter tatsächlich etwas Schiss vor den alten Weibern. »Nichts da! Du und der Papa, ihr bleibt's hocken. Ihr seid gegebenenfalls unsere Zeugen. Nicht, dass es wieder zu einem Missverständnis kommt. Das wollen wir doch alle nicht, oder?«

Traudl schüttelte zutraulich den Kopf. »Freilich nicht. Wir wollen auch nur helfen. Gell, Erna.«

Wenn Falten schreien könnten, dann hätte jetzt jede einzelne in dem Gesicht der Zwillingsschwester wütend zu brüllen angefangen. So ein zorniges Gezucke war das in ihrem Gesicht.

»Gut, dann verzähl aber auch du«, befahl die Ältere und ertränkte hingebungsvoll die Butterbreze in ihr Haferl mit überzuckertem Caro-Kaffee, welches Maria ihr grad hingestellt hatte.

Derweil erfuhren die anderen am Tisch fast schon Unglaubliches aus Traudls Mund. Offenbar war der Pfarrer Winter nämlich ein ganz ein großer Schlawiner und gar kein so Zölibatsgetreuer, wie man es doch von einem katholischen Pfarrer erwarten durfte. Im Gegenteil, angeblich fingerte der überall herum, wenn sich ihm nur die Gelegenheit bot, erzählte Traudl, und ein Hauch von Röte überzog dabei ihre Nasenspitze und Wangen. Fast schon putzig, dachte Bülent bei sich.

»Aber dass sich ein Pfarrer der weltlichen Fleischeslust hingab, das hört man doch immer wieder«, sagte er dann.

»Ja, die jungen Dinger können einem schon manchmal den Kopf ganz schön verdrehen«, gab Erkan seinem Sohn Recht. Dabei zwinkerte er Astrid vielsagend an. Die wurde jetzt auch ganz rot und versteckte sich verschämt hinter ihrer Tasse voll mit heißem Wasser. Kaffee trank sie nämlich nicht. Der würde sie nur übersäuern, hatte sie kurz zuvor erklärt und dafür nur fragende, fast schon mitleidige Blicke aus den Reihen der Rambichlers kassiert.

»Ja, aber wenn's denn junge Dinger wären«, mischte sich die Erna nun doch ins Gespräch ein. »Der Pfarrer wildert in unserem Seniorenkreis herum, so schaut's aus.«

»Ja, pfui Teifi, graust denn dem vor gar nichts«, brach es aus Erkan heraus.

Alle hielten augenblicklich ob dieser wenig charmanten Aussage die Luft an. Gleich würde das Jüngste Gericht über den Türken hereinbrechen, da waren sich alle sicher.

Doch Erna nickte schon zustimmend. »Ich versteh des auch nicht. Manche von den Weibern ranzeln dermaßen, da glaubst, die sind schon hie. Und was die teilweise für grantige Schlüpfer anhaben. Seh ich ja immer bei der Aerobic. Wenn du die damit an die Grenze stellst, will keiner mehr freiwillig rein. Das glaubst aber. Eine Schande ist des für uns Frauen.« Erna hatte sich nun durchaus ein wenig in Rage geredet.

»Hat der Winter dich am End auch schon angebaggert, Maria?« Erkan schwoll jetzt durchaus leicht der eifersüchtige Kamm. Maria schüttelte nur entgeistert den Kopf.

»Freilich nicht«, antwortete Erna statt ihrer. »Der gräbt doch nur an den Verwitweten oder Ledigen herum. Solche halt, die schon ein bisschen länger trocken liegen. Des ist faktisch eine gmahte Wiesn für den Hallodri, den triebhaften.«

»Und was ist mit euch?«, fuhr Bülent Erna in die Parade. »Hat er euch auch schon angezwitschert?«

»Nein«, kam es prompt aus den Mündern der Zwillingsschwestern, und wenn man genauer hinhörte, konnte man durchaus einen leicht enttäuschten, ja unverständlichen Unterton vernehmen.

»Die Oma von unserer Toten, die Zensi, hatte er mit ihr was?«, fragte Astrid, die bis dato nachdenklich an ihrer Semmel – mit viel Körnern versteht sich – herumgemümmelt hatte.

Erna wiegte ihr kleines Köpfchen nachdenklich hin und her. »Mag schon sein. Jedenfalls war die kurz vor ihrem Tod schon arg seltsam drauf, die Zensi. Also noch verdrehter als sonst. Einmal hab ich sie auf dem Friedhof mit dem Winter erwischt, wo sie ihm die Gießkanne hinterhergeschmissen hat. Aber was die g'red haben, des hab ich leider nicht verstanden. Aber ich hab jetzt auch nicht gelauscht.«

»Natürlich nicht«, sagte Bülent spitz. »Warum erzählt ihr uns das eigentlich alles? Das hat doch mit unserem Fall überhaupt nichts zu tun.«

Die Walders wiederum wandten sich ob Bülents direkter Frage etwas unangenehm berührt auf ihren Stühlen herum. Beinahe wäre Traudl sogar noch heruntergefallen. Aber weil sie halt auch beide nicht zum Boden kamen mit ihren Füßen. Ein Kinderstuhl wäre da fast angebrachter, dachte Bülent.

Laut sagte er: »Ich sag euch jetzt mal, was ich glaube. Ihr zwei habt's euch Hoffnungen beim Winter gemacht, aber der hat euch nicht mit dem Arsch angeschaut, weil er eben ein Pfarrer ist, und jetzt wollt's ihm einfach eins auswischen. Stimmt's, oder hab ich Recht?«

»Ein Dreck hast du«, polterte Erna sofort los. »Wir sind ehrbare Frauen und rennen garantiert nicht so einem windigen Haderlumpen hinterher, wie der einer ist. Das haben wir überhaupt nicht nötig.«

»Aber du hast doch selbst immer gesagt, dass er dir gefällt«, fiel Traudl ihrer Schwester mal wieder völlig unbedarft in den Rücken. »Du hast doch sogar ein Bild von ihm in deinem Gebetbuch.«

Schon war die nächste Braut in der Runde sichtlich am Glühen. »Traudl, du bist so ein Rindviech«, zeterte Erna, bevor sie vom Stuhl hüpfte und grußlos das Weite suchte.

Traudl blieb zurück und sah traurig in die Runde. »Wisst ihr, sie meint es eigentlich gar nicht so. Was sie zu hart ist, bin ich zu weich. Bei uns hat der liebe Gott einfach ein bisschen falsch gemischt.« Sie rutschte nun ebenfalls von ihrem Stuhl. »Erna hat halt gemeint, mir bekämen unsern Opel wieder, wenn mir kooperieren. Aber daraus wird nix, oder?« Bülent schüttelte den Kopf. »Schad, aber, Bub, ich versteh dich. Was Recht ist, muss auch Recht bleiben.« Mit diesen Worten verabschiedete sich Traudl und watschelte davon.

Dieses Eingeständnis würde sicherlich schweren Ärger für sie daheim nach sich ziehen, nahm Bülent an. Irgendwie hatte er jedoch auch das Gefühl, dass Traudl sich schon ganz gut durch ihren Alltag wurstelte und gar nicht so hilflos war, wie sie immer tat.

*

Derweil war Erkan überhaupt nicht mehr gut auf seine seniorigen Wählerinnen zu sprechen. »Die haben doch einen Arsch offen. Des glaubt doch keiner, des mit dem Pfarrer«, polterte er. »Die sind wirklich von allen guten Geistern verlassen. Tut mir echt leid, Sohn, dass mir wegen den zwei Amseln gestritten haben. Die sind ja nicht mehr zurechnungsfähig. Was die sich da in ihrem krummen Hirn zusammenbasteln, das geht doch auf keine Kuhhaut nicht.«

»Also mir ist auch nie aufgefallen, dass der Winter so ein Lusthammel sein soll«, sagte nun auch Maria. »Komisch ist er ja schon, und was der auch immer anhat in unserer Sportstunde, aber ich hab mir gedacht, er mag's gern eng untenrum. Soll's ja geben, solche Leut.«

»Jetzt wird's mir aber gleich schlecht, Maria«, würgte Erkan dazwischen. »Also ich geh jetzt raus zu unserer Hannelore, des arme Vieh braucht schließlich auch was zum Fressen.«

Wenn man es ganz genau nahm, wollte der alte Rambichler das Tier eigentlich pronto wieder loswerden, weil sein Garten mittlerweile nur noch wie ein dreckbatziger Acker aussah, so hantiert hatte die blöde Sau. Für einen zukünftigen Gemeinderat gehörte sich so ein öffentlich zur Schau gestelltes Chaos absolut nicht. Aber weil die Astrid gerade da war, machte Erkan selbstredend weiter auf Gutmensch. Die Maria würde ihm sonst sauber den Marsch blasen. Ihm selbst kam dieses Tamtam heute Morgen schon wieder reichlich seltsam vor. Da trank das Mädchen doch glatt lieber so ein Brunzwasser, also so ein lauwarmes Gesäuche, wo sie mal kurz eine Zitronenscheibe durchgejagt hatte, als seinen handfesten Filterkaffee, in dem der Löffel freiwillig stehen blieb und der selbst Tote wieder lebendig machte. Verstehe das, wer wollte. Er verstand es nicht. Aber er musste die Astrid auch nicht heiraten, sondern der Bülent. Und das Schwein, das würde er den beiden zur Hochzeit schenken – fein portioniert und haltbar eingeschweißt. Erkan schmiss sich innerlich weg über seinen perfiden Plan, der selbstverständlich niemals zur Umsetzung kommen würde. Dafür würde seine Ehefrau schon sorgen. War ihm schon klar, aber phantasieren durfte man schließlich noch.

*

Währenddessen saßen Astrid, Bülent und Maria immer noch am Küchentisch und lauschten den Worten der Walder-Zwillinge nach.

»Ich glaube, sie haben uns die Wahrheit erzählt«, fing Astrid an. »Könnte doch sein, dass dem Pfarrer das Liebesnest dort oben im Kirchturm gehört.«

»Ich weiß nicht«, zweifelte Bülent. »Erinnere dich doch mal an die Gravur. C + Z stand da. Aber der Pfarrer heißt mit Vornamen Hans. Also geht sich das nicht aus«, kombinierte Bülent seiner Ansicht nach messerscharf.

»Ja freilich!«, plärrte Maria plötzlich über ihren Kaffee hinweg, woraufhin Bülent sich vor lauter Schreck den seinigen komplett über die Hosen schüttete.

»Spinnst jetzt, Mutter. Was schreist denn so?« »Cyrio … Cyric … Cyriacus, ja genau, das war's«, überlegte Maria laut, ohne auf ihren halb verbrühten Sohn zu achten.

Die beiden Ermittler sahen sich verständnislos an. Bülent klopfte seiner Mutter mit dem Zeigefinger ans Hirn. »Hallo, ist da noch wer?«

»Geh, gleich fängst eine«, zündete Maria ihn an.

»Ja, wenn du auch so ein wirres Zeugs brabbelst«, verteidigte sich der Sohnemann.

»Ich geb dir gleich wirr«, schoss Maria zurück, ehe sie sich in einem weitaus ruhigeren Ton an Astrid wandte. »Der Pfarrer, also der Winter, der heißt mit zweitem Namen Cyriacus. Hans Cyriacus Winter. Mit C. Verstehst?«

Astrid nickte. »C für Cyriacus, den Pfarrer, und das Z steht für Zensi«, schlussfolgerte sie laut. Bülent schien noch nicht so ganz dabei. »Geh, was soll denn das für ein Name sein?«

»Mir schon klar, dass du Heide den nicht kennst«, ereiferte sich Maria, der es schon allerweil ein Dorn im Auge war, dass ihr Sohn so gar nichts mit der Christlichkeit am Hut hatte. »Der Cyriacus ist ein Heiliger und Schutzpatron für die Winzer, weil er gegen's schlechte Wetter helfen soll. Und gegen die Versuchung auch«, erklärte die Mutter dann aber doch bereitwillig dem abtrünnigen Spross. »Wobei, da hat er dann beim Winter allerdings versagt«, sinnierte Maria noch und machte sich dann daran, den Tisch abzudecken.

»Langsam wird ein Schuh draus«, gab dann auch Bülent zu. »Ich glaube, der Winter wurde ebenfalls von der Kerstin erpresst. Wahrscheinlich, weil sie hinter das Verhältnis zwischen ihm und ihrer Oma gekommen ist«, sagte Astrid mit funkelnden Augen, die Bülent gleich wieder das Herz in die Hose rutschen ließen.

KAPITEL 18

Her zaman kedi kaymak yemez[16]

Pfarrer Hans Winter war generell kein Frühaufsteher, und wenn es der Tag erlaubte, blieb er gerne mal bis in die Puppen liegen. Der Wein und die Zigaretten allerdings, die er momentan fast jeden Abend konsumierte, hieben ihm noch zusätzlich so dermaßen grantig im Schädel herum, dass an eine schnelle Bettflucht ohnehin nicht zu denken war. Und gerade in diesen aufrührenden Zeiten, da benötigte er schon das ein oder andere Tröpfchen und den ein oder anderen Nikotinstoß mehr, um die flatternden Nerven zu beruhigen. So hatte er erst gestern tatsächlich zwei Flaschen des edlen roten Saftes weggelitert und dazu eine komplette Schachtel gepafft. Geholfen hatte es nichts. Der Alptraum, der ihn jede Nacht heimsuchte, ließ sich einfach nicht wegsaufen, geschweige denn -dampfen. Die Kerstin nackert – also bis auf diese damischen Flügel an ihrem Rücken – und mit zermatschtem Hirn auf seiner Bettkante. Willig bis unter den Haaransatz. »Coitus interruptus! Coitus interruptus«, brüllte sie jedes Mal wie von Sinnen. Klar versuchte er zu fliehen. So notgeil war er jetzt freilich auch wieder nicht. Aber sosehr er sich auch wehrte, sein Rücken schien wie festgepappt auf der Matratze. Und weil das ja alles noch nicht genug war, warf sich dieser weibliche Zombie dann auch noch mit lautem Aufschrei auf ihn drauf, sodass ihm grad die Luft wegblieb. Kurz vor

16 Nicht jeden Tag schleckt die Katze Rahm.

seinem endgültigen Exitus wachte er jedes Mal schweißgebadet und nach Luft hechelnd auf.

Ganz klar, die Last der Sünde erdrückte ihn langsam, aber sicher. Schon hunderte Male hatte er mit seinem Boss da oben Fürsprache gehalten. Sich entschuldigt und um Absolution gebeten. Gebracht hatte es nichts. War schon ein recht nachtragender Geselle. Vielleicht sollte er zum Papst nach Rom pilgern. Der war ja doch eher ein menschlicher und womöglich weitaus zugänglicherer Zeitgenosse als der Herrgott droben im Himmel.

Je mehr der Geistliche über diese Möglichkeit nachdachte, desto besser gefiel sie ihm. Eine Reise nach Italien. Da, wo der Wein floss und die hübschen Frauen sich tummelten. Erst die Buße, dann die Muse, summte er weitaus fröhlicher gestimmt als noch vor ein paar Minuten. Zwar hing der Kopf immer noch schwer pochend auf den Schultern, aber diese Last war nun, mit der Aussicht auf den baldigen inneren Frieden, weitaus leichter zu ertragen.

Noch während der Pfarrer darüber nachdachte, welche seiner drei Badehosen er einpacken sollte, läutete es an der Tür.

»Herr Pfarrer, Kriminalpolizei, bitte machen Sie auf«, tönte es ihm entgegen.

»Herrgottzack, der Rambichler, der alte Maulwurf«, fluchte der Winter laut und wusste, dass er fürs Erste die Badehose im Schrank lassen konnte.

Kurz zog er es in Erwägung, sich einfach in der Kirche zu verschanzen. Quasi sich selbst Asyl gewährend. Aber diesen Gedanken verwarf er schnell wieder. War ja auch irgendwie albern. Was sollte er denn so alleine den lieben langen Tag tun. Nur beten war auf Dauer schon auch recht fad, selbst für einen Pfarrer. Er war schließlich wahrlich kein kathartisch veranlagter Mönch, so wie die in Indien, wo sie den ganzen Tag ungewaschen auf einem Bein herumstanden oder gar in Höhlen lebten. Unvorstellbar, sich nur des Glaubens wegen so zu verausgaben. *Nine to five*, das galt auch in seinem Job, fand Winter. Mal von Ausnahmen wie einer Letzten Ölung abgesehen. Aber er schaute dann schon immer, dass er die Überstunden recht zügig wieder abbauen konnte.

»Herr Winter, wir wissen, dass Sie da sind. Also machen Sie schon auf«, rief der Kommissar dort draußen erneut und nun weitaus ungeduldiger, wie es ihm schien.

Winter kippte den abgestandenen Weinrest vom Vorabend hinunter und öffnete schlussendlich den Ermittlern Tür und Tor.

*

»Na endlich«, blaffte Bülent.

»Entschuldigung«, nuschelte der Geistliche. »Ich war noch im Badezimmer.«

Riechen tat er nicht danach, fand Astrid, und ein kurzer Blick auf das etwas angewiderte Gesicht Ihres Chefs zeigte ihr, dass er wohl Ähnliches dachte.

Überhaupt stank es in dieser christlichen Hütte eher wie in einem verruchten Partykeller denn nach einem frommen Pfarrhaus. Also so ein bisschen Myrrhe und Weihrauch hatte Astrid schon erwartet. Stattdessen standen überall leere Weinflaschen herum, und aus einem ausgedienten Grabweihwasserkessel, der allem Anschein nach als Aschenbecher diente, quollen die verrauchten Kippen aus allen Seiten heraus und lagen wie tote Fliegen auf dem hölzernen Küchentisch herum. Alles in allem ein Bild des Jammers, in das sich der Hausherr in seinem zerschlissenen und angeschmutzten Bademantel perfekt einfügte. Da war nicht mehr viel übrig von dem dornenvögeligen Pater Ralph.

»Geht es Ihnen nicht gut«, fragte Astrid, als sie mitbekam, dass Winter ein kurzer Schwindel ereilte und er sich an der Wand abstützen musste.

»Nein, nein, alles gut. Mir ist nur seit ein paar Tagen immer mal wieder so blümerant. Ich schlafe momentan sehr schlecht, müssen Sie wissen«, erklärte der Pfarrer, was man ihm auch deutlich an seinen dunkelbläulichen Augenringen ansah, die langsam aber sicher gen Kinn wanderten.

»Hängt das vielleicht mit dem Tod von der Kerstin Rummsler zusammen?«, fragte Bülent äußerst zielgerichtet nach.

Hans Winter seufzte. Er setzte sich an den Tisch, verbarg sein Gesicht in den Händen und schwieg sich erst einmal so richtig aus. Hieß, er tat schlichtweg keinen Muckser mehr. Die beiden Kriminalbeamten sahen sich ratlos an. Nach einer gefühlten Ewigkeit des nur dumm Herumstehens, wie Astrid fand, unterbrach sie ungeduldig die Stille.

»Herr Winter, glauben Sie nicht, es wäre endlich an der Zeit für die Wahrheit, sonst reimen wir uns am Ende selbst eine Geschichte zusammen, und daraus könnte sich womöglich kein Happy End für Sie ergeben.«

»Jetzt lassen Sie mir doch endlich meinen Frieden«, stöhnte der Geistliche und senkte sein schweres Haupt mit der Stirn voraus auf die Tischplatte, aus dessen tieferen Holzschichten man Sekunden später ein leises Schluchzen vernehmen konnte. Fast tat Astrid dieses Häufchen Elend ja ein wenig leid, aber eben nur fast.

»Sagen Ihnen die Initialen C + Z was? Sie heißen doch mit zweitem Namen Cyriacus, oder?«, zündete sie dann auch wenig einfühlsam ihre nächsten Fragen gen hochwürdigen Nacken.

Abrupt hörte das Gejaule auf, und der Pfarrer schüttelte langsam den Kopf.

»Also was jetzt – ja oder nein?!«, bretterte nun auch Bülent gegen das zähe Schweigen des Pfarrers an und haute dabei so dermaßen fest mit seiner Faust auf die Tischplatte, dass es dessen Schädel glatt ein wenig in die Schwerelosigkeit hob.

»In Gottes Namen, ja, so heiß ich!« Winter hob den Kopf und stierte die Kriminalbeamten mehr resigniert denn zornig an. »Aber was hat denn das alles mit der Kerstin zu tun?«

»Vielleicht wusste sie ja was, was keiner wissen sollte, und das wurde ihr zum Verhängnis, dem armen Mädchen«, säuselte Astrid, die merkte, dass die Gegenwehr ihres Gegenübers langsam bröckelte. Und so war es dann auch.

»Pah, arm!«, entfuhr es Winter so dermaßen heftig, dass beide Ermittler zeitgleich vor Schreck zusammenzuckten.

»Dieses Mädchen war der leibhaftige Satan in Person. Erpresst hat sie mich wochenlang.«

»Womit denn?«, fragte Astrid nach, obwohl sie natürlich schon eine leicht schlüpfrige Ahnung davon hatte, um was es ging.

Der Pfarrer hob den Blick. »Ich hatte ein Verhältnis mit ihrer Oma, der Zensi«, gestand er dann auch bereitwillig. »Am Anfang war das auch alles wundervoll. Für ihre achtzig Lenze hatte diese Frau wirklich noch Feuer in ihren Lenden.«

Bülent räusperte sich demonstrativ.

»Da müssen Sie jetzt gar nicht so tun, Herr Kommissar. Auch im Alter hat man noch Bedürfnisse. Und es geht zwar alles etwas langsam, aber es geht«, fuhr Winter Bülent an.

»Sie sagten, am Anfang war alles wundervoll …«, wiederholte Astrid Winters Satz, dabei warf sie Bülent einen mahnenden Blick zu und legte den Zeigefinger auf ihren Mund.

Der Pfarrer nahm dankbar den Faden wieder auf. »Die ersten zwei, drei Wochen lief alles äußerst harmonisch ab. Wir haben uns immer oben im Kirchturm getroffen, fast täglich. Aber irgendwann … also wissen Sie, es ist bei mir mit den Frauen wie mit dem Essen, immer das Gleiche geht halt nicht. Irgendwann schmeckt auch der schärfste Braten nach nichts mehr.«

Eine äußerst anschauliche Definition für die Vielweiberei, dachte Astrid und wollte ihm schon eine harsche Antwort entgegenschleudern, doch Bülent mischte sich nun doch wieder in das Gespräch mit ein. »Herr Winter, Ihnen ist schon klar, dass Sie eigentlich überhaupt nicht mit dem weiblichen Geschlecht zugange sein dürften. Als katholischer Priester unterliegen Sie immer noch dem Zölibat, soweit ich weiß.«

Der Geistliche schnaubte verächtlich, bevor er antwortete: »Aber unser lieber Herrgott propagierte auch die Nächstenliebe, und wo ist man sich näher als bei der körperlichen Vereinigung. Zumal ich den greisen Frauen auf ihre letzten Tage noch das Gefühl gebe, begehrenswert zu sein. Das hat schon so manches Leben verlängert. Glauben Sie mir, Herr Rambichler.«

»Bei der Zensi hat es anscheinend nicht gewirkt«, ballerte Bülent sogleich zurück. Er war aber jetzt auch so ganz schön in Fahrt, dachte Astrid bei sich.

»Ach, die Zensi, die war einfach zu besitzergreifend. Ständig hing sie mir mit ihren Eifersüchteleien in den Ohren. Irgendwann habe ich ihr dann gesagt, dass es vorbei wäre, und, rumms, rast diese dumme Nuss ins Wasser.«

Beide Ermittler bekamen große Augen.

»Das heißt, es war gar kein Unfall?« Ihr Erstaunen konnte Astrid kaum verbergen.

Winter zündete sich eine Zigarette an und sog mit gierigen Zügen daran. Bülent erlaubte sich daraufhin, ein Fenster zu öffnen. Es stank auch tatsächlich schon so zum Erbarmen in dieser Bude.

»Das muss man sich mal vorstellen. Von Anfang an hab ich ihr gesagt, dass es zwischen uns nur um das Körperliche geht. Aber nein, die alte Wachtel wollte mehr. Heiraten sollt ich sie. Aus der Kirche ausscheiden. Keine anderen Frauen mehr anschauen. Lauter so einen Schmarrn. Aber wie blöd wäre ich denn, auf all diese Annehmlichkeiten zu verzichten«, plauderte Winter nun mehr als frei von seiner lädierten Leber weg.

»Die Kerstin hat also rausgefunden, dass Sie quasi ihre Oma auf dem Gewissen haben und Sie damit erpresst«, schlussfolgerte Bülent in den wahrhaftigen Redefluss des Pfarrers hinein.

Dieser nickte. »Die Zensi hat alles, was zwischen uns gewesen ist, in ihr Kochbuch geschrieben. Das war sowas wie ihr Tagebuch. Schlechte Zeiten beim Gemüse, gute beim Fleisch. Total irre, wenn Sie mich fragen. Und beim Rosenkohl stand dann eben auch, dass ich schuld sei an ihrem Tod. Und zwar haargenau. Jedenfalls hat die Kerstin dann irgendwann das Trumm gefunden und gedroht, mich an den Pranger zu stellen, wenn ich nicht zahl. Und so hab ich dem Miststück schön jeden Sonntag die Kollekte in den Arsch neiblasen, damit sie mir dafür eine Seite aus dem Buch gibt«, echauffierte sich der Geistliche, nun leicht verbal entgleisend.

»Und zum neuen Christkindle haben Sie sie auch noch gemacht«, ergänzte Astrid.

Winter senkte voller Scham den Kopf. »Ja, und dabei wär's dieses Jahr die Katharina geworden, das liebe Mädchen. Die Wahl war eindeutig. Aber was sollte ich denn machen? Mein guter Ruf stand auf dem Spiel. Mein Leben gar«, bemitleidete sich der Gottesdiener nun in aller Form.

»Alles in allem kam Ihnen der Tod von der Kerstin Rummsler also gerade recht«, sagte Bülent.

»Ja freilich«, gab der Pfarrer zu. »Aber ich war's nicht. Ich kann es gar nicht gewesen sein. Aber das wissen Sie ja.«

»Wissen wir das?«, wandte sich Bülent an seine Assistentin.

Astrid nickte. »Jep, Herr Winter war in der fraglichen Nacht tatsächlich bei einer Letzten Ölung. Ich habe sein Alibi überprüft. Laut der Familie der Sterbenden hat er dann ungefähr gegen halb vier das Haus verlassen.«

»Lag Kerstin Rummsler zu diesem Zeitpunkt noch vor Ihrer Kirche?«, fragte Bülent. Deutlich war dem Winter anzusehen, wie unangenehm ihm diese Frage war. Dann aber nickte er kaum merklich.

»Ja, sie lag noch da. Grauslig war das«, gab er zu. »Ich hab sie dann weggeschafft. Raus aus meinem Blickfeld.«

»Und warum haben Sie nicht einfach die Polizei gerufen? Sie haben ein Alibi, Herr Winter. Sie hätten also absolut nichts zu befürchten gehabt«, bohrte Astrid weiter.

Nervös zündete sich Winter eine weitere Zigarette an, seine fünfte mittlerweile. »Ich … also, ich habe nicht daran gedacht«, stammelte er, nachdem er seine Lungen ein weiteres Mal malträtiert hatte. »Ich wollte bloß, dass sie verschwindet.«

Astrid konnte kaum fassen, was er da gesagt hatte, und auch Bülent schüttelte ungläubig den Kopf. »Wie haben Sie denn das überhaupt alleine geschafft? Die Kerstin Rummsler war ja nicht gerade eine unpfundige.«

»Ich war ja nicht all …« Pfarrer Winter biss sich auf die Lippen. Aber was raus war, war raus. Bülent zog eine Augenbraue nach oben.

»Verstehe. Wer hat Ihnen denn geholfen, oder soll ich besser fragen, wem haben Sie geholfen?«

Astrid beobachtete, wie der Geistliche dem durchdringenden Blick des Hauptkommissars auswich. Er starrte auf das Kruzifix an der Wand und schwieg.

»Herr Winter, Sie wissen schon, dass Sie sich strafbar machen, wenn Sie uns nicht sagen, was Sie wissen«, versuchte sie nun, den maulfaulen Gesellen zum Sprechen zu bringen. Doch der Geistliche blickte nur stumm auf seine ausbrennende Zigarette.

»Dann werden wir Sie jetzt wohl mitnehmen müssen«, sagte Bülent, obwohl ihm vor nichts mehr grauste als vor einer Verhörsituation im Schuppen seines Vaters. Ging es noch dilettantischer? Von Hannelore, der gestörten Sau, gar nicht erst zu reden.

Der Pfarrer wandte sich ihm mit ausdrucksloser Miene zu. »Meinetwegen, Herr Rambichler, nehmen Sie mich mit. Aber das wird Ihnen auch nichts nützen. Meine Lippen sind versiegelt. Ich bin Pfarrer, schon vergessen. Für uns steht das Beichtgeheimnis an oberster Stelle. Und ich schwöre Ihnen, ich kann schweigen.«

Amen, dachte Astrid noch, als ihr Telefon klingelte. Der Rechtsmediziner Dr. Fröstel hing in der Leitung und teilte Astrid mit, dass ohne Zweifel Franz Geiger der Letzte war, der mit dem Mordopfer sexuell zugange gewesen war.

Kaum hatte Astrid ihrem Chef diese Neuigkeit zugeraunt, wütete sich dieser schimpfend und fluchend erst einmal quer durch die eh schon leicht derangiert daherkommende Küche des Pfarrers. Astrid, die derweil immer noch an der Strippe klebte, weil der Rechtsmediziner noch einiges anderes Spannendes zu berichten hatte – und gleichsam auch seine Stimme ziemlich animalisch-anziehend klang –, versuchte, so gut es ging, dem Winter seine Einrichtung zu retten und gleichzeitig den fallenden Möbelstücken aus dem Weg zu gehen. Der Geistliche zog sich unterdessen vorsorglich in seine Gemächer zurück.

»Bülent, jetzt hör mir doch mal zu, das war noch nicht alles …«, brüllte Astrid in den zerstörerischen Wahnsinn ihres Vorgesetzten hinein. Doch der war absolut nicht mehr aufnahmefähig.

»Ich habe genug gehört«, brüllte er zurück, zerdepperte dann doch glatt einen Teller an der Wand und raste wie von Sinnen aus dem Pfarrhaus. Das war dann wohl definitiv der Südländer in ihm, vermutete Astrid noch, und dann haute es sie auch schon pfleilgrade über einen umgekippten Stuhl. Ihr Klatscher auf dem Fliesenboden war dann auch eher einer der unsanften Art.

»Scheiße!«, entfuhr es ihr aus tiefster Seele, und sie bereute es kein bisschen. Darum jagte sie auch gleich noch mal ein »Scheiße!« hinterher. Nachdem sie sich mühsam wieder hochgerappelt hatte, humpelte sie schon ziemlich lädiert zur Eingangstür.

»Herr Winter, wir sind dann weg!«, verabschiedete sich Astrid laut rufend.

Antwort gab es keine. Der Pfarrer schlief nämlich, wie Astrid ein kurzer Blick ins Hinterzimmer zeigte, den Schlaf der Gerechten und ganz nebenbei seinen offenbar aufgewärmten Rausch aus.

Draußen folgte dann »Scheiße!« Nummer drei, als Astrid nämlich feststellen musste, dass Bülent mitsamt seinem Dienstwagen die Biege gemacht hatte.

Sie musste nicht lange überlegen, wo er so eiligst hinwollte, sie hoffte nur, dass er keine Dummheiten machte. So dermaßen in Rage hatte sie ihn wahrlich noch nie erlebt. Grundsätzlich war der Rambichler ja doch eher einer von der gemächlichen Fraktion. Seine Reaktion jetzt war natürlich durchaus verständlich. Wer ließ sich schon gerne eiskalt ins Gesicht lügen. Noch dazu vom ehemals besten Freund. Astrid entschloss sich, in ihre Ost-Rumpel zu steigen und ihrem Chef zu folgen. Sicher war sicher.

*

Bülent raste wie eine gesengte Sau die Landstraße entlang gen Kreisklinikum. Sein Tacho überschlug sich fast, und die Sirene, die er am Dach angebracht hatte, jaulte ohne Unterlass. Gut, dass er jede Kurve hier draußen auswendig kannte, denn sonst wäre wahrscheinlich schon einer der ersten Bäume der seinige gewesen. So aber bretterte der Hauptkommissar halbwegs kontrolliert über den Asphalt und pumpte sich dazu passend den deftigen Sound von Andrea Bergs »Du hast mich tausendmal belogen« in die Ohrmuscheln. Nicht, dass er jetzt ausgerechnet auf diese trällernde Wuchtbrumme stand, aber um seine Aggression zu schüren, taugte sie allemal. Und zwar ganz wunderbar. Er wollte nämlich gerade sowas von nicht nett sein. Schluss mit lustig. Franz hatte es jetzt wirklich mächtig übertrieben. Wie stand er denn jetzt da – vor allem vor Astrid? Die musste ihn ja für den vollkommenen Versager halten. Er deckte einen Mörder – ging es eigentlich noch saublöder? Denn dass Franz der Schuldige war, das stand jetzt wohl außer Zweifel. Aber dass ein Pfarrer mit einem Suffkopf gemeinsame Sache machte, das war schon höchst sonderbar.

Bülent schlug mit der flachen Hand dermaßen aufs Lenkrad ein, dass er den grimmigen Schmerz bis zum Schlüsselbein spüren konnte und der Wagen einen gefährlichen Schlenker in Richtung Graben machte. Das fehlte gerade noch, dass er sich wegen dem Geiger ins Nirwana schoss. Am Ende landete er selbst noch auf der Intensiv, wo er eigentlich gerne faustigerweise seinen Kumpel – nein, ehemaligen Kumpel – hindreschen wollte. Bülent nahm vorsichtshalber etwas Gas aus der Sache und erreichte somit halbwegs zivilisiert sein Ziel. Dass er dabei noch einen Notarztwagen schnitt und beinahe einen Opa samt Gehwägelchen vom Zebra knallte, war in diesem Fall noch das Geringste, was hätte passieren können. Nach einem kurzen Umweg über die Gynäkologie, wo der Hauptkommissar völlig unbeabsichtigt einen Schwangerschaftskurs sprengte, stand er endlich schwer atmend vor der Zimmertür vom Franz. Angeklopft wurde nicht, sondern einfach nur hineingestürmt. Höflichkeit war in diesem speziellen Fall wirklich nicht angebracht.

Franz saß aufrecht im Bett und wirkte ziemlich erholt, wie er da so in seinem Western-Groschenroman herumschmökerte. Lediglich seine bandagierten Haxen zeugten noch von der Karambolage. Ansonsten sah er geradezu rausgefressen gesund aus, fand Bülent und wurde gleich noch ein wenig zorniger. Auch Franz' Miene verfinsterte sich schlagartig, als er Bülent erblickte.

»Da schau an, Judas gibt sich die Ehre.«

Grad dass er dazu nicht auf den Boden spuckte. Hochgezogen hatte er die Suppe schon, das konnte Bülent deutlich hören. Aber einen Rest Anstand schien er dann doch zu haben, der Lump.

»Das sagt der Richtige. Mir weismachen wollen, dass da mit der Kerstin Rummsler nichts gewesen war, und dann hast doch deine Finger nicht von ihr lassen können«, ballerte Bülent gradaus raus.

»Was hab ich? Was wollt's ihr mir denn jetzt wieder anhängen?« Franz' gesunder Teint hatte jetzt durchaus eine fahle Dusche abbekommen.

»Was heißt hier anhängen? Der DNA-Test war eindeutig. Du warst der Letzte, der mit ihr ... also, mir verstehen uns schon. Aber warum hast du sie denn hernach gleich noch abmurksen müssen? Des schaut jetzt nämlich schon arg verreckt danach aus, Franz.«

Der Angesprochene ließ sich erschöpft in sein Kissen sinken. Jetzt war er richtig käsig um die Nasenspitze herum. »Ich kann mich an nix erinnern, das musst du mir glauben, Bülent. Ich war so besoffen in derer Nacht. Des war der Todestag von meiner Mutter, da zwirbelt's mich doch immer recht. Aber das weißt ja.«

Bülent nickte, sein Grant war fürs Erste verflogen. Er fühlte sich einfach nur noch hilflos. »Rutsch mal!«

Bereitwillig machte Franz Platz, und der Hauptkommissar ließ sich seufzend auf die Bettkante sinken. Er genoss kurz den Moment der Stille, dann fuhr er fort: »Aber warum bist uns denn davongelaufen, wenn'st dich angeblich an nix erinnern kannst. Des passt doch nicht zusammen.«

Franz Geiger zuckte mit den Schultern. »Ich weiß auch nicht. Panik vielleicht. So einer wie ich, der ist doch schon von Haus aus verdächtig. Und der kleine bissige Pinscher, der dir immer am Hacken klebt, der glaubt ja eh, dass ich es war.«

Bülent brauchte kurz, bevor ihm klar wurde, wen Franz mit dem Pinscher meinte. Fast entlockte ihm dieser Vergleich ein Lächeln. Seine Assistentin besaß wirklich, genau wie diese Hunderasse eben auch, einen höchst ausgeprägten Jagdtrieb.

»Jedenfalls war das eine ziemlich blöde Aktion von dir«, sagte Bülent. »Wenn'st bis dahin nicht verdächtig warst, dann bist du es ab dem Zeitpunkt deiner versuchten Flucht umso mehr. Wo hättest denn überhaupt hingewollt mit der Funzn?«

Franz sah zum Fenster hinaus. »Keine Ahnung, erst einmal nur weg. Wahrscheinlich hätte ich es auch geschafft, wenn mich dieser aufgestellte Mausdreck nicht von der Schwalben geschossen hätte. Wenn du mich fragst, gehört die Erna als Allererstes eingebuchtet, so mordsmäßig wie die umeinanderhantiert. Wer weiß, vielleicht hat die ja auch die Gelbwurst-Pflunzn auf dem Gewissen.«

»Das glaubst doch jetzt selber nicht«, erwiderte Bülent.

»Ist doch eh egal, was ich glaub«, kam es bitter zurück. Franz drehte dem Hauptkommissar den Rücken zu, richtete sich zum

Sitzen auf und versuchte, aus dem Bett zu steigen. Erst jetzt sah man, dass sein Oberkörper in einem Korsett steckte.

»Was machst denn jetzt?« Bülent beobachtete etwas irritiert, wie Franz ein ums andere Mal stöhnend versuchte, seinen Arsch nach oben zu wuchten. Es war offensichtlich, dass er unter starken Schmerzen litt.

»Ich pack, dann kannst mich gleich mitnehmen und in den Knast stecken zu all den anderen Verbrechern und Versagern«, erwiderte Franz schwer schnaufend, bevor er dann endlich auf zwei Beinen stand und freilich auch gleich wieder umfiel. Diesmal allerdings auf's weniger softe Krankenhaus-Linoleum. Und zwar mit dem Gesicht voraus.

»Mensch, Scheiße, Franz.« Bülent war mit wenigen Schritten bei ihm und zerrte an dem Gestürzten herum in der Absicht, ihn wieder zurück ins Bett zu hieven. Was gar nicht so einfach war. Selbst bei so einer halben Portion nicht. Wahrscheinlich wog seine Leber so viel, überlegte sich Bülent, verwarf den Gedanken aber voller Scham schnell wieder.

»Aua, Rambichler, spinnst du, du renkst mir ja den Arm aus«, schrie Franz so laut, dass es auch die herbeieilende Astrid draußen auf dem Flur nicht überhören konnte und nun voller Sorge ins Zimmer stürmte.

»Bülent, lass ihn los!«, kreischte sie, die Situation völlig verkennend, sprintete auf ihren Chef zu und stürzte sich huckepack auf ihn drauf. Im Wald würde man rufen: Achtung, Baum fällt! Tat man bei einem Hauptkommissar der Nürnberger Mordkommission natürlich nicht. Zumal man da schon ein wenig mehr Standfestigkeit erwarten durfte. Dem war aber nicht so. Bülent fiel und Astrid mit ihm – auf den Franz, also immerhin schön weich. Nach einer schockstarren Sekunde, konnte auch Minute gewesen sein – der Geiger röchelte nämlich schon verdächtig unter den Ermittlern nach Luft – entzwirnten sich die Kripobeamten schweigend wieder. Das Ganze war auch wirklich zu peinlich. Immer noch völlig verstummt kratzten sie gemeinsam den halb Zerquetschten vom Boden und verfrachteten ihn zurück in sein Bett, von wo aus dieser sofort den Notknopf drückte, um dann der herbeigeeilten Krankenschwester weismachen zu wollen, dass Bülent und Astrid ihm nach dem Leben trachteten. Glaubte sie natürlich nicht. Trotzdem komplimentierte sie die beiden Ermittler bestimmt, aber freundlich vor die Tür. Draußen dann brach Bülent als Erster das Schweigen.

»Hast du allen Ernstes geglaubt, ich würde ihm was antun?«

Astrid sah beschämt auf ihre Fußspitzen. »Du warst so wütend«, piepste sie. »So habe ich dich noch nie erlebt.«

»Ja, das war ich«, gestand Bülent. »Und ganz ehrlich, am liebsten hätte ich dem Franz schon eine gescheppert. Aber wem hilft's? Ihm nicht und mir auch nicht. Werden jetzt eh ganz harte Zeiten auf ihn zukommen.«

»Ich glaube nicht, dass er es war, Bülent«, sagte Astrid, und er registrierte schon ganz genau, dass sie ihn innerhalb kürzester Zeit das zweite Mal bei seinem vollen Namen nannte. Hatte das am Ende was zu bedeuten?

»Hey, hörst du mir überhaupt zu?«

»Was?«

»Ich denke nicht, dass dein Kumpel etwas mit dem Mord zu tun hat«, wiederholte Astrid.

Bülent schnaufte schwer. »Das ist jetzt aber nicht dein Ernst? Du warst dir doch immer so sicher, dass er es war.«

»Auch ein Genie kann sich mal irren«, kam es extrem lässig zurück. »Überleg doch mal, wenn dein Freund in der Mordnacht hacke war bis zur Hirnrinde …«

»Wovon mal schwer auszugehen ist«, unterbrach Bülent sie.

»Eben, aber dann hätte er es doch niemals hoch in den Kirchturm geschafft. Um dort oben noch eine Frau über die Brüstung zu wuchten, die ungefähr das Doppelte von ihm auf die Waage bringt.«

»Mindestens«, ergänzte Bülent grinsend. Die Aussicht, dass Franz tatsächlich unschuldig sein könnte, stimmte ihn mehr als froh. Und er wollte nur zu gerne daran glauben. »Und was machen wir mit ihm?«

Astrid zuckte mit den Schultern. »Erst einmal nichts, in seinem momentanen Zustand kann er uns sowieso nicht noch einmal abhaun.«

Bülent nickte zustimmend.

»Du, da ist übrigens noch was«, ließ Astrid vorsichtig verlauten. »Da waren doch diese Hautreste unter Kerstins Fingernägeln …« Sie machte eine bedeutungsschwangere Pause.

»Ich nehme an, sie sind nicht vom Franz«, mutmaßte ihr Vorgesetzter.

Astrid schüttelte den Kopf. »Nein, sie stammen noch nicht einmal von einem Mann.«

In Bülents Kopf lief schlagartig alles quer. Bis dato hatten sie sich im weitesten Sinne ausschließlich auf seine eigene Spezies konzentriert und völlig außer Acht gelassen, dass ja auch Frauen zu fiesen Untaten fähig waren. Sofort schossen ihm die Worte von Franz in den Sinn, in denen er die Erna verdächtigte. Aber warum sollte sich eine über Achtzigjährige noch den Lebensabend versauen. Mal abgesehen davon, dass sich Pfarrer Winter sicherlich für keine der Walder-Zwillinge der Gefahr des Fegefeuers aussetzte, indem er sie deckte. So wie Bülent sich das vorstellte, würde der Geistliche die beiden nicht einmal mit der Beißzange anfassen, selbst wenn man sie ihm nackert auf den Bauch binden … Nein, jetzt vergaloppierte sich seine Phantasie doch ein wenig. Und was, wenn Kerstins Mutter Hand angelegt hatte, weil sie das gottlose Leben ihrer Tochter aufs Schwerste verurteilte? »Also, ich glaube, ich brauch jetzt erst einmal einen Kaba«, sagte Bülent trotzig und erwartete gar nicht, dass Astrid sein kindliches Verhalten verstand.

Wie zu erwarten glotzte sie auch daher wie ein Bus mit Standlicht. Aber neben dem Schinkenbrot seines Vaters war die heiße Schoki eben ein weiteres Allheilmittel aus seiner Kindheit, welches er mit ins Erwachsenenalter hinübergerettet hatte. Zwar füllte er sich meist dermaßen damit ab, dass ihm schlecht wurde wie Sau, aber dafür ging es ihm hernach mental meistens wieder besser. Lieber der Magen kotzt als die Seele, hatte seine Großmutter mütterlicherseits schon immer gesagt.

*

»Hast du es dann endlich mal?«

Mehr amüsiert als pikiert beobachtete Astrid ihren Chef, der genüsslich am eh schon blank geleckten Löffel herumnuckelte. Seit über einer Stunde saßen sie nun schon in der Cafeteria des Krankenhauses, wo Bülent soeben die dritte Tasse Kakao mit dick Sahne obendrauf in Angriff nahm. Astrid war allein schon vom Hinschauen schlecht. Bis dato hatten sie kein weiteres Wort mehr über die neue Situation, ihren Fall betreffend, gesprochen. Der Hauptkommissar hatte sich nämlich unbedingt eine kleine gedankliche Pause gewünscht. Astrid jedoch konnte jetzt nicht länger an sich halten.

»Auch wenn du es nicht hören willst, wir sollten uns unbedingt noch einmal die Katharina Fromm vorknöpfen und sicherheitshalber auch von ihr eine DNA-Probe nehmen«, platzte es deshalb aus ihr heraus.

Bülent seufzte. »Die hat doch ein Alibi für die Tatnacht.«

»Ja, genau, das ihre überfürsorglichen Eltern ihr gegeben haben. Die würden doch sogar in eine Güllegrube für ihren Engel springen, wenn es sein muss. Mal abgesehen davon, dass euer Pfarrer anscheinend auch ein besonderes Verhältnis zu dem Mädchen hat. Ein bisschen zu viel des Guten, meinst du nicht?«

Der Hauptkommissar winkte ab. »Bloß weil du sie nicht magst, ist die noch lange keine Mörderin.«

»Und bloß weil du sie magst, ist sie noch lange nicht keine Mörderin«, konterte Astrid zackig.

Bülent seufzte und fuhr sich mit der Hand erschöpft übers Gesicht. »Eigentlich habe ich überhaupt gar keine Lust mehr auf das alles hier«, gab er zu. »Am liebsten würde ich heim nach Nürnberg fahren und ...«

»... dich in dein Badezimmer verschanzen«, vervollständigte Astrid grinsend seinen Satz.

»Ja, das würde ich tatsächlich gerne«, gab Bülent zurück. »Bei meinen Eltern darfst ja nicht länger als fünf Minuten duschen, sonst wedelt mein Vater einem schon mit der Wasserrechnung vor der Nasen rum.«

»Du hast es schon wirklich schwer«, zog Astrid ihn auf, schlug aber gleich einen versöhnlichen Ton an.

»Was hältst du davon, wenn wir für heute eine Pause einlegen«, fragte sie. »Dr. Fröstel hat die Leiche bereits freigegeben, und morgen Nachmittag schon soll die Beerdigung sein. Da würden wir dann alle auf einem Haufen erwischen. Bis dahin könnten wir es uns mal wieder ein bisschen gut gehen lassen. Guter Plan oder guter Plan?«

»Und was sagen wir dem Köhl?«, fragte Bülent.

»Nichts. Der ist nämlich, wie man im Revier munkelt, mit

seiner neuen Sekretärin in ein verlängertes Wochenende nach Italien abgedampft«, erzählte Astrid breit grinsend.

Bülent verzog das Gesicht. »Dieser Hund, dieser schwindsüchtige. Und wir dürfen uns hier für ihn abstrampeln. Ich frag mich wirklich, was die Frauen an dem finden. Kleben an ihm wie die Schmeißfliegen.«

»Macht macht eben sexy«, erwiderte Astrid trocken, und nach einer kurzen Pause fügte sie äußerst zwitschrig hinzu: »Mir braucht man mit sowas aber nicht daherzukommen. Mich reizen da eher andere Dinge.«

*

Ein Augenaufschlag vom Feinsten traf Bülent nun ziemlich unvorbereitet, und schon brach in seinem Bauchraum die Hölle los. Es fühlte sich an wie eine Horde Schmetterlinge auf Ecstasy. Und der Kaba war garantiert nicht schuld daran. Verknallt war er, und zwar bis über beide Ohren. Die Erkenntnis über diese plötzliche Erkenntnis – also geahnt hatte er es sicherlich schon vorher irgendwie – ließ dann auch Bülents Feinmotorik streiken, und er rumpelte gegen seine Tasse, dass der nix anderes übrig blieb, als zu kippen. Logisch, dass die braune Soße ihm, und nur ihm, unvorteilhaft auf die Jeans floss. Sah verdammt danach aus, als hätte ein Adler mit Diarrhö draufgeschissen. Und so schnell wie Bülent gar nicht schauen konnte, hatte sich Astrid schon eine Serviette geschnappt und rubbelte an seinem Oberschenkel herum. Des hätt's jetzt vielleicht nicht unbedingt gebraucht – aber schön war's schon irgendwie.

KAPITEL 19

Die ewige Unruhe

So eine Beerdigung, und wenn es sich dann noch um eine derart mörderische handelte, war, im dörflichen Sinne betrachtet, schon fast ein mediales Großereignis. Also das ZDF war jetzt selbstredend natürlich nicht vor Ort, dafür aber alle windigen Landkreis-Paparazzi, die ehrenamtlich für die diversesten Gemeindeblätter herumkritzelten. Normalerweise ging deren Berichterstattung selten über hundertste Geburtstage und die Zusammenkünfte diverser Ortsvereine hinaus, dementsprechend war so ein menschliches Gemetzel freilich in ihren Augen ein geradezu journalistischer Höhepunkt, den man keinesfalls verpassen durfte. Die St.-Ursel-Kirche war also voll bis unters Dach, und immer noch drückten die Leute hinein, um dem Trauergottesdienst für die Ermordete beizuwohnen.

Nur die Wirtsfamilie, die Krapfenbergers, glänzte aus gegebenem Anlass mit Abwesenheit. Die hatten schließlich alle Hände voll damit zu tun, den Leichenschmaus auszurichten. Ein höchst einträgliches Geschäft war das, weil da konnte man so herrlich die bereits verfallsmäßig abgelaufenen Würstl verbraten. Merkte in dieser ganzen Aufregung sowieso keiner. Und wer's hernach mit dem Magen hatte, der bekam einen Selberbrannten aufs Haus, und gut war's wieder. Ja, ein rechter Hund war er schon, der alte Krapfenberger. Aber sonst war wirklich jeder, der noch halbwegs hatschen konnte, da. Man könnte fast meinen, irgendeine Königsfamilie brächte einen ihrer verwöhnten Bälger unter die Haube, denn so gespannt war auch die Stimmung, beziehungsweise die teilweise etwas überzogene Aufmachung der Leute.

Bülent und Astrid, die sich nahe am Eingang aufhielten, um ja nichts und niemanden zu verpassen, beobachteten zum Beispiel geradezu fassungslos, wie der Krätz Heinzi mit seiner Evi einmarschierte. Während er, wie immer zu solchen Anlässen, seinen mittlerweile schon arg verspeckten Hochzeitsanzug trug, der klar schon kniff an der Hüfte, hatte sich sein Weibsbild aufgebrezelt wie eine Diva. Jacky O. war bei der Beerdigung ihres Johnnyboys wahrlich ein Dreck dagegen gewesen.

»Die sieht aus wie ein Filmstar mit ihrer riesigen Sonnenbrille«, wisperte Astrid ihrem Chef ins Ohr.

»Ja, aber nur, solange sie den Mund nicht aufmacht.«

Die Ermittler grinsten sich an. Überhaupt waren die beiden bester Laune. Der gestrig vorzeitig eingeläutete Feierabend hatte ihnen wirklich gutgetan. Man war nach Nürnberg gefahren, hatte noch gemeinsam gegessen – beim Inder versteht sich –, und dann war jeder tatsächlich brav seines Weges gegangen. Bülent in sein Hamam, und Astrid ins Yoga-Studio. Gewünscht hätte man sich vielleicht anderes. Aber manchmal ist ein schöner Traum fast schon besser als die Realität. Und wenn der Hauptkommissar an den seinigen in der Nacht dachte, dann wurde es ihm jetzt noch ganz kribbelig.

»Da, schau ihn an, den Rambichler. Noch nix gerissen, aber fröhlich daherlachen – und das hier. Also dass er sich nicht schämt.« Das war, ganz klar, eine von den Landfrauen. Die ganze Bande saß nämlich direkt vor Astrid und Bülent und drehte sich ständig unverhohlen zu ihnen um. Der Hauptkommissar konnte nicht anders und streckte ihnen wie ein Lausbub die Zunge raus. Woraufhin ihm die Weiber, höchst konsterniert über so ein schändliches Benehmen, allesamt demonstrativ den Rücken zudrehten und klammheimlich ihre Tupperschüsseln auspackten. So eine Kirch ohne ein gescheites Kuchenbuffet in der Taschen war einfach keine Kirch nicht.

»Das hat deinen Vater bestimmt wieder ein paar Wählerstimmen gekostet«, flüsterte Astrid, die höchst amüsiert die ganze Szene beobachtet hatte.

Bevor Bülent noch etwas erwidern konnte, setzte die Orgel ein, und der Kirchenchor schmetterte das erste Lied von der Balustrade. Wäre schon schön, wenn da nicht der Organist wäre, der allerweil reichlich bitter danebenhieb. Aber für seine knapp hundert Lenze hielt er sich dann doch ganz wacker da oben auf der Empore. Blind wie ein Maulwurf, aber mit einer derartigen Hingabe ans Instrument gesegnet, dass einem die Tränen gar aus den Ohren trieften. Bülent vermutete eh schwer, dass viele hier wegen der musikalischen Vergewaltigung weinten, und nicht weil sie von allzu großer Trauer übermannt wurden. Manche schluchzten so dermaßen, dass man meinen konnte, die Tote war Lady Di persönlich. Also gut, beim Staiger junior konnte man es noch verstehen, dass der ohne Unterlass in sein Taschentuch reinrotzte. Immerhin war der schwer verliebt gewesen in die Kerstin. Und ja, auch die Katharina, die schon eine ganz wunde Nase hatte und arg zerhaut aussah, hatte so als beste Freundin allen Grund zum hemmungslos Trauern. Na ja, und die Walders, die greinten, weil sich das bei einer Beerdigung so gehörte. Aber warum jetzt sein Vater, der gemeinsam mit Maria etliche Reihen vor ihnen saß, sich so dermaßen gehen ließ und öfters mal sogar laut wehklagte, vermochte Bülent sich nicht zu erklären. Der Hauptkommissar konnte ja nicht ahnen, dass Sau Hannelore just an jenem Morgen dem rambichlerschen Teehäuschen endgültig den Garaus gemacht hatte. Einzig Kerstins Familie saß mit versteinerter Miene da und ließ sich keine wie auch immer geartete

Traurigkeit anmerken. Bei Bernd und Sepp Rummsler konnte Bülent das ja noch nachvollziehen. Die schienen ihm, emotional betrachtet, schon eher etwas minderbemittelt. Aber Christa als eine Mutter, die ihr Kind verloren hatte, von der erwartete man fast schon einen schmerzgepeinigten Ausraster. Aber nichts dergleichen geschah. Selbst als der Pfarrer später dastand und etwas holprig den Lebenslauf der Kerstin verlas, war keine Gemütsregung erkennbar. Gut, Hans Winter gestaltete das Ganze auch reichlich nüchtern und tat sich sichtlich schwer damit, wenigstens einen Hauch von Mitgefühl in seine Stimme zu legen. Aber wer konnte es ihm schon verdenken. Außerdem gab es faktisch zwischen der Geburt der Gelbwurst-Pflunzn und ihrem gewaltsamen Tod wahrlich nicht viel, was man hätte erzählen können. Über Kerstins liebstes Hobby, die Vielmännerei, durfte er nicht sprechen, über die Hintergründe ihres gewaltsamen Todes wollte er nicht sprechen. Immerhin schaffte es der Geistliche, Profi der er dann doch war, Kerstin auf ihrer letzten Reise alles Gute zu wünschen. Sogar einen letzten, durchaus liebevoll gemeinten Gruß an die Oma Zensi schickte er ihr mit hinauf ins göttliche Appartement.

»Du, Bülent«, raunte Astrid mitten ins Glaubensbekenntnis hinein und zupfte an seiner Jacke herum.

»Was ist denn?«

»Was hältst du davon, wenn wir uns an den Ausgang stellen und gleich mal von jeder Frau eine DNA-Probe nehmen. Sind doch alle da, wäre also total easy. Hab auch an alles gedacht.«

Zur Untermalung ihrer Worte öffnete Astrid ihren Beutel, in dem sich tatsächlich etliche noch verpackte Teststäbchen befanden. DNA to go. Auf so einen Wahnsinn konnte auch nur seine Assistentin kommen. Das gäbe vielleicht einen Aufschrei, wenn sie noch vor der offiziellen Bestattung im Friedhof – also quasi vor dem eigentlichen Showdown – hier so einen Zirkus veranstalten würden. Bis in alle Ewigkeiten dürfte er sich in Strunzheim dann nicht mehr blicken lassen. Wobei – eigentlich eine ziemlich verlockende Aussicht. Aber alle Frauen hieß dann schließlich auch seine Mutter, und ihrem Zorn, der sicherlich auf diese Aktion folgen würde, mochte er sich lieber nicht aussetzen. Außerdem gehörte es sich nicht, basta.

»Also, was ist jetzt, machen wir's?«, tönte es da schon leicht ungeduldig von der Seite.

»Auf keinen Fall. Wie kommst du nur immer auf solche Ideen?«, raunzte er etwas zu laut zurück.

Ein harsches »Pssst« aus den Reihen der Landfrauen war die Folge. Dort war man übrigens bereits beim Käsekuchen angelangt.

»Feigling«, grummelte Astrid und schloss ihre Tasche wieder. Demonstrativ drehte sie danach ihren Kopf von ihm weg. Süß, wenn sie die beleidigte Leberwurst mimte.

Bülent stupste sie an. Astrid stupste zurück – schon war alles wieder gut.

Draußen am offenen Grab wurde es dann glatt schwer emotional. Während sechs labbrige Jungs aus der Landjugend, wie Bülent vermutete, unter größten Anstrengungen den schlichten Sarg in der Erde versinken ließen, sang die Katharina »Someone like you« von Adele. Das war das Lieblingslied der Toten gewesen, wie man sich unter den Trauergästen eifrig zuwisperte. Und wie schön die Fromm sang. Selbst Astrid verdrückte ein paar verstohlene Tränen, wie Bülent aus den Augenwinkeln heraus beobachten konnte. Aber auch er selbst hatte einen dicken Kloß im Hals, der ihm hochging bis zum Zäpfchen.

»So, wie die aussieht, kippt die uns jetzt gleich aus den Latschen«, durchbrach Astrid plötzlich den höchst emotionsgeladenen Moment ihres Vorgesetzten.

Sie deutete auf Katharina, die tatsächlich einen schwer desolaten Eindruck machte. Ihre gerade noch glockenhelle Stimme wurde immer brüchiger. Schließlich verstummte sie ganz und kam erschöpft auf dem aufgeschütteten Erdhaufen neben dem Grab zum Erliegen. Wie Schneewittchen, bloß in Blond, fiel Bülent gleich dazu ein. Sofort war natürlich eine gefühlte Hundertschaft von Mannsbildern zur Stelle, die alle dem gefallenen Engel helfen wollten.

Allen voran der Kühn Tommi, der nun alle wieder höchst resolut auf ihre Plätze verwies.

»Jetzt haut's ab«, brüllte er. »Die Katharina gehört mir.«

Voller Sorge beugte er sich über das Mädchen und streichelte ihr zärtlich über die Wange, das ein oder andere Bussi gab es gratis dazu. Da schoss der Katharina doch gleich wieder ein bisschen die Farbe ins Gesicht.

Na dann doch eher Dornröschen, korrigierte Bülent seinen märchenhaften Gedanken von vorhin.

»Ja, du Hund, du verreckter. Schau, dass du deine primitiven Griffel von unserer Katharina lässt.« Das war der Xaver Fromm, der sich nun höchst rasant einen Weg durch die allseitig verstummten Trauergäste bahnte.

Da lag was in der Luft, das spürte jeder. Sogar die Vögel rundherum hielten ihren Schnabel, und freilich zückten die journalistischen Schreiberlinge schon ihren Kuli. Dem Bauunternehmer jedenfalls ging sein guter Ruf gerade völlig am Arsch vorbei. Er packte seinen Angestellten unsanft am Kragen und versuchte, ihn wie einen Hund von seiner Tochter wegzuzerren. Diese jedoch klammerte sich wie eine Ertrinkende an Tommis Arm.

»Papili, hör auf, du tust ihm doch weh«, winselte sie.

»Xaver, die Katharina und ich, wir gehören zusammen, da kannst auch du nichts dagegen machen«, stellte sich Tommi jetzt verbal mitten rein in den genetischen Vulkan. Patsch, da hatte er auch schon die flache Hand vom Fromm im Gesicht kleben. Ein Raunen ging durch die Menge.

»Du kapitale Drecksau, du lässt mir meine Prinzessin in Ruh, dass das klar ist.«

Bevor Bülent von Berufs wegen her einschreiten konnte – obwohl er dem Spektakel schon gerne noch weiter zugeschaut hätte –, brüllte die Katharina leicht hysterisch: »Aber er ist doch der Papa von meinem Baby, und wenn's mich vielleicht doch verhaf…« Weiter kam sie nicht. Und es wäre gerade spannend geworden, aber zack hing dem Tommi dann doch die frommsche Faust in der Goschen, und jedes weitere Wort ging im ekelhaften Knirschen von Tommis Kiefer unter. Grinsen tat der dabei trotzdem noch, das mit dem Kind, das freute ihn nämlich schon arg. Seinen Schwiegervater in spe allerdings weniger. Der stürzte sich jetzt auf ihn wie ein Berserker.

»Du Hurensohn, dich bring ich um«, kreischte Xaver Fromm dabei in das übergeschnappte Geflenne seiner Ehefrau Roswitha hinein. Ein uneheliches Kind, noch dazu von einem Nicht-Akademiker, war schließlich schon eine arge Schande. Da lohnte es sich, mal richtig zu plärren.

»Niemand bringt hier niemanden um«, versuchte Bülent, sich möglichst laut Gehör zu verschaffen. Genauso gut hätte er mit einer Parkuhr reden können.

»Allmächt, mach doch was, Bub, der Fromm reißt dem Tommi doch sonst noch das Ohrwaschel ab«, plärrte Vater Rambichler mitten rein in die offensichtliche Ratlosigkeit des Kriminalbeamten. Erkan war nämlich überhaupt nicht damit einverstanden, wie sein Sohn diese ganze Sache hier handhabte. Er wäre da schon anders rangegangen. Aber als Politiker machte er sich die Hände bestimmt nicht schmutzig. Nicht in einem Super-Wahljahr.

»So wird des nichts, so wird des nichts«, tobte er stattdessen wie Rumpelstilzchen neben seiner Frau umeinander, während die Ermittler aus Nürnberg etwas hilflos dabei zusehen mussten, wie das Ganze hier mitten auf dem Friedhof langsam, aber sicher zu einer handfesten Keilerei ausartete.

Tommi Kühn, weil jünger und wendiger, hatte mittlerweile nun doch Oberwasser und seinen Chef so dermaßen in den Schwitzkasten genommen, dass es dessen Augen schon ungalant aus den Höhlen trieb. Während der Hauptkommissar immer noch darüber nachdachte, wie er das ganze Debakel möglichst ohne großes Aufsehen stoppen konnte, tat es plötzlich neben ihm einen lauten Knall. Seine Assistentin hatte doch astrein ihre Waffe gezogen und mit zittrigem Finger am Abzug einen Warnschuss abgegeben. Von Erna Walder gab es daraufhin respektvolle Standing Ovations. Frauenpower – das gefiel ihr.

»Schon eigentlich ein recht patentes Mädchen, diese Weberin«, sagte sie laut und in der Annahme, dass ihre Zwillingsschwester noch wie vorhin neben ihr stand. Traudl jedoch hatte die Gunst der Stunde genutzt und sich schleunigst in die schützenden Arme des verdutzten Pfarrers geflüchtet.

»Wissen Sie, Herr Pfarrer, so eine Schießerei macht mich schon im Fernsehen immer ganz wirr«, hatte sie noch gesäuselt und dann ihren Kopf mit schmachtendem Blick unter seine Achsel geklemmt.

Hans Winter selbst sah aus, als würde er jeden Moment zusammenbrechen.

Indessen hatte Astrids Demonstration der polizeilichen Macht nur kurzfristig dazu geführt, dass die Kontrahenten voneinander abließen. Nach einem flüchtigen Schreckensmoment und einem schnellen Verschnaufer droschen die beiden wieder ohne Sinn und Verstand aufeinander ein. Wüste Beschimpfungen waren natürlich obligatorisch. Mittlerweile benahmen sich die Schaulustigen rundherum, wie eigentlich auch nicht anders zu erwarten, als wären sie live bei einem Boxkampf von einem der Klitschko-Brüder dabei. Da wurde angefeuert, gejubelt und ausgepfiffen, was das Zeug hielt. Die Sympathien lagen allerdings eindeutig auf der Seite vom Landjugendvorstand Tommi Kühn, und wenn man es genau nahm, lag dieser auch nach Punkten vorne. Das hatte auch die besorgte Roswitha Fromm schon registriert und erbat sich flehentlich Hilfe für ihren Gatten. Der Krätz Heinzi himself kam dieser Aufforderung selbstverständlich nur zu gerne nach. Nicht, weil er jetzt unbedingt ein rechter Gentleman war oder den Fromm besonders mochte, sondern weil seine Evi den Kühn schon immer recht anschmachtete. Faktisch war da eine Trumm Schellen schon längst überfällig. Gedacht, getan. Tommi traf völlig überraschend aus dem Hinterhalt heraus ein derartiger Schlenker von Heinzis Faust am Schädel, dass er wie ein Mehlsack nach vorne überkippte und erst einmal völlig benommen liegen blieb. Als Katharina ihren Liebsten da so ausgeknockt liegen sah, weinte sie bittere Tränen.

»Das ist alles meine Schuld«, krächzte sie ein ums andere Mal. »Hätte ich doch bloß …«

»Nichts. Sei ruhig jetzt. Und geh heim!«, fiel ihr der Vater streng ins Wort. »Ab jetzt, Madame!«, zischte er, wobei ein Schneidezahn aus seinem Mund schoss und der Erna, die natürlich in vorderster Front stand, so dermaßen hart an die Stirn flog, dass gleich eine rechte Delle blieb.

»Arschloch«, murmelte die kaum hörbar, sagte aber nichts weiter. War doch alles viel zu spannend.

»Das hast gut gemacht, Heinzi«, anerkennend hieb der Bauunternehmer dem Krätz auf dem Buckel herum. Evi war allerdings so gar nicht begeistert von dem Treiben ihres Ehemannes und zeigte ihm erst einmal eiskalt den Mittelfinger. Katharina wiederum tat, was ihr Erzeuger von ihr verlangte. Mit hängenden Schultern und weinend wackelte sie davon. Astrid wäre ihr nur zu gerne hinterher, sie vermutete nämlich jetzt stärker denn je, dass das Mädchen mehr wusste, als sie zugab.

Aber im Moment gab es doch Wichtigeres für sie zu tun. Bülents Assistentin baute sich nämlich vor dem verdutzten Heinzi Krätz auf und langte ihm eine, dass' gleich ganz aus war. Und zwar für seine, wie sie fand, extrem hinterfotzige Aktion von gerade eben. Gerade, dass die Erna daraufhin kein Autogramm von der Kommissarin verlangte vor lauter Begeisterung.

Bülent allerdings konnte nun nur noch dabei zusehen, wie das weitere Übel seinen Lauf nahm. Denn es war schon klar, dass Heinzis donnerndes Echo nicht lange auf sich warten ließ. Wie gesagt, er war eben kein Gentleman. Aber anstatt dass Astrid nach diesem achtziger Rundschlag, der sie erwischt hatte, nun klein beigab, wurde sie nur noch narrischer. Fast schon wie von Sinnen hieb sie ihre strahlend weißen Beißer in den Hüftspeck ihres Gegners und biss sich darin regelrecht fest. Der Hauptkommissar vermeinte fast, ein dezentes Knurren aus der Kehle seiner Kollegin vernommen zu haben. Der Pinscher – da war er wieder. Mutig war sie ja schon, sein Sunshinechen, das musste man ihr wirklich lassen. Da konnte er schon stolz sein. Wenn er jetzt allerdings so sah, wie der Autoschrauber sie derb an den Haaren zog, da wurde ihm gleich speiübel. Es half nichts, da konnte er nicht mehr dabei zusehen. Er musste eingreifen – und zwar jetzt. Mit einem Urschrei, der aus seiner tiefsten Seele zu kommen schien, stürzte sich Bülent huckepack auf den Heinzi und versuchte, den Koloss unter Kontrolle zu bringen.

Erkan klatschte stolz in die Hände. »Mein Junge, das ist mein Junge«, frohlockte er lauthals in die Runde.

»Genau. Und weil er dein Bub ist, hilfst ihm jetzt auch«, befahl Maria und schubste ihren Ehemann sachte, aber bestimmt mitten rein ins Getümmel.

»Aber Maria …« Weiter kam Erkan nicht, denn augenblicklich brach das vollkommene Chaos aus. Das halbe Dorf hatte plötzlich Blut gerochen, und wie auf Kommando boxte auf einmal jeder alles und jeden nieder. Die andere Hälfte des Dorfes wiederum – also die Alten, Kranken und Pazifisten – hatten es sich auf den Grabsteinen ringsherum gemütlich gemacht. Sie gafften fröhlich vor sich hin und wurden dabei von den allerweil recht emsigen Landfrauen mit Kaffee und Kuchen versorgt. Gegen ein kleines Entgelt versteht sich. Und während sich Bernd und Sepp Rummsler aus Ermangelung an Gegnern selbst windelweich hauten, war Christa mit hängendem Kopf nach Hause gewackelt.

*

Da saß sie nun, die Rummslerin, ganz allein auf dem verschlissenen Kanapee, schaute sich Kinderbilder von der Kerstin an und fing an zu weinen. Über ihr Schicksal, das grauslige im Allgemeinen und über die paar hundert Euro, die sie jetzt dem Krapfenberger für nix und wieder nix in seinen gierigen Schlund geschmissen hatte, im Besonderen. Denn aus dem Leichenschmaus würde jetzt so gesehen wohl eher nichts mehr werden.

KAPITEL 20

Nix ist oft, wie man denkt, dass es ist

Das mit einem angemessenen Leichenschmaus für die Kerstin wurde freilich nichts Rechtes mehr. So richtig traurig war ja, wenn man es genau nahm, eh keiner gewesen. Trotzdem fand man sich nach dem wilden Friedhofsdebakel leicht verstört beim Krapfenberger in der Wirtsstuben ein. Der Schlawiner hatte nämlich mit Freibier gelockt. Aber nur eins für jeden, versteht sich, und vielleicht noch eine verbrutzelte Wurst dazu. Man war ja schließlich kein Samariter. Aber umsonst war umsonst, und so war die Gaststätte g'steckt voll. Was den Wirt jetzt schon gescheit freute. Denn einmal unter dem Dach der Goldenen Sau versammelt, würden die Strunzheimer schon die ein oder andere Halbe mehr wegsaufen. Und so kam es selbstverständlich auch.

»Jessas, hier geht's ja zu wie am Nürnberger Plärrer«, frotzelte die Wirtin, während sie sich mit ihrem beladenen Tablett durch die Reihen schob und sich in ihren Glubschern schon die Dollarzeichen stapelten.

Von allen Ecken hagelte es Bestellungen, und es sah ganz danach aus, als würde dieser Tag doch noch halbwegs friedlich enden. Denn der ein oder andere reichte sich bereits wieder die dreckige Pranke, und man vernahm des Öfteren ein ehrlich gemeintes »Sind wir wieder gut?«. Die Antwort war meist die gleiche und folgte prompt. »Freilich. Prost!«

Auch die Rambichlers und Astrid hatten sich in der Gaststätte eingefunden. Erkan sah es gewissermaßen als seine staatsmännische Pflicht an, sich in Zeiten der Unruhe als Mann des Volkes zu präsentieren. So oder so ähnlich schwallerte er jedenfalls ziemlich hochtrabend daher und hatte im Grunde auch nur wie alle anderen einen riesigen Brand in der Kehle. Die beiden Ermittler wiederum erhofften sich aus dieser feuchtfröhlichen Zusammenkunft etwaige fallrelevante Hinweise. Und ganz nebenbei ein paar DNA-Proben. Erst einmal aber verteilte Astrid auf jedem Tisch ein paar glimmende Räucherkerzen.

»Das vertreibt die restliche negative Energie«, erklärte sie und zündete schon ein weiteres dieser Esoterik-Kracherl.

Zu Bülents großer Verwunderung ließen die Dörfler dieses Gedampfe stoisch über sich ergehen. Mehr noch, die ein oder andere Nase hing durchaus mit Wohlgefallen über diesen vor sich hin kokelnden Stinkbomben.

»Uih, des ist ja Patschuli«, frohlockte da zum Beispiel die Erna und sog den Rauch mit verklärtem Blick ein. »Weißt noch, Traudl, '76 in Grado, der Giovanni, der Lauser, der hat auch allerweil danach gestunken.« Sie lachte meckernd und rieb ihren Zinken ein weiteres Mal über das glimmende Trumm.

Traudl hatte allerdings für derlei Vergänglichkeiten gerade überhaupt keinen Sinn. Immer wieder starrte sie zur Tür, in der Hoffnung, dass diese sich öffnete und Pfarrer Hans Winter endlich eintreten würde. Eigentlich, so hatte er gesagt, wolle er nur kurz aufs Klo. Aber das war jetzt schon vor einer halben Stunde gewesen. Selbst wenn Winter saufen würde wie ein Kamel – was er durchaus gerne mal tat –, einen derartig ausdauernden Strahl würde er trotzdem nicht hinbekommen. Das konnte man selbst einer Traudl nicht weismachen.

»Jetzt lass ihn rennen, den Depp«, sagte Erna, der die sehnsuchtsschweren Blicke ihrer Schwester natürlich nicht entgangen waren. »So ein Rumzuchtler hat unsereins doch gar nicht verdient.«

Da war sie jetzt schon ein wenig erstaunt, die Traudl. So freundlich tat Erna normalerweise nur, wenn's darum ging, dass ihr jemand die Hornhaut wegraspelte.

»Schau nicht so wie ein Eichhörnchen, wenn's blitzt, ich mein es schon so«, sagte die Ältere in einem durchaus für ihre Verhältnisse höchst freundlichen Tonfall.

Sie muss krank sein, dachte sich da Traudl voller Sorge.

Als Astrid und Bülent allerdings wenig später an den Tisch der Zwillinge herantraten und um eine DNA-Probe baten, war es dann auch schon wieder vorbei mit Ernas Nächstenliebe.

»Des könnt's sauber vergessen, dass ihr mir in der Goschen rumhantierts«, ging die Walderin auf direkte Konfrontation.

»Schau, Erna, das tut gar nicht weh.« Wie immer zeigte sich Traudl weitaus kooperativer als ihr Zwilling.

Aber stur blieb stur. Demonstrativ verschränkte Erna ihre Hände vor der Brust und presste ihre Lippen zu einem einzigen Strich zusammen.

»Du weißt schon, wie das für uns ausschauen muss, wenn du den Test verweigerst? Des macht dich schon irgendwie verdächtig. Findest du nicht?« Bülent sah Erna ernst an.

»Genau, ich hab sie umgebracht.« Erna lachte.

Sepp Rummsler, der, wie es der Teufel so wollte, die letzten Worte von Erna gehört hatte, trat nun mit hasserfülltem Blick an sie heran. »Du hast meine Tochter auf dem Gewissen?«, knarzte es bedrohlich aus ihm heraus.

»An Schmarrn hab ich. An deiner missratenen Brut mach ich mir doch meine Hände nicht schmutzig«, raunzte Erna wie immer ziemlich kompromisslos daher. »Und jetzt schleich dich, Rummsler.«

Der dachte natürlich nicht daran. »Aber das hast doch gerade gesagt. Du hast gesagt, dass du sie umbracht hast«, erwiderte er jetzt ein wenig verwirrt.

»Da haben Sie was missverstanden. Die Frau Walder soll uns lediglich eine DNA-Probe abliefern«, mischte sich nun Astrid ein, die ganz klar die Harmonie im Raum gefährdet sah.

»Ach so, ja, dann mach halt dein Schandmaul auf«, polterte der Sepp. Und nach einer kurzen Pause fügte er hinzu: »Oder warst es am End doch?« Bedrohlich stierte er Erna an. Da wurde selbst der alten Walderin schon ein bisschen bang. Das konnte Bülent genau erkennen.

»Erna, bitte.« Traudl sah ihre Schwester flehentlich an.

»Also in Gott's Namen, bevor du mir vor Angst in die Hosen machst. Halt mal, Rambichler.« So schnell konnte Bülent gar nicht schauen, hatte er Ernas vergilbte Dritten in der Hand. Sie selbst riss derweil ihren zahnlosen Mund so dermaßen weit auf, dass sie schon arschknapp an einer Maulsperre vorbeischrammte.

»Na also, geht doch«, grinste der Rummsler nun wieder lammfromm und trollte sich Richtung Zapfanlage.

Astrid schob daraufhin, zu Bülents heimlicher Freude, das Teststäbchen schon verdammt weit hinten rein in Ernas Rachen. Grad recht herwürgen tat es die dann freilich.

»Das hätten wir«, zufrieden packte Astrid die DNA-Probe in ihren Beutel. »Und jetzt schnapp ich mir die Katharina, während du hier die Stellung hältst.«

Bevor Bülent überhaupt Einspruch erheben konnte, war seine Assistentin schon mit einem »Tschüssi, bis später« seinem Blickfeld entschwebt. Na bravo, wer war hier noch einmal der Chef? Jetzt konnte er nur noch hoffen, dass Astrid etwas gnädiger herumfuhrwerken würde, als es sonst ihrem Naturell entsprach.

Schließlich sah die Fromm an diesem Tag schon durchgenudelt genug aus. Ganz zu schweigen davon, was erst der Xaver für einen Aufstand machen würde, wenn er herausbekam, dass man seiner Prinzessin unsanft auf die Pelle rückte.

Momentan allerdings ging vom Bauunternehmer so gesehen keinerlei Gefahr aus. Bülent entdeckte ihn in der hintersten Ecke der Gaststube, wo er mit seiner Frau und tatsächlich dem Kühn Tommi nebeneinander auf der Bank saß. Wie Hühner, allerdings schon welche mit einem recht verklemmten Schließmuskel, um genau zu sein, saßen sie da.

»Na, wie hab ich das gemacht«, Maria war an ihren Sohn herangetreten und deutete auf die frommsche Vereinigung. »Schau, jetzt reden sie immerhin schon mit ihm.«

»Was hast jetzt du damit zu schaffen?«, fragte Bülent verwundert.

Seine Mutter grinste jetzt schon ein bisschen hinterfotzig, wie Bülent fand. »Na ja, ich hab der heiligen Roswitha erzählt, dass der Xaver praktisch auch ein Siebenmonatskind war, also wenn man es ganz genau nehmen tut.«

»Versteh ich nicht«, gab der Hauptkommissar zu.

»Überleg halt, Bub. Der Braten war beim Xaver seiner Mutter praktisch auch schon vor der Ehe in der Röhre. Dazu kommt, dass des Ei halt auch noch ein völlig anderer gelegt hat und nicht der alte Fromm selber.« Maria lachte. »Ich weiß es, der Xaver weiß es, und die Roswitha jetzt auch. Und bevor es vielleicht noch wer erfährt, hab ich gemeint, dass sie schon ein wenig netter sein könnten zum Tommi.«

Bülent bekam große Augen. »Du hast sie erpresst?«

»Nein, woher denn?«, kam es entrüstet zurück. »Ich hab sie lediglich ein wenig in die richtige Richtung gestupst.«

Bülent, der das Dreiergespann weiter beobachtete, war sich

nicht ganz sicher, ob die ganze Sache für den Kühn wirklich so gut ausgehen würde, wie sich das seine Mutter gerade in ihren rosaroten Phantasien so vorstellte.

*

Tommi jedenfalls fühlte sich tatsächlich nicht so recht wohl und konnte diese plötzlichen Sympathiebekundungen zumindest seitens Roswitha überhaupt nicht verstehen. Zum wiederholten Male schenkte sie ihm nun schon sein Glas mit pieselwarmem Freixenet voll, um ebenfalls zum wiederholten Male auf die Erweiterung ihrer Familie anzustoßen.

Und Xaver schaute weiterhin äußerst finster drein und wurde nimmermüde zu wiederholen, dass er seinen Schwiegersohn in spe mit dem Kopf voraus einbetonieren würde, sollte seine Tochter ein einziges Mal wegen ihm plärren müssen. Und das mit dem Fußball würde er in Zukunft schön bleiben lassen und lieber für den Meister büffeln. Das hätte dann wenigstens einen halbwegs akademischen Touch, fand der Xaver dann auch so.

Dem Tommi wurde bei diesen Zukunftsaussichten jetzt schon ein wenig himmelangst. Dennoch nickte er brav und schluckte weiter widerspruchslos die laue Weiber-Plörre hinunter. Dabei wäre er nur zu gerne zu seiner Katharina geeilt oder hätte zumindest lieber ein gestandenes Cola-Weizen im Anschlag. Aber er befürchtete insgeheim, dass auch getränketechnisch nun ganz andere Zeiten auf ihn hereinbrechen würden. Aber was tat man nicht alles für die große Liebe.

Dass er noch mehr tun musste, erfuhr er wenig später, als ihm sein Chef aufs Pissoir folgte, um ihm dort was ganz was Brisantes ins Ohr zu flüstern. Tommi war jetzt zweifelsohne nicht zum Helden geboren. Und das, was der Xaver ihm da erzählte und vor allem von ihm verlangte, trieb ihm schon arge Bedenken ins Hirn. Richtig schwitzig wurde es ihm in der Unterhosen.

»Xaver, ich weiß nicht…«, versuchte er vorsichtig, seinen Kopf noch einmal aus der Schlinge zu ziehen.

»Oh doch, ich glaub, du weißt schon. Oder ist dir das die Katharina nicht wert?«

»Schon, aber…«

»Na also, dann zwick die Arschbacken zusammen und sei ein Mannsbild, auf das meine Tochter stolz sein kann.« Xaver klopfte Tommi auf den Rücken und verließ danach diabolisch grinsend die Toilette.

Ober sticht Unter, dachte sich der Tommi da nur und verließ wenig später resigniert das Klo in Richtung Stammtisch.

Sekunden später hörte man dann auch schon den Krapfenberger lautstark hinter seinem Tresen hervorschimpfen. »Ja, Tommi, spinnst jetzt. Schau bloß, dass du mit deine schiefen Haxen von meinem Stammtisch runterkommst.«

Der so Angeraunzte tat jedoch nicht, wie ihm geheißen, sondern stampfte nun mit seinem Fuß so dermaßen auf der Tischplatte herum, dass die Gläser darauf gefährlich klirrten.

Schlagartig wurde es still in der Wirtsstube. Alle Augen waren auf Tommi gerichtet. Dieser wischte sich den rinnenden Schweiß von der Stirn, bevor er mit zittriger Stimme rief: »Hört's mal alle her, ich hab was zu sagen.«

*

»Wie oft noch. Ich habe Ihnen überhaupt nichts mehr zu sagen«, bockelte indessen Katharina Fromm zum wiederholten Male Astrid an.

Die beiden saßen sich im feudalen frommschen Wohnzimmer auf einer weißen Ledercouch gegenüber, und man vermochte kaum zu sagen, wer von den beiden Frauen misstrauischer dreinblickte. Derweil roch es schon wieder verdächtig nach einem Malheur von Ludwig II. Der Dackel lag seinem Frauchen zu Füßen und wurde nimmermüde, die Nürnberger Kommissarin böse anzuknurren.

»Lassen Sie mich doch bitte in Ruhe. In meinem Zustand vertrage ich wirklich nicht noch mehr Aufregung«, bat Katharina und legte demonstrativ ihre Hand auf den immer noch äußerst flachen Bauch.

»Na gut«, seufzte Astrid. »Dann würde ich Sie jetzt nur noch gerne um eine DNA-Probe bitten.«

Sie zog ein frisches Teststäbchen aus ihrer Tasche und ließ dabei die Fromm nicht aus den Augen.

»Aber warum denn das jetzt?« Das Mädchen schien kurz davor zu sein, die Fassung zu verlieren. Das merkte auch Ludwig II. und leckte ihr Solidarität bekundend über die kalkweiße Hand. Katharina streichelte ihn nervös über sein kleines Köpfchen. So aufgegeilt fing er nun an, Astrids Füße, die in rosa-plüschigen Gästehausschuhen in Hasenform steckten, niederzurammeln. Bülents Assistentin versenkte daraufhin das Vieh mit einem sanften, aber gezielten Tritt unter die Couch.

»Also, dann wollen wir mal.« Sie wedelte mit dem Teststäbchen vor Katharinas blassem Näschen herum. Doch just in dem Moment, wo Astrid zur Tat schreiten wollte, klingelte ihr Handy. Es war Bülent, dem sie nun mit immer größer werdenden Augen lauschte. Als sie aufgelegt hatte, musste sie erst einmal tief Luft holen.

»Wir haben Kerstins Mörder.« Sie machte eine bedeutungsschwere Pause, bevor sie weiterredete. »Es war Ihr Freund, Tommi Kühn, er hat …« Der Rest von Astrids Rede ging im hysterischen Geschrei von Katharina und dem panischen Gekläffe von Ludwig unter. Nach unendlichen Minuten, wie es Astrid erschien, hatte sich Katharina endlich so weit wieder im Griff, dass sie sprechen konnte.

»Aber der Tommi, niemals würde er…«, schluchzte sie.

»Er hat aber gestanden«, erklärte Astrid.

Katharina sah sie aus rot verquollenen Augen heraus an. »Was soll er denn gestanden haben, wenn er doch gar nicht weiß, wie es war.« Sie hauchte diesen Satz mehr, als dass sie ihn sprach.

Astrid allerdings kapierte schnell. »Was weiß er denn nicht, Katharina?«, fragte sie sanft. Sie setzte sich neben das Mädchen auf die Couch und nahm ihre Hand – eiskalt war die.

Und da brach Katharina endlich ihr Schweigen. Fast schon erleichtert begann sie zu erzählen, dass sie mit der Kerstin auf dem Kirchturm gewesen sei. Sie hatte ihr dort oben endlich von der Schwangerschaft und ihrer Liebe zum Tommi berichtet. Zwischen besten Freundinnen sollte es schließlich keine Geheimnisse geben.

»Aber die ist total durchgedreht«, erzählte Katharina weiter. »Hat mich als Flittchen und Hure beschimpft und dass ich ihr den Mann weggenommen hätte. Dabei ist sie überhaupt nicht Tommis Typ. Außerdem wusste ich nicht, dass sie was von ihm will.« Erneut wurde Katharina von einer Tränenflut übermannt. Astrid konnte es zwar kaum erwarten, die ganze Geschichte zu hören, dennoch bemühte sie sich um Geduld.

Nachdem Katharina sich wieder halbwegs beruhigt hatte, erfuhr die Kommissarin, dass Kerstin Rummsler auf ihre Kontrahentin losgegangen war, um sie vom Kirchturm zu stürzen. Aber es offensichtlich ja nicht geschafft hatte, dachte sie sich dabei. Laut sagte sie: »Und dann hast du sie selbst in Notwehr vom Kirchturm geschubst.«

Das war jetzt mehr eine Feststellung als eine Frage. Doch Katharina schüttelte heftig den Kopf. »Um Gottes willen! Nein! Die Kerstin wollte, dass es so aussieht, als ob ich es gewesen bin. Dafür hat sie sich plötzlich an mir festgekrallt. Richtige Wunden hat sie mir in die Haut gerissen. Damit die Kriminaler dann hinterher meine DNA unter ihren Fingernägeln finden, hat sie gesagt. Und die Haare hat sie sich auch ausgerissen und sich selbst geschlagen. Das war so schrecklich. Sie wollte, dass alle glauben, dass ich ihre Mörderin bin. Sie war einfach so voller Hass wegen dem Tommi. Richtig vom Neid zerfressen. Wahrscheinlich nicht nur wegen ihm, sondern wegen alldem.« Katharina machte eine ausladende Handbewegung. »Sie wollte meine Zukunft zerstören, das hat sie auch gesagt.«

Astrid musste kurz ihre Gedanken sammeln, bevor sie weitersprach. »Sie wollen mir also allen Ernstes erzählen, Kerstin Rummsler wurde gar nicht ermordet, sondern hat sich selbst umgebracht, damit sie Ihnen damit Ihr Leben ruiniert?«

Katharina nickte. »Ich weiß, das hört sich total absurd an. Aber die Kerstin, die war schon manchmal ein bisschen komisch. Die hat sich echt aufgeführt wie eine Irre. Ich hab ja noch versucht, mit ihr zu reden. Aber da war nix zu machen. Und dann bin ich abgehauen. Ich wollte das alles nicht mit ansehen müssen. Glauben Sie mir, ich war doch schon gar nicht mehr oben auf dem Turm, als sie gesprungen ist. Außerdem wäre ich auch schon längst zur Polizei gegangen, aber mein Vater meinte, dass mir keiner glauben würde und dass die verdammten Beweise alle gegen mich sprechen würden.«

So ungern es Astrid zugab, aber in diesem Fall hatte der Bauunternehmer wahrscheinlich Recht. »Ich nehme an, Sie haben dann auch gemeinsam mit dem Pfarrer die Leiche vom Tatort weggeschafft.«

Wieder nickte die Katharina. »Ja, aber das war dem Pfarrer seine Idee.«

Schon klar, wir wissen auch, warum, dachte Astrid, ersparte sich allerdings diesbezüglich einen Kommentar. »So leid es mir tut, Katharina …«, sagte sie stattdessen schon ein wenig bedrückt.

»Sie müssen mich jetzt festnehmen. Stimmt's?«, fiel die ihr ins Wort. Sie wirkte dabei zwar traurig, aber nicht mehr so verzweifelt wie noch vor ein paar Minuten. »Warum hätte ich denn das tun sollen? Warum hätte ich meine beste Freundin ermorden sollen?«, fragend und hilflos sah Katharina Astrid an.

»Um Ihr ungeborenes Kind zu schützen«, gab diese ihr zur Antwort. »Ein starkes Motiv, finden Sie nicht?«

Katharina schüttelte resigniert den Kopf. »Sie hatten mich schon von Anfang an auf dem Kieker. Woran liegt es eigentlich, dass Sie mich nicht leiden können? An meiner Haarfarbe? Meinem Gesicht? Meinem perfekten Elternhaus?«

Sarkasmus stand dem Engel nicht, fand Astrid, fühlte sich aber durchaus ein wenig ertappt. Dennoch schüttelte sie den Kopf. »Verdächtige zu mögen gehört grundsätzlich nicht zu den Aufgaben einer Kriminalbeamtin«, antwortete Bülents Assistentin schlussendlich etwas gestelzt.

Katharina musterte sie kühl. »Sie sollten es mal mit Yoga probieren, vielleicht werden Sie dann entspannter«, sagte sie der perplexen Astrid mitten ins Gesicht hinein.

KAPITEL 21

Das Ende ist praktisch der Anfang

»Wiederhören, Herr Köhl, wir haben Sie auch lieb«, zwitscherte Bülent gekünstelt in sein Handy hinein und beendete danach ganz schnell das Gespräch.

Sein Chef hatte sich förmlich überschlagen vor Freude über den gelösten Fall und rief nun fast stündlich bei Bülent an, um ihm dies kundzutun. Wahrscheinlich bekamen sie am Ende noch Fleißkärtchen.

»Langsam geht er mir auf die Nerven, der Köhl. Produziert mehr Schleim als hundert Nacktschnecken«, frotzelte Bülent.

»Lass ihn doch, der freut sich eben, dass unter deiner Fuchtel endlich mal ein Fall gelöst wurde. Solltest du dich im Übrigen auch«, sagte Astrid, die bereits zum dritten Mal an diesem Tag ihre Yoga-Matte in der Kommando-Zentrale ausgerollt hatte, um ihren Körper in alle vier Himmelsrichtungen zu strecken. Schon reichlich übertrieben fand das Bülent. Aber bitte, wenn Madame sich unbedingt eine Zerrung holen wollte, sollte sie nur weitermachen.

»Ich räume jetzt mal unseren Kram zusammen, damit wir schnell hier wegkommen«, muffelte Bülent.

Astrid hielt mitten in einer ihrer akrobatischen Bewegungen inne und sah ihren Vorgesetzten prüfend an. »Was bist du denn eigentlich so schlecht gelaunt? Es ist doch alles gut jetzt.«

Bülent seufzte. Nix war gut. Die schöne Katharina als gemeine Mörderin, das ging ihm einfach nicht ins Hirn rein. Da wollte er schon fast lieber an ihre wahnwitzige Geschichte mit dem Selbstmord glauben. Tat außer ihm, dem Pfarrer, Katharinas Eltern und vielleicht noch seiner Mutter natürlich sonst keiner. Jeder war froh, dass es überstanden war. Die Indizien sprachen halt auch eine zu eindeutige Sprache: »Schuldig!«, plärrten die, und so würde es wohl auch bleiben.

Der Hauptkommissar seufzte erneut und wollte schon ansetzen, Astrid seine Gemütslage zu erklären, als die Schuppentür aufgerissen wurde und sein Vater bestens gelaunt einmarschierte. Knapp hinter ihm kam Hannelore angedackelt. Das Schwein schien offensichtlich ein besonderes Faible für Erkan entwickelt zu haben. Sogar die Maria hatte es letztens eifersüchtig mit der Schnauze weggestupst, als sich diese gemeinsam mit ihrem Mann die neuesten schweinischen Untaten im Garten hatte ansehen wollen. Erkan ging strahlend wie ein Honigkuchenpferd auf seinen Sohn zu und kniff ihn in die Wange.

»Ich bin ja so stolz auf dich«, jubilierte er. »Und auf dich schon auch, Astrid. Auch wenn'st immer noch veganst«, fügte er schnell hinzu und förderte hinter seinem Rücken eine Flasche Faber Sekt zu Tage. »Schaut's, was ich da habe. Ein besonderes Tröpfchen für besondere Gelegenheiten«, trällerte der alte Rambichler, und schon ließ er den Korken einmal quer durch den Raum knallen. So ein menschliches Freudengebaren war halt jetzt aber leider nichts für so eine sensible Sau, wie es die Hannelore eine war. Nach einem kurzen Schreckensmoment folgte ihr Ausraster – und der war nicht von schlechten Eltern. Ungeachtet der weit geöffneten Tür wollte sich das Schwein nämlich einen Fluchtweg mitten durch die Rückwand des Schuppens bahnen und rumpelte ein ums andere Mal mit ihren etwa zweihundert Kilogramm gegen das Holz, dass es nur so knackte. Mit dem Schweinskopf durch die Wand, fiel Bülent dazu ein, und er hatte

Mühe, ein Grinsen zu unterdrücken. Sein Vater sah nämlich gerade gar nicht mehr so fröhlich drein.

»Du blöde Sau, hör auf«, schrie Erkan dann auch schwer angezürnt, schließlich musste er faktisch hautnah miterleben, wie ein weiteres Lebenswerk von ihm dem Untergang geweiht worden war. Erst das Teehäuschen und jetzt das.

»Erri, du musst einfach ganz ruhig mit ihr reden. Sonst bekommt sie nur noch mehr Angst. Das arme Tier ist doch sowieso schon total traumatisiert.« Verzweifelt versuchte Astrid, Erkan davon abzuhalten, mit dem Holzrechen auf das Bündel Schnitzelfleisch loszugehen, welches sich jetzt zitternd in den letzten Winkel des Schuppens verschanzt hatte.

»Ja, freilich, ich mach noch den Psychiater für des Rindvieh«, raunzte Erkan äußerst ungehalten.

»Schwein, Papa, es ist immer noch ein Schwein«, korrigierte Bülent trocken und nahm ihm die Gartenwaffe aus der Hand. »Gib her, bevor du dich noch unglücklich machst.«

Erkan grunzte nun selbst wie ein Eber, und zwar wie ein recht grantiger. »Verarschen kann ich mich selber. Aber wisst's was. Rutscht mir doch den Buckel runter, und den Faber, den sauf ich jetzt selber. Dass ihr es wisst.«

Ohne sich noch einmal umzublicken, stapfte Erkan aus dem Schuppen hinaus. Freilich sprang die Hannelore gleich wieder hinterher wie ein junges Reh und als wäre nix gewesen.

Weiber, dachte sich da der Bülent nur.

»Ui, was kommt denn da zum Vorschein?«, fragte Astrid mitten in seine Gedanken hinein und deutete auf einen Blecheimer, den Hannelore in ihrer Rage umgeworfen hatte. »Ist das nicht das Handy vom Franz Geiger? Wie kommt das denn da rein?«

»Weiß nicht«, tat Bülent völlig ahnungslos und spürte regelrecht wie seine Ohren zu glühen begannen wie ein Scheidla Holz im überhitzten Ofen. Er wusste es nämlich ganz genau. Versteckt hatte er das Trumm mit dem Sheriffstern in dem Kübel, weil, was man nicht sieht, das gibt's auch nicht mehr, hatte er sich gesagt. Blöd nur, wenn man dann die ganze Sache vergisst und sie ausgerechnet dann wieder auftaucht, wenn man es gar nicht gebrauchen kann.

Astrid hob das Handy auf und betrachtete es nachdenklich. »Komisch ist es schon, dass es am Tatort lag, findest du nicht? Und warum der Geiger und die Leiche die gleichen Kratzer am Körper hatten, wissen wir auch nicht.«

Bülent nahm Astrid das Telefon aus der Hand. »Ich sag dir, wie es war. Der Franz hat die Kerstin in seinem Suff im Pfarrgarten gemaust. Na ja, und vor lauter Geilheit sind sie dann in die Rosenhecke reing'rumpelt. Und da ist ihm dann halt auch noch das Handy aus der Tasche geflogen. Logisch, oder?«

Seine Assistentin sah ihn zweifelnd an. »Klingt aber schon recht wild.«

»Hast du eine andere Theorie?«

Astrid schüttelte den Kopf. »Was machst jetzt damit? Bringst du es ihm noch vorbei?«

»Eigentlich wollte ich es mitnehmen und in die Post stecken«, erwiderte Bülent und wusste selbst, wie doof das klang. Genauso sah Astrid ihn auch an. Eben als hätte sie es mit einem Bekloppten zu tun.

»Der Geiger, der wohnt Luftlinie achthundert Meter von hier entfernt, dann wirf es ihm doch wenigstens in den Briefkasten.«

»Ich will ihm aber nicht begegnen«, sagte Bülent mit leichtem Trotz in der Stimme. Er wusste nämlich haargenau, dass der Franz schon wieder aus dem Krankenhaus draußen war.

»Warum? Der tut doch nichts, wie wir jetzt wissen«, lachte Astrid.

»Verdammt, ich schäm mich halt, dass ich ihm nicht geglaubt habe.«

»Dann entschuldige dich bei ihm.«

Bülent winkte ab. »Ich glaube, das geht ihm am Arsch vorbei. Darauf legt er bestimmt keinen Wert.«

»Feigling! Feigling! Feigling!«, stichelte Astrid und begann, Bülent in die Seite zu piken.

»Hör auf damit.«

Tat sie natürlich nicht.

Er fasste sie fest an den Handgelenken und zog sie nahe zu sich heran. Gerade, dass noch ein Leitzordner zwischen sie gepasst hätte. Aber schon nur ein dünner. Und wenn jetzt nicht just in diesem Moment der Köhl angerufen hätte. Dann vielleicht… aber wer weiß das schon.

Bülent sah dann doch ein, dass es nicht die feine Art wäre, sich einfach so aus dem Staub zu machen. Zumal er das vor ein paar Jahrzehnten schon mal so gehandhabt hatte, als er klammheimlich in den Polizeidienst abgerauscht war, weil er einfach Schiss hatte, dem Franz noch einmal unter die Augen zu treten. Damals hatte er viel verbrannte Erde zwischen ihnen zurückgelassen. Heute wollte er es irgendwie dann doch besser machen. Darum stand er jetzt auch vor der geigerschen Haustür und war fest gewillt, gleich, also sofort den Klingelknopf zu drücken. Auch wenn er keine Ahnung hatte, wie sein Kumpel auf einen erneuten Auftritt von ihm reagieren würde – ob er überhaupt reagieren würde. Fraglich war auch der Zustand, in dem sich Franz befand. Wahrscheinlich hatte er ab Verlassen der Klinik seine Leber eh schon wieder ins Off geschossen, vermutete er, als sich neben ihm das kleine Klofenster öffnete und Franz seinen Kopf mit einem langgezogenen »AAAAHHHH« zum Lüften raushängte.

Betrunken sah er schon mal nicht aus, bemerkte Bülent durchaus erleichtert, bevor er sich mit einem schüchternen »Servus, Franz« bemerkbar machte.

Franz, der freilich nicht mit einem Gast in seinem Vorgarten gerechnet hatte, erschrak so arg über diese unerwartete Begrüßung, dass er mächtig zusammenzuckte und sein Schädel daraufhin ungebremst gegen den Fensterrahmen krachte.

»Scheißdreck, verreckter. Himmelherrgott zacken«, fluchte er. »Kaum tauchst du auf, Rambichler, ist der Tag schon wieder im Arsch. Was willst denn überhaupt schon wieder von mir? Hast mich nicht schon genug dressiert?«

Bülent hob das Handy hoch. »Des gehört doch dir, oder?«

Franz rieb sich sein schmerzendes Hirn. »Frag nicht so blöd. Leg's auf die Fußmatten, und dann schleich dich«, barschte er und knallte das Klofenster zu.

Na, das lief doch gar nicht so schlecht, ironisierte Bülent in Gedanken, legte das Handy ab, wie ihm befohlen war, und trat den Rückzug an. Er schloss das Gartentürchen bereits von außen, als sich plötzlich die Haustür öffnete und der Geiger in der Tür stand.

»Ich hätte ja nicht gedacht, dass du dich noch mal hierher traust. Respekt, Rambichler! Respekt!«, grummelte er jetzt gar nicht mehr so aggressiv. »Wenn'st dich jetzt noch zu mir reintraust, dann bist der King.«

Bülent musste grinsen. Da war er wieder, sein alter Kumpel, mit seinem allerweil recht schrägen Humor. Und so war er dann auch gleich drin in Franz' Wohnzimmer und auf dem Sofa drauf sowieso.

»Bei mir gibt's aber fei nur einen Brennnesseltee«, erklärte Franz, während er sein wiedergewonnenes Handy ans Ladekabel fummelte und schon eifrig versuchte, es in Gang zu bringen.

»Trinkst du jetzt wirklich nix mehr?« Bülent konnte es kaum glauben.

Franz grinste. »Sagen mir so, meine Prioritäten haben sich verschoben«, antwortete er etwas nebulös. Allerdings ließ die Erklärung in Form eines fetten Joints, den Franz aus seinem Wohnzimmerschrank hervorzog, nicht lange auf sich warten. »Macht nicht ganz so blöd wie das andere«, witzelte er und zündete sich den krautigen Eumel an, bevor er sich rücklings neben Bülent auf die Couch fallen ließ.

Eine ganze Weile sagten sie gar nichts mehr. Genossen schweigend ihr Zusammensein. Wer musste schon reden, wenn man sich auch so verstand? Nur ab und an war ein beherzter Joint-Zuzler zu vernehmen. Wie früher, dachte Bülent, und dann wollte er es doch wissen. Weil er halt schon auch ein recht neugieriger Pinsel war.

»Sag mal, kannst du dich wirklich nicht mehr an den Sex mit der Kerstin erinnern?«, fragte er plötzlich in die Stille hinein.

»An den, den du meinst, nicht. Leider«, sagte der Franz, als ob das jetzt völlig normal wäre.

Bülent musste das Gehörte erst einmal verarbeiten, bevor er antwortete. »Heißt das, ihr habt's öfter …«

»Freilich, die war eine Granaten, das sag ich dir. Schade, dass sie tot ist. Aber sie wollt halt immer ein bisschen zu viel, die Kerstin. Immer viel zu viel.« Das klang jetzt fast ein wenig wehmütig.

»Ich glaub übrigens die Geschichte von der Katharina«, fuhr er fort, während er zu seinem Handy griff, das neben der Couch lag und wieder einsatzbereit war.

»Klingt halt schon recht abenteuerlich. Findest nicht?«, erwiderte Bülent.

»Mir sind hier auf dem Land, da gibt's nix, was es nicht gibt«, erwiderte Franz und zielte mit der Rückseite seines Handys auf Bülents Visage.

»Was machst denn jetzt?«, fragte der.

»Ein Bild halt, damit ich nicht vergesse, wie du ausschaust, wenn'st jetzt bald wieder in der Nürnberger Versenkung verschwindest.«

Da drückte der Geiger auch schon den Auslöser und blitzte mitten rein in Bülents weit aufgerissene Glubscher.

»Na, super! Jetzt bin ich blind«, stöhnte der Hauptkommissar und rieb sich eine ganze Zeitlang seine geschundenen Augen. Als er wieder halbwegs schauen konnte, bemerkte er, dass sein Freund wie erstarrt auf den Bildschirm des Handys glotzte. Sein Unterkiefer hing dabei ziemlich in den Seilen.

»So schlimm, wie du schaust, kann es doch gar nicht geworden sein. Gib mal her.«

Der Hauptkommissar entriss seinem Kumpel das Telefon, und dann krachte auch ihm beim Anblick des Bildes der Kiefer gegen das Schlüsselbein.

»Sie war's wirklich nicht«, sagte Franz tonlos.

»Nein, sie war's nicht«, wiederholte Bülent.

Beide starrten wieder wie paralysiert auf den Schnappschuss, den Franz offensichtlich in seinem Suff aus der pfarrhäuslichen Rosenhecke heraus geschossen haben musste. Vor ihnen lag der eindeutige Beweis dafür, dass Katharina keinesfalls die Gelbwurst-Pflunzn geschubst haben konnte. Denn während das hübsche Frommchen mit gehetztem Gesichtsausdruck an der Kameralinse vorbeirannte, sah man im Hintergrund just im selben Augenblick die Kerstin vom Kirchturm fallen.

»Wie eine fliegende Sau«, brummte der Franz und nahm einen tiefen Zug von seinem Marihuana-Kracherl.

Des danach halt

Freilich gab es da ein großes Fest im Dorf, als die Katharina wieder auf freiem Fuß war. Praktisch wurde ihre Unschuld, aber auch ihre verlorene Unschuld gefeiert. Wie man dann halt recht gescheit dahermunkelte in so einem Kaff. Wurscht war es eh – Freibier gab's bis zum bitteren Erbrechen. Da ließ sich der Bauunternehmer Fromm nämlich nicht lumpen. Der Tommi durfte natürlich auch mittrinken. Der war jetzt nämlich, unter strengen Auflagen, tatsächlich zum offiziellen Verlobten und Kindesvater in der frommschen Dynastie aufgestiegen. Glücklich war er, auch wenn ihm das Arschwasser vor Schiss schon arg bis zum Anschlag stand und er keinen Freixenet mehr sehen konnte. Die Roswitha literte aber auch allerweil was weg von dem Zeug.

Die Nürnberger Ermittler waren selbstredend auch zur Feier geladen – weil man als frommscher Christenmensch auch verzeihen können musste. Für Astrid gab es dafür sogar extra ein, vom Staiger junior handgegossenes, Tofu-Spanferkel. Fressen tat das freilich keiner. Nicht einmal die Kommissarin selbst. Es war zwar jetzt kein Fleisch drin, aber es sah halt trotzdem recht putzig aus, dieses Ferkel-Imitat. Apropos Schweinereien. Die Hannelore wurde kurzerhand vom Suff, also vom Geiger oder vom Dampfer, wie er jetzt überall im Ort hieß, adoptiert und durfte ihn bei seiner Arbeit begleiten. Er war jetzt nämlich Dorfhelfer und packte überall da an, wo Not am Mann war. Meistens hing der Franz allerdings bei den Walders herum. Die mochten ihn nämlich plötzlich schon sehr leiden, wegen dem feinen Kraut, das er hinten bei ihnen im Garten anpflanzte und das sich so saugut in Butterplätzchen vermatscheln ließ. Die wiederum perfekt zu den glimmenden Patschuli-Räucherwerken passten, welche überall in ihrem Haus herumflackerten. Recht lustig und entspannt ging es jetzt jedenfalls immer bei den Zwillingen zu, und nix mehr war es mit dem triefenden Blacks Roy. Söllner oder gleich der Marley – des machte happy.

Schade nur, dass Pfarrer Winter das alles nicht mehr miterleben konnte. Der hatte sich nämlich klammheimlich aus dem Staub gemacht. Bis ins richtige Italien kam er dann allerdings nicht. Schon in Südtirol lief er in die Faust eines Bergbauern, dessen neunzigjähriger Urgroßmutter der Geistliche halt schon arg schöne Augen hingedreht hatte. Da lag er nun in einem Krankenhaus in Bozen, der alte Sünder, und verpasste nicht nur die guten Seiten von Traudl und Erna, sondern auch ein Ereignis, das wohl für ewig in die Geschichte von Strunzheim eingehen würde: die Wahl des ersten deutsch-türkischen Strunzheimers in den Gemeinderat. Da war die Freude groß im Hause Rambichler oder, wie Erkan jetzt weltmännisch daherquakte, im »White House«. Selbstredend war Bülents Vater nicht so vermessen, sich mit irgendeinem der amerikanischen Präsidenten zu vergleichen – mit dem jetzigen schon gleich dreimal nicht. So größenwahnsinnig war er dann doch wieder nicht. Er hielt es dann eher mit den Edmunds, Franz Josefs und Horstis auf dieser Welt. Bayrischer Ministerpräsident, warum eigentlich nicht? Der Mensch brauchte schließlich Visionen. Logisch stand Maria, wie immer, voll hinter ihrem Mann. Und zwar, damit sie ihn ganz schnell festhalten konnte, bevor er sich komplett den Schädel einrannte. Ansonsten strickte sie weiter an ihrer Enkelkollektion, weil ein Happy End ja schließlich noch ausstand: Bülent und Astrid. Wie die beiden jetzt da so bei der frommschen Friedensfeier nebeneinander auf der Bierbank saßen, würden sie wirklich ein gutes Paar abgeben. Harmonisierten schon wunderbar, die zwei. Das dachte sich wohl auch der Leiter der Mordkommission Köhl und ernannte Bülent und Astrid, kaum saßen diese wieder an ihren Schreibtischen, zur Spezialeinheit »Landfrieden«. Faktisch auf Dauer abgestellt für die Pampa. Bei Widerspruch drohte Archiv. Eh klar, dass das alles nicht allein auf dem Köhl seinem Mist gewachsen war. Da hatte die hohe Politik schon eifrig mitgemischt. Astrid jedenfalls nahm's gelassen. Sie kaufte sich gleich mal eine Traveller-Yogamatte und eine Globuli-Reiseapotheke für überall einsetzbar. Bülent hingegen starrte noch Stunden nach dieser Ansage wie paralysiert auf die weiße Wand in seinem Büro, knetete dabei einen Anti-Stressball in die Verzweiflung und summte leise ein Lied: »Heut ist ein guter Tag zum Sterben …«

DIE BESTEN ZUM SCHLUSS: DANKE …

… Lieblingsmann, für deine Löwen-Liebe

… Sami und Lilli, fürs einfach Sami und Lilli sein

… Mama und Papa, für meine wertvollen Wurzeln

… Anna und Raimi, fürs feuchtfröhliche Recherche-Domizil

… liebenswertes Franken, für deine Inspiration

… btb Verlag, fürs immense Vertrauen

… Lisa und Martina, für die unglaublich entspannte Zusammenarbeit

… Frankyboy, fürs fränkische Philosophieren

… Allgäu, fürs pfundweise Gfui

… Linda, fürs Drüberherlesen

… Ruinart Rosé, für die erhellenden Stunden

… Outback-Yoga-Ladies für mein Inner Peace

… Marco, für dein Gespür

… Heidi, Dino, Mimi, Claudi, Nani und Caro für unsere wildtiefen Freundschaften

Danke einfach allen, im Himmel droben und auf Erden, die zu meinem Leben gehören.

Ihr seid's der Wahnsinn!

GLOSSAR

Fränkisch für den Hausgebrauch

Fränkisch	Deutsch
Allmächt	in Franken vielseitig einsetzbarer und äußerst beliebter Ausruf der Freude, des Erschreckens oder des Bedauerns. Kommt freilich von: »Allmächtiger Gott«
Badscherla	kleine (Kinder-)Hände; tauchen häufig in Marias Enkelkind-Phantasien auf
Brennsuppen	kulinarisch betrachtet eine einfache Suppe aus Mehl, Wasser und Fett. Wird aber auch gerne im übertragenen Sinn verwendet, um deutlich zu machen, dass man keineswegs so blöd ist, wie es im ersten Moment scheint. Bsp. »Ich bin doch net auf der Brennsuppn daherg'schwommen«
Brunzkartler	Ersatzkartenspieler, der einspringt, wenn ein anderer Stammtischler auf die Toilette – also halt zum Brunzn muss
Drei im Weggla	fränkisches Fingerfood: 3 Nürnberger Bratwürste in der Semmel
Doldi	Dummkopf

Funz'n	unangenehme und zudem mit seichtem Intellekt gesegnete Frau
Gigger / Giegerla	Hahn bzw. Hühnchen
Goschen	Mund; gern verwendet zur dezenten Aufforderung, den Mund zu halten: »Halt dei Goschen!«
Greinmeicherla	Heulsuse; abgeleitet von »greinen« für »weinen, heulen«
Griffl	abwertend für Finger, die man tunlichst von etwas lassen soll
Maadla	Mädchen
Pritschn	verlogenes und hinterfotziges Miststück
Pflunzn	dumme Frau mit zu wenig Ausstrahlung, aber dafür meist zu viel Gewicht
Saure Zipfl	rohe Schweinsbratwürste, gegart in einem Sud aus Essig, Zwiebeln, Weißwein und Gewürzen
Schäufele	fränkisches Nationalgericht: Schweineschulter mit knuspriger Kruste
Schneemaß	beliebter Longdrink in Landjugend-Kreisen, Zutaten: Zitronenlimonade, Schnaps, Vanilleeis und Sekt
Seidla	Halber Liter (meist Bier)
Zuchtl	Muttersau oder wenig schmeichelhafte Bezeichnung für eine Frau, von der sich ein Mann verarscht fühlt